KB041243

이반 일리치의 죽음

톨스토이 중편선

이반 일리치의 죽음

레프 톨스토이 지음 | 이순영 옮김

문예출판사

Смерть Ивана Ильича

Лев Николаевич Толстой

차례

이반 일리치의 죽음

1

커다란 법원 건물에서 멜빈스키 사건 심리가 열리던 날, 잠시 휴정 시간을 이용해 재판관들과 검사는 이반 예고로비치 셰베크 집무실에 모여 앉아 잡담을 나누었다. 어느새 화제는 그 유명한 크라소프 사건으로 흘러갔다. 표도르 바실리예비치는 이 사건이 사법부 관할이 아니라며 증거까지 대면서 주장했고 이반 예고로비치도 자신의 의견을 굽히지 않았다. 하지만 표트르 이바노비치는 애초에 이 논쟁에는 아무 관심 없는 듯 말 한마디 거들지 않고 방금 배달된 신문 〈베도모스티〉만 들여다보았다.

신문을 읽던 표트르가 말했다. "이것 좀 봐요! 이반 일리치가 사망했다는군요!"

"정말이에요?"

"여길 보세요." 표트르 이바노비치가 아직 잉크 냄새도 가시지 않은 신문을 표도르 바실리예비치에게 건넸다.

검은색 테두리 안에 이반 일리치의 부고가 실려 있었다.

프라스코비야 표도로브나 골로비나는 깊은 애도의 마음을 담아 이반 일리치 골로빈의 친지 여러분께 알립니다. 사랑하는 남편이자 항소 법원 판사였던 이반 일리치 골로빈이 1882년 2월 4일 세상을 떠났습니다. 발인은 금요일 오후 한 시입니다.

이반 일리치는 그 방에 모여 있는 사람들의 동료였으며, 그들 모두 이반 일리치를 좋아했다. 벌써 몇 주 전부터 병석에 누워 있었는데 가망 없다는 소문이 돌았다. 그의 자리는 아직 공석으로 남아 있었지만, 그가 사망할 경우 알렉세예프가 그 자리에 앉고 알렉세예프 자리에는 빈니코프나 시타벨이 올 거라는 얘기가 들렸다. 그런 이유로, 방에 모인 사람들이 이반 일리치의 사망 소식을 듣고 가장 먼저 떠올린 생각은 이 죽음이 가져올 자신과 지인들의 자리 이동이나 승진에 관한 거였다.

표도르 바실리예비치는 생각했다. '시타벨이나 빈니코프 자리는 분명 내 차지가 되겠지. 오래전에 약속받았으니까. 이번에 승진하면 개인 집무실이 생기는 데다 연봉도 8백 루블이나 오를 텐데 말이야.'

표트르 이바노비치도 생각했다. '칼루가에 있는 처남이 이곳으로 올 수 있게 부탁해봐야겠군. 아내가 꽤나 좋아하겠지. 내가 처가에 해준 게 아무것도 없다는 소리는 두 번 다시 못 할 거야.'

표트르 이바노비치가 방에 모인 사람들에게 말했다. "회복하기 힘들 거라고 생각은 했지만, 그래도 참 마음이 아프군요."

"대체 무슨 병이었답니까?"

"의사들도 확실히 말을 못 했다고 합니다. 진단을 내리긴 했는데,

다 말이 달랐지요. 제가 마지막으로 봤을 때는 좀 회복이 되는 것 같았는데 말입니다."

"저는 신년 명절에 가보고 못 봤어요. 가봐야지 하고 늘 생각만 했지요."

"그런데 재산은 좀 있었나요?"

"부인 몫으로 조금 있다는 것 같은데, 뭐 재산이랄 것도 없이 얼마 안 되어서요."

"한번 가보긴 해야 할 텐데요. 그런데 그 집이 이만저만 멀어야 말이지요."

"당신 집에서 먼 것이겠죠. 그 집에서야 어디 안 먼 곳이 있나요."

"제가 강 건너에 사는 게 영 못마땅한가 봅니다." 표트르 이바노비치가 씩 웃으며 셰베크에게 말했다. 그들은 시내의 어느 지역에서 어느 지역까지 거리가 얼마나 된다는 얘기를 좀 더 나누다가 다시 법정으로 돌아갔다.

그들이 이반 일리치의 사망 소식을 듣고 생각한 것은 그로 인해 생길 자리 이동과 승진이 전부는 아니었다. 가까운 사람이 죽었다는 말을 들었을 때 누구나 그렇듯 그들 역시 속으로 안도감을 느꼈다. '죽은 건 내가 아니라 바로 그 사람이야.'

그들 모두 생각하거나 느낀 건 이런 거였다. '아, 그는 죽었지만 나는 이렇게 살아 있어!' 하지만 이반 일리치와 비교적 가까웠던 이른바 친구라는 사람들은 이제부터 장례식에 참석해 미망인에게 위로의 말을 건네야 하는 아주 성가신 일이 남았다는 생각이 어쩔 수 없이 들었다.

표도르 바실리예비치와 표트르 이바노비치는 이반 일리치와 특히 가까운 사이였다. 표트르 이바노비치는 이반 일리치와 법률학교를 같이 다닌 친구였고 그에게 신세를 졌다고 늘 생각해왔다.

표트르 이바노비치는 집에 돌아와 저녁을 먹으면서 아내에게 이반 일리치 소식을 전했다. 그러면서 처남을 그들 관할구역으로 오게 할 수 있을 거라는 얘기도 했다. 저녁 식사를 마친 다음에는 숨 돌릴 틈도 없이 곧장 연미복으로 갈아입고 이반 일리치 집으로 출발했다.

이반 일리치 집 입구에는 사륜마차 한 대와 이륜마차 두 대가 서 있었다. 아래층 현관 옷걸이 옆에는 금속 분말로 번쩍번쩍하게 닦은 뒤 황금색 천을 씌우고 금색 줄과 술로 장식한 관 뚜껑이 벽에 기대 세워져 있었다. 그 옆에서 검은 옷차림의 부인 둘이 외투를 벗고 있었다. 그중 한 명은 표트르 이바노비치도 아는 사람으로 이반 일리치의 여동생이었고 다른 한 명은 처음 보는 부인이었다. 그때 표트르 이바노비치의 동료 시바르츠가 위층에서 내려오다 표트르가 들어서는 걸 보고는 걸음을 멈추고 한쪽 눈을 찡끗했다. 이렇게 말하는 것 같았다. '이반 일리치는 참 어리석게 살았어요. 우리와는 전혀 다르게 말이지요.'

영국식으로 수염을 기르고 호리호리한 몸에 연미복을 걸친 시바르츠의 모습은 늘 그렇듯 그 경박한 성격과는 정반대로 우아하고 진중한 분위기를 풍겼는데, 그 자리에서 보니 그런 느낌이 더 강했다. 표트르 이바노비치가 보기에는 그랬다.

표트르 이바노비치는 부인들 먼저 지나가게 한 다음 그 뒤를 따라 천천히 계단을 올라갔다. 시바르츠는 내려오지 않고 계단 중간에 그대로 서 있었다. 표트르 이바노비치는 그 이유를 알았다. 보나 마나 오늘 밤 카드놀이 할 장소 얘기를 하고 싶어 하는 거였다. 위층으로 올라간 부인들이 미망인의 방으로 들어갔다. 시바르츠는 짐짓 심각한 표정으로 입을 꽉 다물고 있었지만 두 눈에는 장난기를 가득 담고서 눈썹을 실룩거리며 고인이 누워 있는 오른쪽 방을 가리켰다.

표트르 이바노비치는 방으로 들어갔지만, 그런 자리에 오면 늘 그렇듯 뭘 어떻게 해야 하는 건지 판단이 서질 않았다. 그가 아는 거라곤 그럴 때는 성호를 그으면 대개 별 탈 없다는 것뿐이었다. 하지만 성호를 그으면서 절도 해야 하는 건지는 또 확신이 없었다. 그래서 그 중간을 택하기로 했다. 방에 들어가자마자 성호를 그으면서 인사를 하는 것처럼 고개를 약간 숙였다. 그렇게 팔과 고개를 움직이면서 눈치껏 방 안을 둘러보았다. 고인의 조카인 듯한 젊은이 둘이 성호를 그으면서 방을 나가고 있었는데, 그중 하나는 김나지움 학생으로 보였다. 할머니 한 분이 꼼짝도 않고 서 있었고, 눈썹이 특이하게 치켜올라간 부인이 그 할머니에게 무슨 말인가를 속삭였다. 프록코트 차림의 활기차고 단호해 보이는 부사제는 어떤 반대도 용납하지 않겠다는 표정을 하고서 뭔가를 큰 소리로 읽고 있었다. 집사 일을 돕는 농부 게라심이 표트르 이바노비치 앞을 살그머니 지나치며 바닥에 뭔가를 뿌렸다. 그 모습을 보는 순간 표트르 이바노비치는 시신이 부패하는 냄새를 희미하게 느꼈다. 이반 일리치를 마지막으로 찾아왔을 때 표트르 이바노비치는 서재에서 게라심을 본 적이 있었다. 게라심은 병든 주인을 성심껏 돌봤고, 그런 게라심을 이반 일리치는 특별히 아꼈다. 표트르 이바노비치는 계속 성호를 그으면서 관과 부사제,

그리고 구석에 놓인 탁자 위 성상(聖像)들의 중간쯤에 대고 살짝 고개를 숙였다. 그러다 너무 오랫동안 성호를 그었다는 생각이 들어 동작을 멈추고 고인을 바라보았다.

죽은 사람들이 다 그렇듯 이반 일리치도 아주 묵직한 모습으로 관에 누워 있었다. 그러니까, 죽은 사람이 다 그렇듯 뻣뻣해진 사지는 관 바닥에 딱 붙어 있었으며 아마도 영원히 들리지 않을 머리는 베개 위에 놓여 있었다. 죽은 사람들이 다 그렇듯 움푹 꺼진 관자놀이 위로 머리가 벗겨지면서 핏기 없는 누런 이마가 드러났고, 높이 솟은 코는 윗입술과 거의 맞닿아 있었다. 그의 모습은 생전과 완전히 달랐다. 표트르 이바노비치가 마지막으로 봤을 때보다 훨씬 야위었지만, 죽은 사람들이 다 그렇듯 이반 일리치의 얼굴도 살아 있을 때보다 더 아름답고 진중해 보였다. 해야 할 일을 다 이루었으며 그것도 정당한 방법으로 이루었다고 그 얼굴 표정은 말하고 있었다. 또한 그 표정에는 살아 있는 자들을 향한 책망과 경고도 담겨 있었다. 표트르 이바노비치는 그 표정이 보내는 경고가 적절치 않거나 적어도 자신과는 상관없는 거라고 생각했다. 그는 마음이 불편해져 스스로 생각하기에도 예의에 벗어난다 싶을 만큼 서둘러 다시 한번 성호를 긋고는 몸을 돌려 방을 나왔다. 시바르츠가 옆방에서 두 다리를 넓게 벌린 채서서 뒷짐 진 두 손으로 모자를 만지작거리며 표트르 이바노비치를 기다리고 있었다. 그 장난스러우면서도 말쑥하고 우아한 모습을 보자 표트르 이바노비치는 불편하던 마음이 싹 가셨다. 표트르 이바노비치가 보기에 시바르츠는 이런 추도식 분위기에 별 신경 쓰지 않으며 공연히 분위기에 젖어 우울해하는 일 같은 건 절대 없을 것 같았다. 시바르츠의 모습은 이렇게 말하고 있었다. '이반 일리치의 추도식이 우리 일정을 방해할 근거가 될 수는 없어요. 그러니까, 오늘 밤 하인이 양초 네 개를 탁자에 놓는 동안 우리가 새 카드 한 벌을 뜯어서 섞는 일이 방해받을 수는 없다는 것이지요. 이반 일리치의 추도식 때문에 우리가 오늘 밤을 즐겁게 보내지 못할 거라고 생각할 이유는 전혀 없어요.' 아닌 게 아니라 시바르츠는 표트르 이바노비치가 그를 지나칠 때 그렇게 귓속말을 하면서 표도르 바실리예비치 집에서 모이자고 했다. 하지만 표트르 이바노비치는 그날 밤 카드놀이를 할 운명이 아니었던 것 같다. 바로 그때 검은색 상복을 입고 머리에는 레이스가 달린 베일을 쓴 미망인 프라스코비야 표도로브나가 다른 부인 몇 명과 함께 자신의 방에서 나왔기 때문이다. 키가 작고 통통한 프라스코비야 표도로브나는 어떻게든 날씬하게 보이려고 무진 애를 썼지만 어깨 아래로는 여전히 펑퍼짐했고 눈썹은 관 옆에 서 있던 그 부인처럼 이상하리만치 치켜 올라가 있었다. 그녀는 빈소가 차려진 방으로 사람들을 안내하며 말했다.

"곧 추도식이 시작됩니다. 모두들 안으로 들어가시지요."

시바르츠는 들어가겠다는 건지 들어가지 않겠다는 건지 분명치 않은 자세로 제자리에 서서 어중간하게 고개를 숙여 보였다. 프라스코비야 표도로브나가 표트르 이바노비치를 알아보고는 한숨을 내쉬더니 다가와 그의 손을 잡고 말했다.

"이반 일리치와 아주 가까운 친구였다고 들었어요……." 그러고는 그 말에 걸맞은 반응을 기다리는 눈빛으로 표트르 이바노비치를 바라보았다.

표트르 이바노비치는 아까 그 방에서는 성호를 긋는 것이 적절한 행동이었듯 지금은 미망인의 손을 마주 잡고 한숨을 내쉬며 "그랬고 말고요……"라고 말해야 한다는 걸 알고 있었다. 그래서 바로 그렇게 했고, 역시나 기대했던 반응이 나타났다고 생각했다. 두 사람 모두 감동했던 것이다.

"저하고 같이 좀 가주시겠어요? 추도식 시작 전에 드리고 싶은 말씀이 있어요. 팔 좀 빌려주세요." 미망인이 말했다.

표트르 이바노비치가 팔을 내주었고, 두 사람은 시바르츠를 지나쳐 안쪽 방으로 들어갔다. 시바르츠는 표트르 이바노비치에게 딱하게 됐다는 듯 한쪽 눈을 찡긋했다. 그 장난기 어린 시선은 이렇게 말하는 것 같았다. '이제 카드놀이는 틀렸군요! 우리가 다른 사람을 구하더라도 섭섭해하지 마세요. 다섯 명이어도 괜찮으니 빠져나올 수 있으면 오시고요.'

표트르 이바노비치가 아까보다 더 깊고 서글프게 한숨을 내쉬자, 프라스코비야 표도로브나는 감사의 표시로 그의 팔을 잡은 손에 힘을 주었다. 두 사람은 분홍색 크레톤 천*으로 휘감기고 등잔 불빛이 희미하게 비치는 거실로 들어가 탁자 앞에 앉았다. 프라스코비야 표도로브나는 소파에 앉고 표트르 이바노비치는 낮고 푹신한 의자에 앉았다. 그런데 의자 스프링이 망가져 제멋대로 움직이는 바람에 앉아 있기가 영 불편했다. 프라스코비야 표도로브나는 표트르 이바노

---

* 주로 면(무명)을 날염한 무거운 직물

비치에게 다른 자리로 옮겨 앉으라고 하려다 그런 말을 하는 것이 지금 처지에 어울리지 않는다는 생각이 들어 그만두었다. 그 거실 의자에 앉아 있으려니 표트르 이바노비치는 예전에 이반 일리치가 이 방을 꾸미면서 초록색 나뭇잎 모양이 있는 분홍색 크레톤 천을 쓰면 어떻겠느냐고 물어보던 일이 생각났다. 미망인이 탁자를 지나 소파에 앉다가(거실에는 이런저런 물건과 가구가 꽉 들어차 있었다) 검은 망토에 달린 검은 레이스가 탁자 테두리의 조각 장식에 걸리고 말았다. 표트르 이바노비치가 그녀를 도와주려고 몸을 일으켰는데, 그때까지 짓눌려 있던 의자의 스프링이 튀어 오르며 그를 밀쳐냈다. 미망인이 직접 레이스를 떼어내는 걸 보고 표트르 이바노비치는 멋대로 튀어 오른 스프링을 눌러가며 다시 자리에 앉았다. 하지만 미망인이 레이스를 떼어내지 못해 쩔쩔매자 표트르 이바노비치는 다시 일어섰고, 따라서 스프링도 다시 튀어 올랐는데 이번에는 삐걱거리는 소리까지 났다. 겨우 소동이 진정되자 프라스코비야 표도로브나는 깨끗한 면 손수건을 꺼내더니 눈물을 흘리기 시작했다. 레이스와 의자 때문에 겪은 한바탕 소동 탓에 기분이 가라앉은 터라 표트르 이바노비치는 뚱한 표정으로 앉아 있었다. 하지만 때마침 들어온 이반 일리치의 집사 소콜로프 덕에 이 어색한 분위기는 오래가지 않았다. 그는 프라스코비야 표도로브나가 골라놓은 묘지를 쓰려면 2백 루블이 들 거라는 보고를 하러 들어온 참이었다. 프라스코비야 표도로브나는 울음을 그치고 억울하다는 표정으로 표트르 이바노비치를 보더니 너무도 힘들다며 프랑스어로 말했다. 표트르 이바노비치는 말없이 표정으로 그 마음을 알고도 남는다는 표시를 했다.

"담배라도 한 대 피우세요." 프라스코비야 표도로브나가 힘없는 목소리로 손님을 배려하고는 소콜로프와 묘지 값 문제를 의논했다. 표트르 이바노비치는 담배를 피우면서 미망인이 아주 신중하게 여러 묏자리 값을 물어보고 그중 하나를 선택하는 소리를 들었다. 그녀는 묏자리 얘기를 끝내고 나서는 성가대에 관해서도 지시를 내렸다. 얘기를 마치고 소콜로프는 방을 나갔다.

"하나에서부터 열까지 다 제가 처리해야 한답니다." 그녀는 탁자에 놓인 앨범들을 한쪽으로 치우며 말했다. 그리고 표트르 이바노비치의 담뱃재가 탁자에 떨어지려 하자 얼른 그쪽으로 재떨이를 밀어 놓았다. "슬픔 때문에 마땅히 해야 할 일을 못 한다고 하는 건 위선이라고 생각해요. 저는 오히려 그 사람을 위해 온갖 일에 신경 쓰다 보면 슬픔을 조금은 잊을 수 있거든요. 위로를 받는 것까진 아니라 해도 말이에요." 그녀는 또 울음을 터뜨리려는지 손수건을 꺼내 들었다. 하지만 다음 순간 마음을 다잡듯 몸을 한 번 흔들더니 차분히 말을 꺼냈다. "의논드릴 일이 있어요."

표트르 이바노비치는 금방이라도 튀어 오를 기세로 요동치는 의자의 스프링을 지그시 누르며 고개를 숙였다.

"그이는 지난 며칠 동안 몹시 고통스러워했어요."

"그렇게 고통이 심했나요?"

"아, 정말 끔찍할 정도였어요! 임종을 앞두고는 몇 시간 동안 쉬지 않고 비명을 질렀죠. 마지막 사흘 동안은 밤낮으로 비명을 질렀어요. 견디기 힘들었죠. 어떻게 그 시간을 견뎠는지 저도 잘 모르겠어요. 방이 세 칸 떨어진 곳에서도 그 소리가 들릴 정도였거든요. 아, 어떻게 그걸 견뎠는지!"

"의식은 있었나요?" 표트르 이바노비치가 물었다.

프라스코비야 표도로브나가 낮은 소리로 대답했다. "네, 마지막 순간까지 의식은 있었어요. 눈을 감기 15분쯤 전 우리와 작별 인사를 하고 나서 볼료쟈를 데리고 나가달라는 부탁까지 했으니까요."

처음에는 천진난만한 어린아이로, 그다음에는 학생으로, 성인이 되어서는 동료로 그처럼 가까이 알고 지낸 사람이 받았을 고통을 생각하자 표트르 이바노비치는 자신과 미망인이라는 여인의 위선이 불쾌하면서 동시에 섬뜩한 기분도 들었다. 그리고 그 이마와 입술에 닿을 듯한 코가 다시 떠오르면서 문득 두려워졌다.

'사흘 밤낮을 끔찍한 고통에 시달리다 죽었단 말이지. 그런 일이 언제든 내게도 일어날 수 있는 거잖아.' 이런 생각을 하며 표트르 이바노비치는 두려움에 사로잡혔다. 하지만 다음 순간, 그런 일은 이반 일리치에게 일어났을 뿐 자신에게는 일어날 수 없고 일어날 리도 없다는 지극히 그다운 생각이 슬며시 들었다. 그냥 우울한 기분에 젖은 것뿐이며, 시바르츠가 얼굴 표정으로 분명하게 말했듯 그럴 필요가 전혀 없다는 생각도 들었다. 이렇게 생각을 정리하고 나서 마음이 편안해진 표트르 이바노비치는 그제야 이반 일리치의 죽음에 관심을 보이며 그의 마지막이 어땠는지 자세히 물었다. 마치 죽음은 원래 이반 일리치에게만 일어날 수 있는 사건이며 자신과는 전혀 관계없는 것처럼 말이다.

이반 일리치가 겪은 끔찍했던 육체적 고통에 대해 자세히 얘기하고 나서(하지만 이 상세한 얘기를 듣고 나서 표트르 이바노비치가 알게 된 것은 이반 일리치의 고통이 프라스코비야 표도로브나를 얼마나 예민하게 만들었는가 하는 것뿐이었다) 미망인은 이제 슬슬 본론을 꺼낼 준비를 하려는 것 같았다.

"아, 표트르 이바노비치, 얼마나 힘든지 모르겠어요. 정말이지 끔찍할 만큼 힘들답니다." 그녀가 다시 울음을 터뜨렸다.

표트르 이바노비치는 한숨을 내쉬고는 그녀가 코를 다 풀 때까지 기다렸다가 말을 꺼냈다.

"많이 힘드시겠지만……." 그러자 프라스코비야 표도로브나가 표트르 이바노비치의 말을 막으며 다시 용건을 꺼냈다. 그 용건이란 남편이 사망한 경우 국가로부터 어떤 식으로 지원금을 받을 수 있는지에 관한 것이었다. 그녀는 연금에 관해 조언을 구하는 척했지만, 표트르 이바노비치가 보기에는 그가 미처 모르는 부분까지도 이미 상세하게 알고 있었다. 그녀는 남편이 사망한 경우 국가로부터 얼마나 받을 수 있는지 다 파악하고 있었으며, 다만 조금이라도 더 받을 방법이 있는지 알아보고 싶을 뿐이었다. 표트르 이바노비치는 무슨 방법이 있을지 잠시 생각해보고 나서 그저 예의상 정부의 인색함을 탓하고는 더는 방법이 없을 것 같다고 말했다. 그러자 프라스코비야 표도로브나가 한숨을 내쉬었는데, 이 조문객에게서 그만 벗어날 핑곗거리를 찾는 눈치였다. 표트르 이바노비치도 그 마음을 알아채고는 담뱃불을 끄고 자리에서 일어나 미망인의 손을 한 번 잡아주고 다른 방으로 갔다.

이반 일리치가 골동품 가게에서 샀다며 그토록 좋아하던 시계가 있는 식당에서 표트르 이바노비치는 사제와 추도식에 참석하러 온

지인 몇 사람을 만났고, 어느새 아름다운 숙녀로 자란 이반 일리치의 딸도 보았다. 이반 일리치의 딸도 온통 검은색 옷을 입고 있었다. 그래서 안 그래도 가는 허리가 더 가늘어 보였다. 그녀는 슬픔에 잠긴 채 굳은 표정으로 서 있었는데 화가 난 것처럼 보이기도 했다. 그리고 마치 잘못한 사람이라도 대하듯 표트르 이바노비치에게 고개를 숙여 인사했다. 그녀 뒤에는 한 젊은이가 역시 화난 표정으로 서 있었는데, 표트르 이바노비치도 아는 얼굴로 돈 많은 예심판사였으며 들리는 말로는 그녀의 약혼자라고 했다. 표트르 이바노비치는 침통한 표정으로 두 사람에게 인사했다. 그리고 시신이 안치된 방으로 막 가려는데, 계단 아래쪽에 서 있는 이반 일리치의 아들이 눈에 띄었다. 김나지움에 다니는 그 아이는 제 아버지를 꼭 빼닮았다. 아이는 표트르 이바노비치가 기억하는 법률학교 시절 이반 일리치의 모습과 똑같았다. 울어서 퉁퉁 부은 눈은 이미 순수함을 잃어버린 열서너 살짜리 남자아이들에게서 볼 수 있는 그런 눈이었다. 아이는 표트르 이바노비치를 보더니 굳은 표정으로 서서 쑥스러운 듯 얼굴을 찡그렸다. 표트르 이바노비치는 아이에게 고개를 한 번 끄덕여주고 시신이 안치된 방으로 갔다. 촛불과 탄식 소리, 향 연기, 눈물과 흐느낌 속에서 추도식이 시작되었다. 표트르 이바노비치는 침울한 표정으로 서서 발끝만 바라보았다. 시신 쪽으로는 눈길 한번 돌리지 않으면서 끝까지 그 우울한 분위기에 휩쓸리지 않고 버티다가 먼저 자리를 뜨는 사람들과 함께 방을 나왔다. 현관에는 아무도 없었다. 집사 일을 돕는 농부 게라심이 고인의 방에서 급히 나오더니 억센 손으로 손님들의 외투를 일일이 들추며 표트르 이바노비치의 외투를 찾아 건

네주었다.

　"이보게 게라심, 얼마나 마음이 아픈가?" 표트르 이바노비치는 무슨 말이라도 해야 할 것 같아 이렇게 말했다.

　"다 하나님의 뜻인걸요. 우리 모두 언젠가는 가야 할 길이지요." 게라심이 농부답게 희고 고른 치아를 드러내며 대답했다. 그러더니 한창 기운 좋게 일하는 사람처럼 현관문을 활짝 열어젖히고 마부를 불러 표트르 이바노비치를 마차에 태우고는, 남은 일을 마저 해야 한다는 듯 다시 현관으로 뛰어갔다.

　향냄새와 시신 냄새, 석탄산 냄새를 맡고 난 터라 표트르 이바노비치는 신선한 공기를 호흡하자 더할 나위 없이 기분이 상쾌했다.

　"어디로 모실까요?" 마부가 물었다.

　"아직 늦지 않았군. 표도르 바실리예비치 집으로 가주게."

　표트르 이바노비치가 표도르 바실리예비치 집에 가보니, 때마침 카드놀이의 첫 판이 막 끝나가고 있었다. 다섯이 새로 게임을 시작하기 딱 좋은 시간에 도착한 것이다.

2

　이반 일리치가 살아온 삶은 굉장히 단순하고 평범했으며 아주 끔찍하기도 했다.

　이반 일리치는 항소법원 판사로 일하다 마흔다섯이라는 나이에 세상을 떠났다. 그는 관리의 아들이었는데, 그의 아버지는 페테르부르크 관청에서 여러 직책을 두루 거치며 출세가도를 달린 사람이었다. 아니 좀 더 정확히 말하면, 어떤 중요한 업무도 제대로 해낼 능력이 없으면서 단지 오랫동안 그 일을 해왔고 직위가 높다는 이유로 쫓겨나지 않고 자리를 지킨 그런 사람이었다. 이들은 오직 자신들을 위해 마련된 있으나 마나 한 자리를 차지하고 앉아 6천 루블에서 1만 루블까지 꼬박꼬박 받아 챙기며 여생을 느긋하게 살았다.

이반 일리치의 아버지 일리야 예피모비치 골로빈은 이처럼 쓸모없는 관청에서 삼등문관이라는 쓸모없는 자리를 차지하고 있었다.

그에게는 아들이 셋 있었고 이반 일리치는 그중 둘째였다. 첫째 아들은 부서만 달랐을 뿐 제 아버지처럼 출세 가도를 달렸으며, 이제 대충 자리만 지키고 봉급을 받는 근속연한에 가까워졌다. 셋째 아들은 실패작이었다. 그는 여기저기 전전하며 번번이 실패만 하다가 지금은 철도청에서 근무하고 있었다. 아버지와 형들은 그와 마주치는 걸 싫어하는 정도를 넘어 그럴 수만 있다면 그의 존재 자체를 잊고 싶어 했는데, 형수들은 특히나 더 그랬다. 하나 있는 딸은 그레프 남작과 결혼했으며, 그도 장인처럼 페테르부르크의 관리였다. 이반 일리치는 다들 말하길 '집안의 자랑거리'였다. 형처럼 냉정하거나 까다롭지 않았으며 동생처럼 제멋대로 살지도 않았다. 그 둘의 중간쯤으로, 똑똑하고 활달하고 유쾌하고 예의 바른 사람이었다. 그는 동생과 함께 법률학교에 다녔다. 동생은 학교를 마치지 못하고 5학년 때 퇴학을 당했지만 이반 일리치는 우수한 성적으로 졸업했다. 그가 살아가는 내내 잃지 않았던 성품은 법률학교 시절에 이미 갖춰졌다. 그는 능력 있고 쾌활하고 선량하며 사교적이면서도 자신의 의무라고 생각하는 일은 철저하게 해내는 사람이었다. 그가 자신의 의무라고 생각하는 일은 바로 높은 지위에 있는 사람들이 그렇게 생각하는 것이었다. 그는 어릴 때도 성인이 되어서도 아첨과는 거리가 멀었지만, 날벌레가 불빛을 향해 날아들듯 아주 어릴 적부터 본능적으로 상류 사회 사람들에게 이끌렸으며, 그들의 태도나 인생관을 습득하면서 친밀한 관계를 맺었다. 어린 시절과 청년 시절에는 뭔가에 온 마음을 다해 열중하기도 했지만, 그런 시간은 그의 삶에 별다른 흔적을 남기지 않고 지나갔다. 여성들과 어울리기도 하고 허영심에 빠져보기도 했으며, 고학년이 되어 졸업을 앞두고는 자유주의 사상을 탐닉하기도 했다. 하지만 그의 본능이 옳은 것이라고 일러주는 일정한 범위를 벗어난 적은 단 한 번도 없었다.

법률학교 시절, 그는 이전이라면 몸서리쳐지게 혐오했을 행동을 하기도 했다. 그 행동을 하는 순간에도 역겹다는 생각이 들긴 했지만, 높은 자리에 있는 사람들도 아무렇지 않게 그런 행동을 한다는 걸 알고 나서는 마음이 달라졌다. 그런 행동을 옳다고 생각한 건 아니었지만, 머릿속에서 깨끗이 지워버렸고 다시 떠올리며 괴로워하는 일 같은 것도 하지 않았다.

이반 일리치가 법률학교를 졸업하고 십등문관 자리에 임용되자 그의 아버지는 제복을 맞춰 입으라며 아들에게 돈을 주었다. 이반 일리치는 그 돈으로 샤르메르 양복점에서 제복을 맞추었고 '결과를 미리 생각하라'는 뜻의 라틴어 글귀를 새겨 넣은 메달도 시곗줄에 달았다. 그리고 은사인 공작을 찾아가 작별 인사를 하고 친구들과 도논 레스토랑에서 송별회를 겸한 식사도 했다. 그런 다음 최고급 상점들을 다니며 주문하거나 구입한 속옷과 옷가지, 세면도구와 화장품, 여행용 담요 등을 최신식 여행가방에 꾸리고, 아버지가 손을 써서 마련해준 현지사 특별 보좌관이라는 직책을 맡기 위해 부임지로 떠났다.

부임지에 가고 얼마 되지 않아 이반 일리치는 법률학교에서처럼 수월하고 자연스럽게 자신의 위치를 만들어갔다. 충실하게 업무를 수행해 경력을 쌓으면서도 한편으로는 유쾌하고 품위 있게 삶을 즐길 줄도 알았다. 가끔 상부의 지시에 따라 여러 지역으로 출장을 갔는데, 그럴 때면 지위가 높든 낮든 상관없이 언제나 상대를 예의 바르게 대했다. 그리고 주로 분리파 교도*에 관한 업무를 맡아 아주 정확하고 청렴결백하게 처리했는데, 이에 대해 스스로도 자부심을 느꼈다.

이반 일리치가 아직 젊고 가볍게 즐기는 걸 좋아하는 성향이긴 했지만, 일할 때만큼은 굉장히 신중하고 꼼꼼했으며 엄격하기까지 했다. 하지만 사람들과 어울리는 자리에서는 대체로 장난스럽고 재치가 넘쳤으며 늘 너그럽고 공손했다. 이반 일리치를 한 가족처럼 아끼던 지사 내외는 이런 그를 두고 '좋은 젊은이'라 부르기도 했다.

첫 부임지에서 이 세련된 법조인에게 접근하는 부인들이 여럿 있었고, 이반 일리치는 그중 한 여인과 실제로 애정 관계에 휘말리기도 했다. 모자 가게 여주인과도 염문을 뿌렸다. 시종무관들이 그 지역으로 출장을 오면 술자리를 마련해 그들을 대접했고, 저녁 식사를 끝내

---

* 주로 17세기와 18세기에 활약했던 러시아 정교회 보수파를 일컫는 말

고 나면 멀리 외진 곳으로 자리를 옮겼다. 현지사는 물론 그 부인에게도 잘 보이려고 늘 애를 썼다. 하지만 이런 행동을 하면서도 품위와 예의를 잃지 않았으므로 누구도 그의 뒤에서 비난이나 험담을 하진 못했다. 사실 그의 행동은 프랑스 속담에 나오는 '젊은 시절의 객기'쯤으로 봐줄 수 있는 정도였다. 깨끗한 손으로, 깨끗한 셔츠를 입고, 프랑스 말을 쓰며 이런 행동을 하는 것은 상류사회에서 늘 있는 일이었으므로 고위층 사람들도 당연하게 받아들였다.

첫 부임지에서 그렇게 5년을 보내고 난 뒤 근무지를 옮길 기회가 찾아왔다. 법제도가 새롭게 도입되면서 새로운 사람들이 필요했던 것이다.

이반 일리치는 그 새로운 사람이 되었다.

이반 일리치는 예심판사 자리를 제안받았고 이를 받아들였다. 하지만 그러려면 이제껏 쌓아온 모든 관계를 포기하고 다른 지역으로 가서 또 새롭게 시작해야 했다. 친구들과 송별회를 하고 단체 사진도 찍고 은제 담배 케이스를 선물로 받은 뒤 그는 새로운 근무지로 떠났다.

이반 일리치는 예심판사가 되고서도 전임지에서 특별 보좌관으로 일할 때와 다름없이 반듯하고 예의 바르게 행동하고 공과 사를 구분했기 때문에 모두의 존경을 받았다.

이반 일리치에게는 이전 일보다 예심판사 일이 훨씬 더 흥미롭고 매력적이었다. 샤르메르 양복점에서 맞춘 제복을 차려입고, 바짝 긴장한 채 서서 현지사를 만나려고 기다리는 청원자들과 이반 일리치를 부러운 표정으로 바라보는 관리들을 당당하게 지나쳐 아무 거리낌 없이 현지사 집무실에 들어간 다음 그와 함께 담배를 피우며 차를 마시던 그때도 꽤 좋긴 했다. 하지만 그가 마음대로 힘을 휘두를 수 있는 사람들은 아주 적었다. 업무차 출장을 간 지역에서 만나는 경찰 서장이나 분리파 교도들 정도가 전부였다. 이반 일리치는 그런 사람들에게도 동료에게 하듯 다정하고 공손하게 대했는데, 사람들이 그가 언제든 마음만 먹으면 힘으로 자신들을 누를 수 있는데도 늘 친절하게 대해준다는 느낌을 갖는 게 좋았다. 하지만 그때는 그렇게 할 수 있는 사람들이 그리 많지 않았다. 그러나 예심판사가 된 지금 이반 일리치는 한 사람도 예외 없이, 제아무리 중요하고 잘난 체하는 사람이라도 모두 자신의 손안에 있다고 생각했다. 그리고 종이에 제목과 정해진 말 몇 마디만 쓰면 제아무리 중요한 사람이든 잘난 체하는 사람이든 피고인이나 증인으로 소환할 수 있었고, 자리에 앉히는 게 내키지 않으면 그대로 세워둔 채 질문에 답하도록 할 수도 있었다. 이반 일리치는 이런 권력을 절대 함부로 쓰지 않았다. 오히려 그 권력을 부드럽게 사용하려고 노력했다. 이처럼 자신이 권력을 지니고 있다는 걸 알고 그 권력을 부드럽게 사용할 수 있다는 사실 자체가 새로운 직책이 주는 가장 큰 즐거움이자 매력이었다. 직무를 수행할 때, 그러니까 심리를 진행할 때, 이반 일리치는 업무와 관계없는 내용은 모두 배제하는 방법, 그리고 아무리 복잡한 사건이라도 개인의 견해는 철저히 빼고 오직 사실 자체만을 기록하며 무엇보다 형식상 필요한 사항은 철저히 지켜 일목요연하게 서류로 정리하는 방법을 재빨리 터득했다. 이는 굉장히 새로운 일처리 방식이었다. 이반 일리치는 1864년 제정된 법률을 처음 시행한 사람들 중 하나였다.

예심판사 신분으로 새로운 도시에 오고 나서 이반 일리치는 새로운 사람들을 사귀고 새로운 관계를 맺었으며, 달라진 위치에 따라 처신도 어느 정도 달리했다. 현의 권력층과는 적당한 거리를 두는 한편 법조계 관리들이나 도시에서 가장 부유한 귀족들과 친분을 쌓았으며, 정부에 조금쯤 불만을 품고 온건한 자유주의적 성향을 지닌 교양 있는 시민의 모습을 갖췄다. 또한 새로운 업무를 시작하고 나서 차림새는 예전과 같이 품위 있게 유지했지만 턱수염은 깎지 않고 제멋대로 자라게 두었다.

새로운 도시에서도 이반 일리치의 삶은 굉장히 유쾌했다. 사교계 사람들은 현지사에게 불만을 품고 있긴 했어도 다들 상냥하고 친절했다. 봉급도 올랐고, 그즈음 시작한 휘스트라는 카드놀이도 그의 삶에 적지 않은 즐거움을 더해주었다. 이반 일리치는 카드놀이를 즐길 줄 아는 데다 상황 판단이 빠르고 아주 정확해서 대개 승리를 차지하는 쪽이었다.

새로운 도시에서 근무한 지 2년쯤 되었을 때 이반 일리치는 장차 아내가 될 여성을 만났다. 프라스코비야 표도로브나 미헬은 이반 일리치가 어울리던 사교계에서 가장 매력적이고 영리하며 멋진 아가씨였다. 예심판사 업무에서 잠깐씩 벗어날 때 이반 일리치는 기분 전환도 할 겸 장난 삼아 가볍게 프라스코비야 표도로브나를 만났다.

이반 일리치는 특별 보좌관 시절에는 춤을 자주 추었지만 예심판사가 되고 나서는 좀처럼 춤을 추는 일이 없었다. 자신이 새로 생긴 기관의 오등관리이긴 하지만 춤에 관한 한 누구에게도 뒤지지 않는다는 걸 증명하고 싶을 때만 춤을 추었다. 그런 식으로 가끔 파티가 끝나갈 즈음 프라스코비야 표도로브나와 춤을 추었는데, 이렇게 춤을 추는 동안 이반 일리치는 그녀의 마음을 사로잡았다. 프라스코비야 표도로브나는 이반 일리치에게 완전히 반해버렸다. 그때까지 이반 일리치는 꼭 결혼을 하겠다고 마음을 정한 건 아니었지만, 상대가 자신에게 푹 빠진 걸 보자 이런 생각이 들었다. '그래, 결혼을 못할 이유는 또 뭐야?'

프라스코비야 표도로브나는 훌륭한 귀족 가문에서 자랐으며 굉장히 아름다웠고 재산도 좀 있었다. 이반 일리치가 더 나은 상대를 찾아볼 수도 있었지만, 그녀 정도면 그럭저럭 괜찮은 편이었다. 이반 일리치는 봉급을 받고 있었고, 그녀에게도 그 정도 재산은 있을 거라고 생각했다. 프라스코비야 표도로브나는 집안도 좋고 아름답고 사랑스러우며 아주 반듯한 여성이었다. 이반 일리치가 아내 될 여자를 사랑했고 두 사람의 인생관이 서로 같다고 생각해서 결혼했다고는 말하기 힘들다. 그렇다고 해서 순전히 주위 사람들의 부추김 때문에 한 것도 아니었다. 그가 결혼을 결심한 것은 이 두 가지를 모두 고려했기 때문이었다. 그러니까, 이반 일리치에게 그 결혼은 프라스코비야 표도로브나 같은 여성을 아내로 맞아 자신의 만족감을 채우는 일이면서, 동시에 높은 지위에 있는 사람들이 옳다고 여기는 일을 하는 것이기도 했다.

그렇게 이반 일리치는 결혼했다.

결혼식을 준비하던 시간, 그리고 새 가구와 그릇과 속옷이 있는 집에서 두 사람이 맘껏 애정을 표현하던 신혼 시절은 더할 나위 없이 행복했다. 아내가 임신하기 전까지는 그랬다. 그래서 이반 일리치는 그 자신이 모름지기 그래야 한다고 믿었던 삶, 즉 편안하고 즐겁고 유쾌하며 늘 품위를 잃지 않아 사교계에서 인정받는 삶이 결혼했다고 해서 망가지기는커녕 오히려 더 풍부하고 탄탄해진다는 생각까지 들었다. 하지만 아내가 임신하고 몇 달이 지나면서부터 뭔가 갑작스럽고 낯설고 불쾌하고 힘겹고 점잖지 못한 일이 벌어지기 시작했는데, 이반 일리치로서는 전혀 예상치 못한 일이었으며 어떻게 해도 벗어날 방법이 없었다. 아내는 이반 일리치가 보기에 아무 이유도 없이, 그의 표현을 빌리면 '기분 내키는 대로' 유쾌하고 품위 있는 삶을 무너뜨리기 시작했다. 별 이유도 없이 남편을 질투하는가 하면, 자기에게만 관심을 가져달라고 조르거나 매사에 트집을 잡으면서 사납고 거칠게 굴기도 했다.

처음에 이반 일리치는 예전에 곤경에서 벗어났던 방식 그대로, 말하자면 가볍고 유쾌한 태도로 문제를 받아들이는 방식으로 이 불편한 상황에서 벗어나려 했다. 아내의 기분이나 감정은 무시한 채 예전과 다름없이 가볍고 유쾌하게 생활했다. 친구들을 집으로 불러 카드놀이를 하기도 하고 어느 때는 클럽이나 친구들 집에 가기도 했다. 그런데 어느 날 아내가 불같이 화를 내며 온갖 험한 욕설을 내뱉더니, 그 뒤로는 남편이 자신의 요구를 들어주지 않을 때마다 욕을 해댔다. 남편이 굴복할 때까지, 그러니까 남편도 집에 들어앉아 자신처럼 우울해할 때까지 멈추지 않겠다고 단단히 결심한 것 같았다. 이반 일리치는 이 상황이 몹시 두려웠다. 그는 결혼 생활이 ─적어도 아내와는 ─유쾌하고 품위 있는 삶에 늘 밑거름이 되는 것은 아니며 오히려 그런 삶을 파괴할 때가 많고 따라서 이 파괴에서 스스로를 지켜야 한다는 사실을 깨달았다. 그는 방법을 찾아보았다. 프라스코비야 표도로브나의 기세를 꺾을 수 있는 단 한 가지는 그의 업무였다. 이반 일리치는 처리해야 할 업무가 있다는 핑계로 아내와 맞서면서 자신만의 독립된 세계를 지켜나갔다.

출산을 하고 나서 아내는 아기에게 몇 번이나 젖을 물리려 해도 제대로 되지 않을 때든 아기와 산모가 정말 아프거나 아픈 것처럼 생각될 때든 온갖 경우에 남편이 함께해주길 요구했다. 하지만 그럴 때마다 이반 일리치는 어떻게 해야 하는지 도무지 알지 못했고, 가족에게서 벗어나 자신만의 세상을 만들어야 한다는 생각만 더 확고해졌다.

아내의 신경질과 요구가 늘어갈수록 이반 일리치는 삶의 중심을 점점 더 일에 두었다. 날이 갈수록 더 일에 빠져들었고 명예욕도 예전보다 강해졌다.

결혼한 지 채 1년도 지나지 않아서, 이반 일리치는 결혼 생활이 어느 정도는 삶을 편리하게 해줄지 몰라도 본질적으로 굉장히 복잡하고 힘겨운 것이며 따라서 자신의 의무를 다하기 위해서는, 다시 말해 사교계에서 인정받는 품위 있는 삶을 살아가기 위해서는 일에서 그렇듯 결혼 생활에서도 확실한 태도를 정해야 한다는 사실을 깨달았다.

그래서 결혼 생활에 대해 나름의 태도를 정했다. 결혼 생활에서는 아내가 제공해줄 수 있는 편리함, 즉 따뜻한 식사와 집안 관리와 잠자리만 요구하기로 했다. 그에게 가장 중요한 것은 남들이 보기에 그럴듯한 가정의 모양새를 갖추는 것이었다. 그것 말고 즐겁고 유쾌한 일도 조금쯤은 바랐는데, 그런 바람이 충족되면 굉장히 고마워했고 만일 반감이나 불평에 부딪치면 그 즉시 일이라는 자신만의 독립된 세계로 들어가 거기에서 즐거움을 찾았다.

이반 일리치는 우수한 관리로 인정받아 3년 뒤 검사보로 임명되었다. 새로 맡은 업무와 그 중요성, 누구든 법정에 세우고 감옥에 보낼 수 있는 권한, 사람들 앞에서 행하는 연설, 새로운 직책에서 거둔 성공 등, 이 모든 것이 이반 일리치를 더욱더 일에 빠져들게 했다.

아이들이 연이어 태어났다. 아내는 불평이 더 많아지고 짜증도 늘었지만, 이반 일리치는 가정생활에 관해 이미 태도를 정해놓았으므로 아내의 잔소리에도 별로 개의치 않았다.

한 도시에서 근무한 지 7년이 지났을 즈음, 이반 일리치는 검사로 승진하면서 다른 지역으로 발령받았다. 그는 가족을 데리고 새 부임지로 떠났다. 그런데 돈이 넉넉지 않았고 아내는 이사 간 곳을 마음에 안 들어했다. 봉급이 예전보다 오르긴 했지만 생활비도 그만큼 많이 들었다. 게다가 아이를 둘이나 잃은 탓에 이반 일리치에게 가정생활은 더 불편해졌다.

프라스코비야 표도로브나는 새로 이사 간 곳에서 안 좋은 일이 생길 때마다 남편을 원망했다. 부부가 대화, 특히 아이들 교육에 관한 대화를 할라치면 예전 문제를 다시 끄집어내 다투기 일쑤였고, 그러다 보면 말다툼은 순식간에 격렬해졌다. 아주 가끔은 서로에게서 사랑을 느끼는 때도 있긴 했지만 오래가지는 못했다. 얼마 안 가 두 사람은 서로에게서 멀어지며 마음속에 감춰둔 적개심을 드러냈고, 그들이 사랑을 느끼는 순간은 이 적개심의 바다에 다시 뛰어들기 전 잠시 머무는 작은 섬일 뿐이었다. 이반 일리치가 이런 소원한 관계를 도저히 받아들일 수 없는 것으로 여겼다면 아마도 무척 괴로웠을 테지만, 그는 이미 이런 상황을 당연한 것으로 받아들였을 뿐만 아니라 가정에서 자신이 이루어야 하는 목표로 생각하기까지 했다. 그의 목표는 이 불편한 상황에서 가능한 한 더 멀리 떨어지고 그런 상황을 자신에게 아무런 해도 미치지 않는 자연스러운 것으로 만드는 것이었다. 가족과 함께 보내는 시간을 점점 줄여갔고, 부득이 함께 있어야 할 때는 다른 사람들을 집으로 불러 자신의 위치를 지키려 했다. 중요한 것은 이반 일리치에게 일이 있다는 사실이었다. 그는 모든 삶의 재미를 일에 집중하면서 찾았다. 그리고 마침내 이 재미가 그를 삼켜버리는 지경에 이르렀다. 마음만 먹으면 누구든 파멸시킬 수 있는 권력이 있다는 자각, 표면적인 것이긴 하지만 법정에 들어설 때나 아랫사람들을 만날 때 그에게 향하는 예우, 상급자와 하급자들 사이에서 거둔 성공, 그리고 무엇보다 그 스스로도 느끼는 뛰어난 업무 처리 능력, 이 모든 것이 그에게 기쁨을 주었다. 이와 함께 동료들과 나누는 대화와 식사 자리, 카드놀이 등이 그의 삶을 더 풍요롭게 해주었다. 그렇게 해서 이반 일리치의 삶은 그가 기대한 대로 즐겁고 만족스럽게 흘러갔다.

그러면서 7년이 또 지났다. 큰딸은 벌써 열여섯 살이 되었고 한 아이가 세상을 떠났으며 김나지움에 다니는 아들아이가 하나 남았는데, 이 아이가 불화의 원인이었다. 이반 일리치는 아들을 법률학교에 보내고 싶어 했지만, 프라스코비야 표도로브나는 남편에게 앙심을 품고 김나지움에 보내버렸다. 딸은 집에서 교육을 받으며 훌륭하게 자랐고, 아들도 공부를 꽤 잘했다.

3

이반 일리치가 결혼하고 17년이라는 세월이 흘러갔다. 이제 그는 고참 검사가 되었고 몇 차례 자리 이동 제의를 거절하면서 더 좋은 자리가 나기를 기다리고 있었다. 그러던 어느 날, 불쾌한 사건 하나가 일어나 평온하던 그의 삶을 송두리째 흔들었다. 이반 일리치는 대학 도시의 수석 판사 자리를 고대하고 있었는데, 고폐가 그를 제치고 그 자리를 차지했던 것이다. 이반 일리치는 화가 나서 고폐를 찾아가 따졌고 가까운 상급자들에게도 항의했다. 하지만 모두에게서 냉대만 받았으며 그다음 인사에서도 밀려났다.

1880년에 일어난 일이었다. 그해는 이반 일리치의 인생에서 가장 힘겨운 시기였다. 그런 데다 그해 봉급이 생활하기에도 빠듯할 만큼 부족했고 다들 그를 잊었다는 사실 때문에 더욱 힘들었다. 뿐만 아니라, 그는 자신이 받는 대우가 아주 가혹하고 부당하다고 생각하는데 다른 사람들은 아무렇지 않게 여기는 것 같았다. 아버지조차 아들을 도와줘야 한다는 생각을 하지 않았다. 이반 일리치는 모두에게 버림받은 느낌이었다. 다들 그의 위치에서 3천 5백 루블을 받는 것은 아주 합당하며 심지어 운이 좋은 거라고 여기는 것 같았다. 자신에게 가해지는 부당한 대우를 인식하고 아내의 끝도 없는 잔소리에 시달리며 분수에 안 맞게 사느라 빚을 진 처지가 정상과는 거리가 멀다는 것을 알고 있는 사람은 오직 그 하나뿐이었다.

그해 여름, 이반 일리치는 돈을 좀 아껴볼 요량으로 휴가를 얻어 아내와 함께 처남이 살고 있는 시골로 갔다. 그곳에서 여름을 보낼 생각이었다.

일에서 벗어나 시골에서 지내는 동안 이반 일리치는 난생처음 따분하다 못해 견디기 힘들 만큼 울적해졌고, 언제까지 이렇게 살 수는 없으며 뭔가 단호한 조치를 내려야 한다고 마음먹었다.

밤새 한숨도 못 자고 테라스를 서성이던 이반 일리치는 일단 페테르부르크에 가기로 결심을 굳혔다. 그런 다음 다른 부서로 옮길 방법을 찾아 그를 몰라주는 사람들에게 자신의 능력을 보여주기로 했다.

다음날, 이반 일리치는 아내와 처남의 만류도 뿌리치고 페테르부르크로 떠났다. 이 여행의 목적은 단 하나, 연봉 5천 루블을 받을 수 있는 자리를 얻는 것이었다. 부서가 어디고 업무의 종류와 성격이 무엇인지는 이미 안중에 없었다. 연봉 5천 루블만 받을 수 있다면 관청이든 은행이든 철도 기관이든 마리아 여제 귀족학교든, 하다못해 세관이든 가리지 않을 생각이었다. 5천 루블의 연봉을 받을 수 있고 그를 인정해주지 않는 지금의 부서를 떠날 수만 있다면 어디라도 상관없었다.

그런데 이 여행에서 이반 일리치는 예상치 못했던 놀라운 성과를 얻었다. 쿠르스크역에서 그가 탄 열차 일등칸에 지인인 F. S. 일린이 타더니 방금 전 쿠르스크 현지사가 받은 전보 내용을 들려주었다. 며칠 안에 정부 부처에서 대대적인 자리 이동이 있을 예정인데, 표트르 이바노비치 자리에는 이반 세묘노비치가 내정되었다는 것이었다.

이 예정된 자리 이동은 러시아 제국은 물론이려니와 이반 일리치에게도 특별히 중요한 의미가 있었는데, 표트르 페트로비치도 그렇고 혹시 그의 친구 자하르 이바노비치 같은 새로운 인물이 임명된다면 그에게 아주 좋은 기회가 될 수도 있기 때문이었다. 자하르 이바노비치는 이반 일리치의 동료이자 친구였다.

모스크바에서 이 소식은 사실로 확인되었다. 이반 일리치는 페테르부르크에 도착하자마자 자하르 이바노비치를 찾아가 예전에 근무하던 법무부에 틀림없이 자리를 마련해보겠다는 약속을 받았다.

일주일 뒤 이반 일리치는 아내에게 이런 내용의 전보를 보냈다.

"자하르가 밀레르 자리에 발령받는 즉시 나도 임명받을 예정임."

이 인사이동 덕에 이반 일리치는 뜻밖에도 예전 직장에, 그것도 동료들보다 두 직급이나 높은 직책에 자리를 얻게 되었다. 그리고 연봉 5천 루블 외에 이사 비용으로 3천 5백 루블까지 받았다. 그러자 눈엣가시 같던 사람들과 예전 일하던 부서에 대한 원망이 어느새 사라졌고, 이반 일리치는 더할 나위 없이 행복했다.

이반 일리치는 아주 오랜만에 즐겁고 흡족한 마음으로 시골로 돌아왔다. 프라스코비야 표도로브나도 몹시 기뻐했고, 두 사람의 사이도 회복되었다. 이반 일리치는 페테르부르크에서 다들 자신을 축하해주었으며, 한때 매몰차게 굴던 사람들이 지금은 온갖 아첨을 하면서 굽실거리고, 다들 자신을 부러워하며 특히 페테르부르크에서는 모두 자신을 굉장히 좋아한다는 등의 얘기를 끝도 없이 늘어놓았다

프라스코비야 표도로브나는 남편의 말을 전적으로 믿는다는 표정으로 반박 한마디 하지 않고 열심히 들었다. 그러면서 앞으로 이사 갈 도시에서 새로운 삶을 꾸려갈 계획을 짜는 데만 온 신경을 썼다. 이반 일리치는 아내와 자신의 계획이 일치하고 두 사람이 모처럼 마음이 맞는 걸 보면서 잠시 흔들리던 삶이 다시 예전처럼 유쾌하고 품

위 있는 삶으로 돌아간 것 같아 내심 기뻤다.

이반 일리치는 곧 페테르부르크로 다시 가야 했다. 9월 10일부터 업무를 시작해야 했고, 그러려면 새 근무지에 살 집도 마련해야 했기 때문이다. 지방에 있는 짐도 옮겨야 했으며 새로 사거나 주문해야 할 물건들도 한두 가지가 아니었다. 한마디로 말해 어떤 집을 장만하고 어떻게 꾸밀지에 대한 내용이 머릿속에 이미 다 정해져 있었는데, 그것은 아내가 생각하는 내용과 똑같았다.

이제 모든 일이 순조롭게 흘러가고 부부의 목표도 같았으므로, 두 사람은 함께 지내는 시간이 적었다 뿐이지 결혼 초 이후 그 어느 때보다 사이가 좋았다. 이반 일리치는 바로 식구들을 데리고 떠나려 했지만, 갑자기 처남 내외가 이반 일리치와 가족에게 살갑고 친근하게 굴면서 붙잡는 바람에 하는 수 없이 일단 혼자 떠나기로 했다.

이반 일리치는 혼자 시골을 떠났다. 원하는 자리를 얻은 데다 아내와 사이도 좋아지니 이 두 가지가 상승작용을 일으켜 새 부임지로 가는 내내 마음이 흡족하고 즐거웠다. 게다가 그와 아내가 꿈꾸던 근사한 집도 발견했다. 천장이 높고 실내가 널찍해서 고풍스러운 분위기를 풍기는 응접실과 안락하면서도 멋스러운 서재, 아내와 딸이 사용할 방, 아들아이의 공부방 등 모든 것이 이반 일리치의 가족에게 맞도록 특별히 준비된 것 같았다. 이반 일리치는 직접 집을 꾸미기로 마음먹고는 벽지를 고르고 가구를 사들였는데, 가구는 특히 고상해 보인다고 생각되는 골동품으로 골라 천을 새로 씌웠다. 하나하나 단장해갈수록 집안은 그가 마음속으로 그리던 이상적인 모습에 가까워졌다. 집안 정리를 반 정도 끝냈을 뿐인데 벌써 그가 기대했던 것보다 훌륭해졌다. 이반 일리치는 집 정돈을 끝내고 나면 절대 천박하지 않으면서 우아하고 멋진 집이 될 거라고 생각했다. 응접실이 어떤 모습으로 변할지 상상하면서 잠들기도 했다. 아직 정리가 덜 끝난 거실을 보면서는 이제 제자리에 놓이게 될 벽난로와 칸막이와 벽장, 여기저기 적당한 자리를 차지할 작은 의자들, 벽면을 장식할 크고 작은 접시들과 청동 장식품 등을 마음속으로 그려보기도 했다. 자신과 취향이 같은 아내와 딸이 나중에 그 집을 보면 얼마나 놀랄지 생각만 해도 즐거웠다. 아내와 딸은 상상도 못하고 있을 터였다. 더구나 이반 일리치는 집안 전체에 고상한 분위기를 더해줄 골동품들을 찾아내 싼값에 구입할 수 있었다. 그러면서 식구들에게 편지를 쓸 때는 나중에 그들을 놀래주고 싶은 마음에 일부러 모든 걸 실제보다 안 좋게 표현했다. 이렇게 집 꾸미는 일에 온 정신을 쏟다 보니, 일을 그토록 좋아하던 이반 일리치였지만 새 업무에는 처음에 기대했던 것만큼 신경을 쓰지 못했다. 법정에 있을 때도 커튼걸이를 곧은 것으로 할지 굴곡이 있는 것으로 할지 생각하는 등 마음이 딴 데가 있곤 했다. 집에 와서도 직접 가구의 위치를 옮기거나 커튼을 바꿔 다는 일로 분주해 다른 일은 생각할 여유가 없었다. 한번은 그의 말을 못 알아듣는 도배공에게 시범을 보여주려고 직접 사다리에 올라갔다가 발을 헛디뎌 떨어지고 말았다. 하지만 워낙 튼튼하고 민첩한 덕에 완전히 균형을 잃지는 않고 창틀 손잡이에 옆구리를 부딪치기만 했다. 부딪친 곳이 아프긴 했지만 이내 괜찮아졌다. 집안을 꾸미는 내내 이반 일리치는 기분이 날아갈 듯했고 몸 상태도 더할 나위 없이 좋았다. 편지에 15년은 젊어진 것 같다고 썼을 정도였다. 집 단장이 9월이면 끝날 거라고 생각했지만 처음 예상과 달리 10월 중순까지 계속되었다. 대신 집은 더 근사해졌다. 이반 일리치 혼자 그렇게 생각한 것이 아니라, 집을 본 사람들 모두가 그렇게 말했다.

실제로는 그리 부자가 아니면서 부자처럼 보이고 싶어 하는 사람들이 너도나도 가지고 있는 것들이 있다. 비단, 흑단, 꽃, 양탄자, 검고 윤이 나는 청동 장식품 등이 그것인데, 이 모든 게 특정 계층 사람들이 자신보다 높은 계층 사람들을 흉내 내려고 집 안에 들여놓는 물건들이다. 이반 일리치가 집에 들여놓은 물건들 역시 그런 종류여서 특별히 눈길을 끌 만한 것은 못 되었다. 하지만 그의 눈에는 모든 게 특별하게만 보였다. 이반 일리치는 기차역으로 가족을 마중 나가서 단장을 마치고 불을 환하게 밝힌 집으로 데려왔다. 하얀 넥타이를 맨 하인이 꽃으로 장식된 현관문을 활짝 열자, 식구들은 거실로 서재로 다니며 연방 기쁨의 탄성을 질렀다. 이반 일리치는 더없이 행복한 마음으로 식구들에게 집 안 곳곳을 보여주었다. 그리고 쏟아지는 식구들의 칭찬을 들으며 그의 얼굴은 뿌듯함으로 밝게 빛났다. 그날 저녁 차를 마시면서 프라스코비야 표도로브나가 이런저런 얘기를 하던 중에 사다리에서 떨어진 건 어떻게 된 일이냐고 물었다. 이반 일리치는 웃음을 터뜨리고는 자신이 재빨리 몸을 날려 도배장이를 놀랜 상황을 직접 흉내까지 내가며 설명했다.

"내가 괜히 체조선수가 아니지. 다른 사람 같았으면 벌써 저세상으로 갔겠지만 난 그냥 부딪치는 정도로 끝났단 말이지. 처음에는 아프더니 이제는 말짱해요. 멍이 좀 들었을 뿐이오."

그렇게 이반 일리치와 가족은 새집에서 살기 시작했다. 늘 그렇듯,

새집에 익숙해지고 나니 방이 하나만 더 있었으면 하는 마음이 생겼고, 봉급이 늘었는데도 늘 그렇듯 5백 루블만 더 받았으면 좋겠다는 생각이 들었다. 그렇긴 해도 새집에서의 생활은 아주 좋았다. 특히 아직 집 정리가 덜 끝나 더 사들이고 주문하고 배치를 다시 하고 수리해야 할 것이 남아 있던 초기는 정말 좋았다. 부부 사이에 의견이 안 맞는 때도 있긴 했지만, 두 사람 다 아주 만족했고 할 일도 많았으므로 큰 싸움으로 번진 적은 한 번도 없었다. 그러다 집 안 정리가 끝나 더는 할 일이 없어지자 어쩐지 좀 지루하고 뭔가 부족하다는 느낌이 들기도 했지만, 그즈음에는 사람들도 사귀고 새로운 생활에도 익숙해진 터라 하루하루 아쉬움 없이 살아갔다.

이반 일리치는 법원에서 오전 시간을 보낸 뒤 집에 와서 점심을 먹었는데 처음 얼마간은 기분이 꽤 좋았다. 하지만 집 문제로 신경이 날카로워질 때도 가끔 있었다. (식탁보나 커튼에 작은 얼룩이라도 생기거나 커튼 줄이 끊어지기라도 하면 있는 대로 속을 태웠다. 집 안 꾸미는 일에 너무도 공을 들였기 때문에 조금이라도 문제가 생기면 그냥 넘어가질 못했다.) 그렇지만 삶이란 가볍고 유쾌하고 우아해야 한다는 평소의 지론대로 이반 일리치의 삶도 대체로 그렇게 흘러갔다. 그는 아침 아홉 시에 자리에서 일어나 커피를 마시고 신문을 좀 보다가 제복을 입고 법원으로 출근했다. 법원에는 그가 해야 하는 일이 미리 준비되어 있었고, 그는 도착하는 즉시 일에 달려들었다. 청원인, 집무실에 쌓인 질의서, 일상적인 업무, 공판, 공판 준비 회의 등이 그가 처리해야 할 일들이었다. 이 모든 일을 할 때는 공무의 올바른 진행을 방해하게 마련인 설익고 사적인 일상적인 요소들은 모두 배제할 수 있어야 했다.

업무와 관련된 것이 아니라면 사람들과 어떤 관계도 맺지 말아야 했으며, 그런 관계를 맺을 때라도 그 동기는 반드시 공적이어야 하며 관계 자체도 공적이어야 했다. 가령, 어떤 사람이 그를 찾아와 뭔가를 알고 싶어 한다고 하자. 이반 일리치는 공무를 떠난 개인으로서는 그 사람과 어떤 관계도 맺지 않았다. 하지만 그 사람이 제목이 기재된 서류에 이름이 올라 있는 법원 직원이라면, 이반 일리치는 그 관계 안에서 자신이 할 수 있는 일은 뭐든 최선을 다해 해주었고 그러면서도 인간적이고 친근한 관계를 유지하려고, 즉 정중한 태도로 상대를 대하려고 애썼다. 그러다 공적인 관계가 끝나면, 그 순간 다른 모든 관계도 끝났다. 이반 일리치는 이처럼 공적 업무와 사생활을 뒤섞지 않고 엄격하게 구분하는 능력이 탁월했으며, 오랜 경험과 타고난 재능 덕에 가끔씩은 마치 한 분야의 거장처럼 사적 관계와 공적 관계를 일부러 뒤섞기까지 하는 경지에 이르렀다. 그가 이렇게 할 수 있었던 것은 필요하다면 언제든 다시 공적인 관계를 구분해내고 사적인 관계를 버릴 수 있는 능력이 스스로에게 있다고 믿었기 때문이다. 이 모든 일을 이반 일리치는 수월하고 유쾌하고 품위 있게 해냈다. 아니 그 정도가 아니라 예술적으로 해냈다. 휴식 시간에는 담배를 피우고 차를 마시며 정치와 일상 그리고 카드놀이에 대해 소소한 이야기를 나눴는데, 이때 그의 가장 큰 관심사는 인사이동에 관한 것이었다. 몸은 피곤했지만 오케스트라 제1바이올리니스트의 한 사람이 되어 자신의 파트를 완벽하게 연주해낸 명장이 된 기분으로 집에 돌아오곤 했다. 집에 돌아오면 아내와 딸은 외출하고 없거나 손님을 맞이하고 있었다. 김나지움 학생인 아들은 과외교사와 수업 준비를 하거나 학교에서 배운 것을 꼼꼼히 복습하고 있었다. 모든 것이 아무 문제 없이 돌아갔다. 점심을 먹고 나서 손님이 없을 때는 사람들 입에 한창 오르내리는 책을 읽기도 했다. 그리고 저녁에는 다시 일을 시작해 서류를 읽어보고 법조문을 검토하고 진술을 대조하고 여기에 적용할 법조항을 찾아보았다. 그는 이런 일이 그리 지겹진 않았지만 그렇다고 즐겁지도 않았다. 사실 카드놀이를 할 수 있을 때 일을 하려면 지겹기도 했지만, 그렇지 않을 때는 아내와 단둘이 있는 것보다는 차라리 일을 하는 편이 훨씬 나았다. 이반 일리치는 사교계에서 중요한 위치에 있는 신사 숙녀들을 초대해 조촐한 만찬을 열고, 서로의 응접실 모습이 비슷하듯 평소에 시간을 보내는 방법도 비슷한 사람들과 같이 시간을 보내며 흡족해했다.

어느 날 저녁, 이반 일리치는 손님들을 초대해 파티를 벌이고 춤을 추었다. 그날 이반 일리치는 모든 게 만족스러웠고 무척 즐거웠다. 그런데 케이크와 사탕 문제로 아내와 크게 다투고 말았다. 프라스코비야 표도로브나가 나름대로 계획을 세워놨는데, 이반 일리치는 모든 걸 비싼 제과점에서 주문해야 한다고 고집을 부리더니 케이크를 잔뜩 사들였던 것이다. 결국 케이크가 남은 데다 돈은 45루블이나 지불하게 되면서 두 사람은 말다툼을 벌였다. 언성이 높아지고 분위기가 험악해지자 프라스코비야 표도로브나는 남편을 '멍청이, 꽁생원'이라고 몰아붙였다. 이반 일리치는 머리를 쥐어뜯으며 마음속으로 이혼 비슷한 말들을 떠올렸다. 그래도 그날 저녁 파티는 즐거웠다. 손님들 모두 최상류층 사람들인 데다, 이반 일리치는 '내 슬픔을 가져가주오'라는 단체를 설립한 것으로 유명한 사람의 여동생인 트루포노바 공작부인과 춤까지 추었다. 공적 업무에서 느끼는 기쁨은 자존심이 충족되는 데서 오는 기쁨이었고, 사교 생활에서 느끼는 기쁨은 허영심이 충족되는 데서 오는 기쁨이었다. 하지만 이반 일리치가 진정한 기쁨을 느끼는 것은 카드놀이를 할 때였다. 어떤 일을 겪었다 해도, 살면서 아무리 불쾌한 일을 겪었다 해도, 이반 일리치에게는 마치 촛불처럼 다른 모든 것을 환히 밝히는 기쁨이 있었는데, 바로 시끄럽지 않고 마음이 잘 맞는 사람들과 즐기는 카드놀이였다. 반드시 네 명이 모여 앉아(다섯일 때라도 굉장히 좋은 척은 했지만 한 번씩 빠져야 할 때마다 몹시 서운했다) 머리를 쓰면서 신중하게(패가 좋은 경우) 게임을 한 뒤 저녁 식사를 하며 와인 한 잔을 마시는 것이 이반 일리치에게는 진정한 기쁨이었다. 카드놀이가 끝나면 잠자리에 들었는데, 특히 돈을 조금 딴 날은(많이 따면 오히려 마음이 불편했다) 잠자리에 누워서도 기분이 아주 좋았다.

그들은 그렇게 살아갔다. 최상류층 사람들로 이루어진 사교계에 속해 있었고, 그들의 집에는 중요한 인물들과 젊은이들이 드나들었다.

주변 지인들을 바라보는 시각에서는 남편과 아내와 딸이 완벽하게 일치해서, 벽을 일본제 접시들로 장식한 거실로 몰려와 꽤나 친한 것처럼 구는 온갖 부류의 친지들, 구질구질한 사람들은 서로 말을 맞추지 않아도 각자 알아서 밀어내고 멀리했다. 곧 이 구질구질한 친구들은 발길을 끊었고, 골로빈 집에는 최상류층 사람들만 드나들게 되었다. 그때 집에 드나들던 젊은이들이 리자에게 관심을 보였는데, 그중에는 드미트리 이바노비치 페트리셰프의 아들이자 그의 유일한 상속자인 예심판사 페트리셰프도 있었다. 이 문제를 두고 이반 일리치 부부는 두 사람이 삼두마차를 타고 놀러가게 둘지 아니면 한번 문제를 삼을지 의논했다. 그들은 그렇게 살아갔다. 모든 것이 별다른 변화 없이 흘러갔으며, 모든 것이 아주 만족스러웠다.

4

가족 모두 건강했다. 이반 일리치가 이따금 입 안에 이상한 맛이 느껴지고 왼쪽 옆구리가 어쩐지 거북하다고 하긴 했지만 건강에 문제가 생겼다고 할 정도는 아니었다.

그런데 이 거북한 느낌이 점점 심해지더니, 딱히 통증이라고 할 정도는 아니어도 옆구리가 묵직해지고 따라서 기분도 가라앉았다. 이반 일리치의 상태가 나날이 나빠지면서 급기야 골로빈 가족 사이에 자리 잡은 화목하고 경쾌하고 품위 있는 삶이 망가지는 지경에 이르렀다. 부부가 다투는 일이 잦아지는가 싶더니 얼마 안 가 경쾌하고 화목한 분위기가 사라지고 간신히 품위만 유지하는 형편이 되었다. 예전과 같은 장면들이 걸핏하면 반복되었다. 남편과 아내가 폭발하지 않고 만날 수 있는 작은 섬들이 또다시 거의 사라져갔다.

프라스코비야 표도로브나가 남편 성격이 사람을 보통 힘들게 하는 게 아니라고 말해도 이제 틀린 말이 아니게 되었다. 뭐든 과장하는 버릇이 있는 그녀는 남편은 말도 못하게 괴팍한 사람이며 자신이 워낙 성격이 좋아서 20년이나 견뎌낸 거라는 얘기를 입에 달고 살았다. 이제 싸움은 늘 이반 일리치 때문에 시작되는 것이 사실이었다.

그는 꼭 식사하기 전, 대개는 수프를 먹으면서 트집을 잡기 시작했다. 그릇의 이가 빠졌다, 음식 맛이 형편없다, 아들아이가 식탁에 팔꿈치를 올려놓고 식사를 한다, 딸아이 머리 모양이 이상하다 등등 온갖 것에 트집을 잡았다. 그리고 이 모든 걸 아내 탓으로 돌렸다. 처음에는 프라스코비야 표도로브나도 지지 않고 따지고 들었다. 하지만 이반 일리치가 식사를 시작하면서 미친 듯 화내는 모습을 두어 번 보고 나서는, 남편의 행동이 음식을 먹을 때 나타나는 병적 증세라는 걸 깨닫고 더는 맞서지 않기로 했다. 그래서 말대답도 하지 않고 서둘러 식사를 끝냈다. 프라스코비야 표도로브나는 자신의 인내심을 대단히 훌륭한 것으로 여겼다. 남편의 성격이 괴팍한 탓에 자신의 삶이 불행해졌다고 결론 내리고 나니 스스로가 불쌍해졌다. 자신이 불쌍해질수록 남편에 대한 미움은 더 커졌다. 남편이 죽었으면 좋겠다는 마음이 들기도 했지만, 정말 그렇게 되길 바랄 수는 없었다. 남편이 없으면 월급도 사라질 것이기 때문이다. 상황이 이렇다 보니 남편이 더더욱 싫어졌다. 자신은 남편이 죽는다 해도 구원받을 수 없다고 생각하니 끔찍할 만큼 불행하게 느껴졌다. 화가 치밀었지만 겉으로 드러내진 않았고, 이렇게 화를 감추는 아내의 모습을 보며 이반 일리치는 짜증이 더 심해졌다.

어느 날 유난히 억지를 부리며 한바탕 싸움을 하고 나서 이반 일리치가 사실 요즘 그렇게 화를 낸 건 몸이 아파서라고 아내에게 털어놓았다. 아내는 몸이 아프면 치료를 받아야 한다며 당장 유명한 의사에게 가보라고 재촉했다.

그래서 이반 일리치는 의사를 찾아갔다. 모든 것이 그가 예상한 대로였다. 평소와 똑같은 절차가 그대로 이어졌다. 차례를 기다리는 일이며 짐짓 근엄한 체하는 의사의 표정이 그랬다. 사실 이런 표정은 이반 일리치도 법정에서 늘 짓던 거라 낯설지 않았다. 또한 몸 이곳저곳을 두드려보고 청진기를 대보는 행동, 대답이 이미 정해져 있어서 굳이 답할 필요도 없는 질문들, "우리에게 맡기세요, 다 알아서 해결해드리겠습니다, 우린 어떻게 해야 할지 정확하게 알고 있으며, 언제든 누구에게든 똑같은 방식으로 처리해드릴 겁니다"라고 말하는 듯한 진지한 표정도 마찬가지였다. 이 모든 게 법정에서와 똑같았다. 저명한 의사도 이반 일리치가 법정에서 피고를 대할 때와 똑같은 태도로 그를 대했다.

의사는 이렇게 말했다. "이런저런 증상으로 보건대 환자의 몸속에 이런저런 것이 있는 것 같습니다. 이런저런 검사를 해도 정확히 확인할 수 없으면 이런저런 병을 가정해봐야 할 겁니다. 이런저런 병으로 가정한다면, 그때는 그러니까……." 이반 일리치가 알고 싶은 것은 단 한 가지였다. '내 상태가 위중한가 아닌가?' 하지만 의사는 엉뚱한 질문이라는 듯 무시해버렸다. 의사의 입장에서 보면 그런 질문은 고려해볼 가치도 없는 하찮은 것이었다. 의사의 관심사는 오직 유주신*이나 만성 대장염, 혹은 맹장염 중 어떤 질병일 가능성이 있는지를 판단하는 것뿐이었다. 의사에게 중요한 문제는 이반 일리치의 생명이 아니라 그의 병명이 유주신인가 맹장염인가를 결정하는 것이

---

* 신장이 생리적 이동 허용 범위를 넘어 상하로 이동하는 것

었다. 이내 의사는 이반 일리치 눈앞에서 아주 멋들어지게 맹장염인 걸로 결론을 내리면서 단, 소변검사에서 새로운 증상이 나타나면 그 때 다시 검사를 해봐야 한다는 조건을 달았다. 이 모든 것이 이반 일리치가 피고인들 앞에서 수천 번도 더 멋들어지게 써먹었던 방법 그대로였다. 의사 역시 안경 너머로 의기양양하게, 아니 심지어 신나는 표정까지 지어가며 피고를 쳐다보면서 멋들어지게 간략한 설명을 했다. 그 설명을 들으면서 이반 일리치는 자신의 상태가 좋지 않다고 결론지었다. 그리고 자신의 상태가 좋지 않다고 해서 의사든 누구든 아무 신경도 쓰지 않을 거라고 생각했다. 이렇게 결론을 내리고 나니 자신을 향한 깊은 연민과 이처럼 중요한 문제에 그토록 무심한 의사를 향한 격렬한 증오가 일면서 몹시 고통스러웠다.

하지만 이반 일리치는 아무 말도 하지 않고 일어나 탁자에 진료비를 꺼내놓았다. 그리고 한숨을 내쉬고는 말했다.

"분명 나 같은 환자들이 바보 같은 질문을 종종 할 거라는 걸 압니다. 그래도 꼭 여쭤보고 싶은데, 제 병이 일반적으로 말해 위험합니까, 아닙니까?"

의사의 얼굴이 딱딱하게 굳었다. 안경 너머 한쪽 눈으로 이반 일리치를 쏘아보는 그 표정은 이렇게 말하는 듯했다. '피고가 허용된 범위 밖의 질문을 계속한다면, 나는 피고를 이 법정 밖으로 끌어내라는 명령을 내릴 수밖에 없습니다.'

"필요하다고 생각하는 설명은 이미 충분히 했습니다. 더 자세한 건 검사 결과가 나와봐야 알 수 있습니다." 의사가 이렇게 말하고 고개를 숙여 인사했다.

이반 일리치는 천천히 병원을 나와 침울한 마음으로 마차를 타고 집에 왔다. 집에 오는 내내 의사가 한 말을 한 글자도 빼지 않고 되새기면서 그 복잡하고 모호한 전문용어들을 간단하고 명료한 말로 바꿔보려 애썼고, 그러면서 '안 좋긴 한데, 정말 심각하게 안 좋다는 건가? 아니면 그 정도는 아니라는 건가?'라는 질문에 대한 답을 알아내려고 했다. 결론적으로, 의사가 한 말은 모두 상태가 굉장히 심각하다는 의미인 것 같았다. 거리의 모든 풍경이 우울하게만 보였다. 마부들도, 건물들도, 행인들도, 상점들도 모두 우울해 보였다. 잠시도 쉬지 않고 이반 일리치를 괴롭히는 정체불명의 통증이 의사의 모호한 설명과 합해져 이전과 다른, 그리고 이전보다 더 심각한 의미로 다가왔다. 이반 일리치는 새삼 마음이 무거워져 통증에 신경을 집중했다.

이반 일리치는 집에 돌아와 아내에게 병원에서 있었던 일을 얘기했다. 아내가 한창 얘기를 듣고 있는데, 모자를 쓴 딸아이가 엄마와 외출하기로 했다며 방에 들어왔다. 아이는 마지못해 자리에 앉아 지루한 얘기를 듣긴 했지만 오래 참지는 못했고, 아내도 남편의 말을 끝까지 들어주지 못했다.

"어쨌거나 정말 잘됐어요. 이제부터는 잊지 말고 꼭 제시간에 약을 드세요. 처방전 이리 주세요. 게라심을 약국에 보낼게요." 아내는 이렇게 말하고는 옷을 갈아입으러 갔다.

이반 일리치는 아내가 방에 있는 동안 숨도 제대로 쉬지 못하다가 아내가 나가고 나서야 힘겹게 숨을 내쉬었다.

그리고 중얼거렸다. "그래, 어쩌면 별것 아닐지도 몰라……."

그는 약을 먹고 의사의 지시 사항을 충실히 따랐는데, 이 지시 사항은 소변검사 결과에 따라 달라졌다. 그런데 어찌 된 일인지 소변검사 결과와 그에 따라 나타나야 하는 증상이 맞지 않는 바람에 혼란이 생겼다. 의사의 말에 따르면 절대 불가능한 일이었지만, 의사가 말한 증상은 나타나지 않았다. 의사가 뭔가를 빠뜨렸거나 거짓말을 했거나 아니면 뭔가를 숨기고 있는 것 같았다.

그렇지만 이반 일리치는 의사의 지시 사항을 정확하게 따랐고, 그렇게 하면서 처음 얼마간은 마음의 위안을 얻었다. 의사를 만나고 온 뒤부터는 위생과 약 복용에 관한 의사의 지시를 철저히 지키고 몸의 통증과 신체기관의 움직임에 세심하게 주의를 기울이는 것이 그의 주요 일과가 되었다. 그리고 사람들의 병과 건강이 그의 주된 관심사가 되었다. 누군가 이반 일리치 앞에서 병든 사람이나 죽은 사람, 혹은 병이 다 나은 사람, 특히 그와 비슷한 병을 앓고 있는 사람 얘기를 하면, 그는 흥분을 애써 감추고는 귀 기울여 들으면서 이런저런 걸 물었고 그렇게 해서 알게 된 내용을 자신의 병에 적용해보았다.

통증은 누그러질 기미를 보이지 않았지만, 이반 일리치는 애써 마음을 다잡으며 자신이 회복되고 있다고 믿었다. 마음에 아무 동요가 없을 때는 스스로를 속일 수 있었다. 하지만 아내와 다투거나 직장에서 실수를 하거나 카드놀이를 할 때 나쁜 패가 들어오거나 하면 곧바로 자신의 병을 온몸으로 느꼈다. 예전 같으면 일이 잘 안 된다 해도 잘못된 것을 바로잡고 어려움을 이겨내면 결국은 카드놀이에서 크게 이기듯 성공을 거둘 것이라는 기대로 견디곤 했다. 하지만 이제는 조금만 힘든 일이 생겨도 기운을 차리지 못하고 낙담했다. 그리고 이렇게 혼잣말을 했다. '이제 몸이 좀 회복되고 약효도 나타난다 싶은데 빌어먹을 이런 재수 없는 일들이 또 생기다니⋯⋯.' 그는 불행을 향해, 그리고 자신을 불행하게 만들고 망가뜨리는 사람들을 향해 분노를 퍼부었다. 이런 분노야말로 자신을 망가뜨리는 것임을 그도 알고 있었지만 어쩔 수가 없었다. 상황과 사람들을 향한 분노가 병을 악화시키므로 불쾌한 상황에는 아예 관심을 두지 말아야 한다는 사실을 분명히 알고 있었을 터인데도 그는 정반대로 행동했다. 말로는 자신에게 안정이 필요하다고 하면서 그 안정을 깨뜨리는 온갖 것에 신경을 곤두세우고 있다가 조금이라도 거슬린다 싶으면 버럭 화를 냈다. 그런 데다 의학책들을 읽고 여러 의사를 찾아다닌 탓에 상태는 더 악화되었다. 상태가 아주 서서히 나빠졌기 때문에 자신을 속일 수 있었다. 어제와 오늘을 비교해보면 별 차이가 없었던 것이다. 하지만 의사를 만나 얘기를 들어보면 상태가 아주 빠르게 나빠지는 것 같은 느낌이 들었다. 그런데도 그는 계속 의사들을 찾아다녔다.

　이번 달에도 이반 일리치는 또 다른 저명한 의사를 찾아갔다. 이 의사는 첫 번째 의사와 거의 같은 말을 하면서도 그의 문제를 다른 관점에서 보았다. 이 의사의 설명을 듣고 이반 일리치의 의심과 두려움은 더욱 커지기만 했다. 그의 친구의 친구로 아주 훌륭하다는 다른 의사 또한 이반 일리치의 병을 전혀 다르게 진단했다. 그가 완치될 수 있다고 장담하긴 했지만 이런저런 질문과 추측을 잔뜩 늘어놓는 바람에 이반 일리치의 혼란과 의혹은 더 커졌다. 동종요법 의사 역시 병을 또 다르게 진단하면서 약을 처방해주었고, 이반 일리치는 아무도 모르게 그 약을 일주일 동안 복용했다. 하지만 일주일이 지나도

차도를 전혀 느낄 수 없자 이전 치료에 대해서든 이번 치료에 대해서든 믿음이 모두 사라지면서 훨씬 더 의기소침해졌다. 그러던 어느 날, 평소 알고 지내던 어느 부인이 성상을 이용한 치료법에 대해 얘기해주었다. 이반 일리치는 어느새 자신이 부인의 말을 열심히 들으면서 사실로 받아들이고 있다는 걸 깨닫고 소스라치게 놀랐다. 그는 혼잣말을 했다. '내 정신 상태가 이 정도로 약해졌다는 건가? 말도 안 되는 소리! 다 쓸데없는 얘기야. 그래, 자꾸 의심해서는 안 돼. 의사를 한 사람 정하고 그의 지시를 철저히 따르는 거야. 그렇게 하는 거야. 이제 됐어. 아무 생각하지 말고 여름까지 처방대로 엄격하게 따르자. 그러면 효과가 나타나겠지. 지금부터 절대 흔들리지 말자!' 하지만 실천은 말처럼 그렇게 쉽지 않았다. 옆구리 통증이 그를 괴롭히는 정도가 점점 심해지더니 나중에는 잠시도 멈추질 않았으며, 입 안에서는 자꾸만 이상한 맛이 느껴지고 굉장히 역겨운 냄새가 나서 식욕이 떨어지고 기운도 빠졌다. 이제 더는 자신을 속일 수가 없었다. 무시무시하고 낯선 일이, 지금껏 살아오면서 한 번도 경험하지 못했던 심각한 일이 이반 일리치의 몸속에서 일어나고 있었다. 그리고 그걸 아는 사람은 이반 일리치 한 사람뿐이었으며, 주위 사람들 누구도 이해하지 못했고 이해하고 싶어 하지도 않았다. 그들은 세상의 모든 것이 전과 다름없이 흘러간다고 생각했다. 다른 무엇보다 이런 사실이 이반 일리치를 고통스럽게 했다. 그가 보기에 집안 식구들, 특히 한창 사교계에서 활동하던 아내와 딸은 이반 일리치가 어떤 상태인지 전혀 모르는 채 오히려 침울해하고 까다롭게 구는 것이 다 그의 잘못인 양 화를 냈다. 아내와 딸이 그런 내색을 하지 않으려고 애쓰긴 했지만, 이반 일리치가 보기에 자신은 그들에게 성가신 존재일 뿐이며 아내라는 사람은 남편의 병에 대해 한 가지 태도를 정해놓고는 그가 무슨 말을 하든 어떤 행동을 하든 아랑곳하지 않았다. 그 태도란 이런 것이었다.

그녀는 지인들에게 이렇게 말하곤 했다. "그러니까 말이죠, 마음 약한 사람들이 다 그렇듯 남편도 의사의 지시 사항을 철저하게 지키질 못한답니다. 하루는 약도 먹고 식사도 제대로 하고 제시간에 잠자리에 들지요. 하지만 다음날 제가 잠깐 한눈이라도 판다 싶으면 곧바로 약 먹는 걸 잊어버리는가 하면 먹어서는 안 되는 철갑상어 고기까지 먹는 거예요. 게다가 새벽 한 시까지 자지 않고 카드놀이를 하고 말이에요."

이반 일리치가 화가 나서 대꾸했다. "아니, 내가 언제 그랬단 말이오? 표트르 이바노비치 집에서 딱 한 번 그런 걸 가지고 말이야."

"어제 셰베크 씨 집에서도 그랬잖아요."

"어차피 아파서 잠을 잘 수도 없었고⋯⋯."

"어쨌거나 계속 그렇게 한다면 당신은 절대 회복 못 하고 우리만 괴롭힐 거예요."

프라스코비야 표도로브나가 다른 사람들에게든 남편에게든 공공연하게 보이는 태도는, 남편이 병에 걸린 건 순전히 그의 잘못이며 그 병 때문에 아내인 자신을 또다시 불행하게 만든다는 것이었다. 이반 일리치는 그게 아내의 본심은 아니라고 생각하면서도 어쩔 수 없이 마음 한편이 불편했다.

법원에서도 이반 일리치는 자신을 대하는 사람들의 태도가 이상하다는 걸 알아차렸다. 아니, 알아차렸다고 생각했다. 어떤 때는 사람들이 곧 자리를 비울 사람을 보듯 그를 호기심 가득한 눈초리로 살피는 것 같았다. 그러다가 또 어느 날은 갑자기 다정하게 굴면서 병 때문에 우울해하는 그를 장난스럽게 놀리기도 했다. 그들은 들어본 적도 없는 무시무시하고 기이한 어떤 것이 몸속에 자리를 잡고는 쉴 새 없이 기력을 빨아들이다가 아무 힘도 없게 된 그를 어딘가로 끌고 가는 것이 굉장히 재미있는 농담거리라도 되는 양 행동했다. 특히 장난스럽고 생기 넘치면서도 품위 있는 시바르츠를 볼 때면 이반 일리치는 10년 전 자신의 모습이 떠올라 화가 치밀었다.

어느 날은 친구들 여럿이 찾아와서 다들 둘러앉아 카드놀이를 했다. 그들은 패를 돌린 다음 새 카드를 구부려 길을 들이고 다이아몬드는 다이아몬드끼리 모았다. 모두 일곱 장이었다. 같은 편이 된 친구가 으뜸패 없이 하겠다며 다이아몬드 두 장을 이반 일리치에게 주었다. 그러니 더는 바랄 게 없어야 했다. 마땅히 즐겁고 활기 넘쳐야 했다. 승리는 이미 따놓은 거나 다름없었다. 하지만 그 순간 이반 일리치는 그를 빨아들이는 듯한 통증을 느꼈고 입 안에서는 이상한 맛이 났다. 그런 상황에서 카드놀이에서 이기게 되었다며 기뻐하는 것이 기이하게 느껴졌다.

이반 일리치는 같은 편인 미하일 미하일로비치를 바라보았다. 그는 한 손으로 탁자를 세게 두드리면서 분명 이길 수 있는 패를 양보하고는 점잖고 너그럽게 이반 일리치 쪽으로 밀어주었다. 이반 일리치가 멀리 팔을 뻗지 않고 편하게 카드를 집도록 해주기 위해서였다. '내가 팔도 뻗지 못할 만큼 약해졌다고 생각하는 건가?' 이반 일리치는 이런 생각을 하느라 으뜸패를 깜빡 잊는 바람에 으뜸패를 하나 더 내놓았고 결국 세 패가 모자라 다 이겨놓은 게임에서 지고 말았다. 하지만 무엇보다 끔찍했던 건, 미하일 미하일로비치가 괴로워하는 모습을 보면서도 아무렇지도 않았다는 것이다. 그리고 자신이 아무렇지 않은 이유를 생각하는 건 더 끔찍했다

　이반 일리치가 힘들어하는 모습을 보면서 다들 말했다. "피곤하면 이제 그만하죠. 좀 쉬세요." 쉬라고? 아니, 그는 전혀 피곤하지 않았고 끝내 세 판 승부까지 마쳤다. 모두들 어두운 표정으로 아무 말 하지 않았다. 이반 일리치는 자기 때문에 그렇게 되었다고 생각했지만 분위기를 바꾸지는 못했다. 사람들이 저녁 식사를 하고 돌아간 뒤 이반 일리치는 혼자 남아 이런저런 생각에 잠겼다. 그의 인생에 독이 스며들었고 이 독은 다른 이들의 삶에까지 번져가고 있는 것 같았다. 그리고 이 독은 약해지기는커녕 점점 더 강해져 그의 몸 전체에 깊숙이 파고드는 것 같았다.

　이런 생각에 더해 육체적 고통과 끔찍한 공포까지 느끼며 잠자리에 들어야 했고, 자다가도 통증 때문에 깨어 뜬눈으로 밤을 새우는 날이 많았다. 그러다가 아침이 되면 다시 일어나 옷을 입고 법원에 출근해 말을 하고 서류를 작성했다. 출근하지 않는 날에는 스물네 시간 꼬박 집에 틀어박혀 매 순간 고통에 시달려야 했다. 그렇게 이반 일리치는 파멸의 끝자락에 매달려 자신을 이해하고 가엾게 여겨주는 사람 하나 없이 외롭게 살아갔다.

5

그렇게 한 달이 지나고 또 한 달이 지났다. 새해를 앞두고 처남이 이반 일리치가 사는 도시에 왔다가 그의 집에도 들렀다. 그날 이반 일리치는 법원에 있었고 프라스코비야 표도로브나도 장을 보러 나가고 집에 없었다. 이반 일리치가 저녁에 집에 돌아와 서재로 들어가 보니 건강하고 혈색 좋은 처남이 한창 짐을 풀고 있었다. 처남은 이반 일리치의 발소리를 듣고 고개를 들더니 잠시 아무 말도 못 하고 그를 쳐다보기만 했다. 그 눈빛이 이반 일리치에게 모든 걸 말해주었다. 처남은 놀라서 탄식이라도 내뱉을 듯 입을 벌렸지만 아무 소리도 내지 못했다. 그 행동이 모든 걸 분명하게 보여주었다.

"왜, 내 모습이 많이 달라졌나?"

"네……, 좀 달라졌어요."

이반 일리치는 자신의 외모 얘기를 더 하려 했지만 처남은 입을 꾹 다물고 더는 한마디도 하지 않았다. 그때 마침 프라스코비야 표도로브나가 돌아왔고 처남은 제 누나에게 갔다. 이반 일리치는 문을 걸어 잠그고 거울 앞에 서서 처음에는 앞모습을, 다음에는 옆모습을 비춰 보았다. 그러고는 아내와 함께 있는 초상화를 가져다가 거울에 비친 자기 모습과 비교해보았다. 그 차이는 어마어마했다. 이번에는 소매를 팔꿈치까지 걷어 올리고 두 팔을 살펴본 다음 다시 소매를 내리고는 소파에 앉았다. 그의 얼굴이 밤보다 더 까매졌다.

"아니, 아니, 이러면 안 돼!" 그는 이렇게 중얼거리더니 벌떡 일어나 책상으로 가서 서류를 펼쳐 들고 읽기 시작했다. 하지만 글자가 눈에 들어오지 않았다. 그는 문을 열고 거실로 나갔다. 응접실 쪽 문이 닫혀 있었다. 발끝으로 살금살금 걸어가 아내와 처남의 대화를 엿들었다.

아내의 목소리가 들렸다. "그렇게까지 과장할 건 없어!"

"과장이라고? 누나 눈에는 안 보이는 거야? 매형은 죽은 사람 같아. 눈을 좀 봐. 생기가 하나도 없잖아. 대체 어디가 안 좋은 거야?"

"아무도 몰라. 니콜라예프(또 다른 의사)가 뭐라고 하긴 했는데 난 무슨 말인지 모르겠어. 레셰티츠키(저명한 의사)는 정반대로 얘기하고……."

이반 일리치는 그곳에서 물러나 자기 방으로 가서 자리에 누워 생각했다. '신장이 문제야. 유주신인 거야.' 신장이 제자리를 떠나 떠돌아다니는 거라던 의사들 말을 하나하나 떠올려보았다. 그리고 상상력을 총동원해 신장을 붙잡아 멈춘 다음 단단히 고정해보려 했다. 별로 어려운 일도 아닐 것 같았다. '표트르 이바노비치에게 다시 가봐야겠어.' (의사 친구가 있다던 그 친구였다.) 그는 종을 울려 말을 준비하라고 이르고는 나갈 채비를 했다.

"장*, 어디 가시게요?" 아내가 한껏 슬픈 표정을 지으며 유달리 다정하게 물었다.

평소와 달리 다정하게 구는 아내의 모습을 보자 이반 일리치는 짜증이 치밀었다. 그는 어두운 표정으로 아내를 바라보았다.

---

* 이반의 프랑스식 이름

"표트르 이바노비치에게 가봐야겠어."

이반 일리치는 의사 친구를 둔 친구 집으로 갔다. 그리고 그 친구와 함께 의사를 찾아가 오랫동안 얘기를 나눴다. 자신의 몸속에서 일어나고 있는 증상에 관해 해부학적, 생리학적으로 의사의 설명을 듣고 나서야 그는 모든 걸 이해할 수 있었다. 맹장에 작은, 아주 작은 뭔가가 하나 있었다. 얼마든지 고칠 수 있는 것이었다. 어느 한 기관의 에너지를 강화하고 다른 기관의 기능을 약화하면 흡수작용이 일어나면서 모든 게 정상으로 회복되는 것이다. 그는 식사 시간이 조금 지나 돌아왔다. 식사하면서 즐겁게 얘기를 나누다 보니 서재에 가서 일을 해야 하는데도 한참 동안 자리에서 일어나지 못했다. 겨우 서재로 돌아와서는 곧바로 자리에 앉아 업무를 시작했다. 하지만 서류를 검토하고 업무를 처리하는 동안에도 아주 중요한 일을 미뤄두고 있다는 생각, 일이 끝나는 대로 그 일을 해야 한다는 생각이 계속 머릿속을 맴돌았다. 업무를 마치고 나서야 그 중요한 일이란 다름 아닌 맹장에 대해 생각해보는 것이었음을 깨달았다. 하지만 그 생각은 잠시 접어두고 차를 마시러 응접실로 나갔다. 그곳에서는 손님들이 모여 앉아 얘기를 나누고 피아노를 치며 노래도 불렀다. 딸아이의 남편감으로 생각해둔 예심판사도 와 있었다. 그날 저녁 이반 일리치는 프라스코비야 표도로브나의 표현을 빌리면 누구보다 즐겁게 시간을 보냈다. 하지만 맹장에 관한 중요한 문제를 미뤄두고 있다는 생각이 한시도 머릿속을 떠나지 않았다. 열한 시쯤 이반 일리치는 손님들과 인사를 나누고 자기 방으로 들어갔다. 몸이 아프면서부터 서재에 딸린 작은 방에서 혼자 잠을 잤다. 그는 옷을 벗고 에밀 졸라의 소설책 한 권을 집어 들었지만 책은 읽지도 못하고 생각에 빠져들었다. 그 순간, 상상 속에서 그가 바라던 맹장 치료가 시작되었다. 흡수와 제거 과정을 거쳐 기능이 다시 정상으로 회복되었다. 그는 혼잣말을 했다. '그래, 바로 그거야. 그냥 자연스러운 치유의 힘에 맡겨보는 거야.' 그때 약을 먹지 않은 것이 생각나 몸을 일으켜 약을 먹고 자리에 누웠다. 그리고 약이 치료 효과를 내면서 통증을 없애는 과정에 온 정신을 집중했다. '시간에 맞춰 약을 먹고 몸에 해로운 것을 피하면 되는 거야. 벌써 몸이 조금 좋아진 것 같은데. 아니, 훨씬 좋아졌어.' 그는 옆구리를 만져보았다. 만졌는데도 아프지 않았다. '봐, 아무 느낌이 없잖아. 그래, 벌써 많이 좋아진 거야.' 그는 촛불을 끄고 옆으로 누워보았다…… 맹장이 회복되면서 흡수작용을 하고 있다. 그때 갑자기, 이제는 오래되어 익숙해진 통증, 묵직하면서도 찌르는 듯한 통증, 어느새 시작되어 집요하리만치 그를 괴롭히던 통증이 다시 느껴졌다. 입 안에서도 익히 알던 그 역겨운 맛이 났다. 심장이 철렁 내려앉고 정신이 아득해졌다. 입에서 탄식이 터져 나왔다. "아, 세상에. 아, 맙소사. 다시, 또다시 시작이야. 절대 멈추지 않는 거야." 그 순간 상황이 완전히 다른 관점에서 보였다. 그는 또 혼잣말을 했다. "맹장이라! 신장이라! 이건 맹장이나 신장의 문제가 아니라 삶 그리고…… 죽음의 문제야. 그래, 삶은 여기에 있다가 이제 서서히 떠나가고 있어. 그리고 난 그걸 막을 수 없는 거야. 그래, 이렇게 나 자신을 속여봐야 뭐 하겠어? 내가 죽어가고 있다는 걸 나만 빼고 다들 분명히 알고 있잖아. 문제는 몇 주 혹은 며칠이 남았느냐인데, 어쩌면 지금 당장일 수도 있겠지. 이곳에 있던 빛은 어느새 사라지고 온통 어둠뿐이구나. 나 역시 이곳에 있지만 곧 사라지고 말겠지! 대체 어디로 말인가?" 온몸이 싸늘해지면서 숨이 쉬어지지 않았다. 두 귀에 심장 뛰는 소리만 들렸다.

'내가 없어지면 그 자리엔 뭐가 남는 거지? 아무것도 없는 건가? 내가 없어진다면, 그렇다면 난 어디에 있는 걸까? 정말 내가 죽는 걸까? 아니, 난 죽고 싶지 않아!' 그는 벌떡 일어났다. 촛불을 켜려고 떨리는 손으로 어둠 속을 더듬다가 초와 촛대를 바닥에 넘어뜨리고 말았다. 다시 베개 위에 벌렁 누웠다. '불을 켜서 뭐 하게? 그렇다고 달라지는 건 없어.' 그는 두 눈을 크게 뜨고 어둠을 응시했다. '죽음이라. 그래 죽음이란 말이지. 그런데도 저들은 모르고 누구 하나 알려고 하지도 않고 나를 딱하게 여기지도 않는구나. 그저 노는 데만 정신이 팔려 있어. (문 저쪽 멀리에서 사람들의 노랫소리와 반주 소리가 간간이 들려왔다.) 저들도 다를 게 없지. 언젠간 죽을 거야! 바보들 같으니! 내가 먼저 가고 저들은 나중에 가는 것일 뿐, 누구도 그 길을 피할 수 없는 거야! 그런데도 마냥 즐거워하는구나. 저 짐승들!' 밖에 있는 사람들을 향한 미움 때문에 숨도 제대로 쉴 수 없었다. 견딜 수 없이 고통스럽고 비참했다. 모든 사람이 이처럼 끔찍한 공포를 겪어야 하는 운명이라는 게 믿기지 않았다. 그는 몸을 일으켰다.

'분명 뭔가 잘못된 거야. 마음을 가라앉히고 처음부터 다시 생각해보자.' 그는 처음부터 차근차근 생각해보았다. '그래, 병이 시작되었을 때부터 생각해보자. 옆구리를 부딪쳤는데, 그날은 아무렇지 않았고 다음날도 괜찮았어. 그러다 조금 쑤시기 시작하더니 점점 심해졌지. 그래서 의사를 찾아갔고, 자꾸 걱정이 되고 우울해져서 또 의사를 찾아갔어. 그렇게 나락으로 다가가고 있었던 거야. 자꾸만 힘이 빠지면서 점점 더 나락으로 가까이 갔던 거야. 이젠 이렇게 쇠약해졌고 눈에서 광채도 사라졌어. 죽음이 눈앞에 있는데, 난 맹장 생각이나 하고 있었던 거야! 죽음이 바로 옆에 와 있었는데, 어떻게 하면 맹장을 고칠 수 있을까만 생각했어. 그런데 정말 이건 죽음일까?' 그는 다시 공포에 휩싸였다. 거칠게 숨을 몰아쉬면서 한쪽 팔꿈치로 침대 옆 탁자를 밀며 허리를 굽혀 성냥을 찾았다. 그러다 탁자 때문에 성냥을 제대로 찾을 수 없고 팔꿈치도 아파오자 신경질적으로 탁자를 더 세게 밀어 넘어뜨렸다. 그리고 그 자신도 낙담한 나머지 숨을 몰아쉬며 뒤로 쓰러졌다. 금방이라도 죽을 것만 같았다.

그때 마침 손님들이 돌아갔다. 손님들을 배웅하던 프라스코비야 표도로브나가 뭔가 떨어지는 소리를 듣고 방에 들어왔다.

"무슨 일이에요?"

"아무것도 아니야. 실수로 뭘 좀 떨어뜨렸어."

프라스코비야 표도로브나가 방에서 나가더니 초를 가지고 돌아왔다. 이반 일리치는 1베르스타*쯤 달린 사람처럼 힘겹게 숨을 몰아쉬며 누워서 아내를 빤히 올려다보았다.

"왜 그래요, 장?"

"아무것도…… 아니라니까. 뭘…… 좀…… 떨어뜨린 거야." 이반 일리치는 이렇게 말하면서 '얘기해봐야 무슨 소용이야. 알아듣지도

---

* 1베르스타는 1,067킬로미터

못할 텐데'라는 생각을 했다.

아닌 게 아니라 아내는 아무것도 몰랐다. 그녀는 촛대를 세워 초에 불을 붙여주고 서둘러 방을 나갔다. 아직 가지 않은 손님들을 배웅해야 했기 때문이다.

배웅을 마친 아내가 다시 돌아왔다. 그때까지도 이반 일리치는 자리에 누워 천장만 바라보고 있었다.

"왜 그래요, 더 안 좋아진 거예요?"

"그래."

아내가 고개를 흔들면서 자리에 앉았다.

"있잖아요, 제 생각인데, 레셰티츠키 선생님을 집으로 모셔오면 어떨까요?"

이 말은 돈이 얼마가 들든 상관 않고 저명한 의사를 집으로 부르겠다는 뜻이었다. 이반 일리치는 일부러 싸늘한 미소를 지으며 대답했다. "그만둬." 아내는 좀 더 앉아 있더니 남편에게 다가가 이마에 입을 맞췄다.

그 순간, 이반 일리치는 마음속 깊은 곳에서부터 아내를 향한 증오심이 치밀었고, 그녀를 밀어내고 싶은 충동을 가까스로 억눌러야 했다.

"잘 자요. 당신이 편히 잘 수 있게 주님이 도와주실 거예요."

"그래."

6

이반 일리치는 자신이 죽어가고 있음을 알고 끊임없이 절망했다.

자신이 죽어가고 있다는 걸 마음속 깊은 곳에서는 알고 있으면서도 좀처럼 사실로 받아들일 수가 없었다. 아무리 이해하려 해도 이해할 수가 없었다.

그는 키제베터* 논리학에서 배운 삼단논법, 그러니까 "율리우스 카이사르는 인간이다, 인간은 죽는다, 고로 카이사르도 죽는다"라는 논법이 카이사르에게만 해당되며 자신과는 아무 관계가 없다고 이제껏 생각해왔다. 카이사르는 인간, 보통의 인간이므로 이 논법이 정확하게 들어맞는 것이다. 하지만 그는 카이사르도 아니고 보통의 인간도 아니었다. 그는 태어나서부터 지금까지 다른 사람들과는 완전히, 완전히 다른 존재였다. 그는 엄마와 아빠, 미탸와 볼로댜, 장난감, 마부와 유모, 카텐카**, 어린 시절과 소년 시절과 청년 시절의 모든 즐거움과 슬픔과 환희와 함께 존재해온 바냐***였다. 어린 바냐가 그토록 좋아하던 줄무늬 가죽 공 냄새를 카이사르가 과연 알기나 했을까? 과연 카이사르가 바냐처럼 어머니의 손에 입을 맞췄을 것이며, 어머니의 비단옷에서 나는 사각사각 소리를 들어보았을까? 카이사

---

* 요한 고트프리트 키제베터(1766~1819), 독일의 철학자
** 미탸, 볼로댜, 카텐카는 미하일, 블라디미르, 예카테리나의 애칭으로 모두 이반 일리치의 형제와 누나의 이름
*** 이반의 어린 시절 애칭

르가 고기만두 때문에 법률학교에서 소란을 피워보았을까? 과연 카이사르가 이반 일리치처럼 사랑에 빠져보았을까? 그가 이반 일리치처럼 재판을 진행할 수 있었을까?

카이사르는 죽을 운명을 타고난 인간이었고, 그러니 죽는 게 마땅했다. 하지만 나만의 생각과 감정을 고스란히 간직하고 있는 나, 바냐, 이반 일리치는 전혀 그렇지 않다. 내가 죽는다는 것은 있을 수 없는 일이다. 그건 너무도 끔찍한 일이다.

이반 일리치는 생각했다.

'만일 내가 카이사르처럼 죽어야 한다면, 나는 그 사실을 알았을 거야. 내면의 목소리가 내게 알려주었을 테니까. 하지만 그런 말은 전혀 들리지 않았어. 나도 그렇고 내 친구들도 모두 그렇고, 우린 카이사르와 다르다고 생각했지. 그런데 지금 이 꼴은 대체 뭐지?' 그는 혼잣말을 했다. "이럴 수는 없어. 이럴 수는 없는 일이야. 그런데 이렇게 되었어. 어떻게 이렇게 되었을까? 이런 현실을 어떻게 받아들일 수 있을까?"

그는 자신이 죽는다는 생각을 도저히 받아들일 수 없었다. 그래서 이 거짓되고 잘못되고 병적인 생각을 몰아내고 그 자리에 올바르고 건강한 생각을 가져다 놓으려 애썼다. 하지만 이 생각은 그저 생각만이 아닌 분명한 현실로 다시 그 앞에 다가와 단단히 자리를 잡는 것 같았다.

이반 일리치는 이런 생각을 몰아내고 다른 생각들을 차례로 떠올리면서 어떻게든 마음의 안정을 찾으려 했다. 죽음에 관한 생각을 막아주던 예전 사고의 흐름으로 돌아가보려고도 했다. 그런데 이상하게도, 이전에 죽음에 관한 생각을 막고 감추고 없애주던 모든 것이 이제는 아무 효과가 없었다. 요즘 들어 이반 일리치는 죽음에 대한 생각을 막아주던 예전 의식의 흐름을 회복하려 노력하는 데 대부분의 시간을 들였다. 그는 혼잣말을 했다. "다시 일이나 하자. 지금까지도 일 때문에 살아왔잖아." 그래서 이반 일리치는 모든 의혹을 떨쳐버리고 법원에 출근해서 동료들과 얘기도 나누고 오랜 습관대로 재판정 자리에 무심히 앉아 생각에 잠긴 시선으로 사람들을 둘러보기도 했다. 깡마른 두 팔을 참나무 의자 팔걸이에 걸친 채 평소처럼 동료 쪽으로 몸을 기울이고 서류를 내밀며 귓속말을 주고받다가 갑자기 정면을 바라보면서 자세를 바로 하고는 의례적인 말을 몇 마디 한 뒤 재판을 시작했다. 하지만 재판 중에도 옆구리 통증은 느닷없이 찾아와 심리 과정이 어디까지 진행되었든 상관없이 그를 갉아먹을 듯 괴롭혔다. 이반 일리치는 통증에 대한 생각을 떨어내버리고 정신을 집중하려 했지만 마음대로 되지 않았다. 죽음은 이반 일리치 앞으로 다가와 꼼짝 않고 서서 그를 바라보았다. 이반 일리치는 겁에 질려 옴짝달싹 못 했고 그의 눈에서는 광채가 사라졌다. 그는 또다시 스스로에게 물었다. '정말 죽음만이 진실인 걸까?' 동료와 직원들은 그처럼 똑똑하고 예리하던 재판관이 당황해서 실수하는 모습을 지켜보며 놀라면서도 가슴 아파했다. 그는 애써 마음을 다잡고 정신을 추스르며 간신히 재판을 끝냈다. 이젠 법원 일도 예전처럼 그가 감추고 싶어 하는 것을 감춰주지 못한다는 것을 깨닫고 그는 서글픈 마음으로 집에 돌아왔다. 더는 법원 일로도 죽음에서 도망칠 수 없었던 것이다. 무엇보다 고약한 것은, 죽음이 자꾸만 그를 자기 쪽으로 끌어당기면서 아무 일도 할 수 없게 만든다는 사실이었다. 아무것도 하지 못하고 오직 죽음만을 똑바로 바라보면서 말로 다할 수 없는 고통을 느끼게 했다.

이런 상황에서 벗어나고 싶어 이반 일리치는 그를 위로해줄 보호막들을 찾았고, 어떤 보호막은 잠시나마 그를 구원해주는 것도 같았지만 이내 무너져버렸다. 아니 무너졌다기보다 투명해졌다. 죽음은 어떤 것이든 통과했으므로 무엇으로도 그것을 막을 수가 없었다.

요즘 들어 이반 일리치는 그가 직접 꾸민 응접실에 자주 드나들었다. 그가 사다리에서 떨어진 곳이었다. 그때 옆구리를 부딪치는 바람에 병이 시작되었으니 응접실 꾸미는 일에 목숨을 바친 셈이 되었다고 생각하자 가슴이 아릴 만큼 씁쓸했다. 그가 응접실에 서서 보니 래커를 칠한 탁자에 무엇인가에 긁힌 자국이 있었다. 원인을 찾다가 앨범 가장자리에 구부러진 채 달려 있는 청동 장식 때문이라는 걸 알았다. 애정을 담아 꾸민 소중한 앨범을 들고 살펴보면서 조심성 없는 딸아이와 아이 친구들에게 화가 치밀었다. 앨범 여기저기가 찢겨나가고 사진이 거꾸로 붙어 있기도 했다. 그는 정성껏 앨범을 정리하고 장식을 다시 처음 모양으로 폈다.

그러고 나니 앨범들이 놓인 탁자 전체를 꽃이 있는 다른 쪽 구석으로 옮겨야겠다는 생각이 들었다. 그는 하인을 불렀다. 그런데 딸과 아내가 도와준다며 오더니 탁자를 옮기는 것은 안 된다며 반대했다. 이반 일리치는 그들과 말다툼을 하며 화를 냈다. 그래도 그 순간이 싫지는 않았다. 그때만큼은 죽음이 떠오르지 않았고 눈에 보이지도 않았기 때문이다.

그가 직접 탁자를 옮기려 하자 아내가 말했다. "제발 하인들더러 하라고 하세요. 그러다 또 다치겠어요." 그 순간, 갑자기 죽음이 보호막을 뚫고 들어와 이반 일리치 눈앞에 흐릿하게 모습을 드러냈다. 그냥 흐릿했을 뿐이므로 이반 일리치는 그것이 다시 사라질 거라 생각했다. 하지만 그러면서 자신도 모르게 옆구리에 온 신경을 집중했다. 죽음은 예전과 똑같이 그곳에 있었고, 통증도 예전 그대로였다. 그는 이제 더는 죽음을 잊을 수 없게 되었다. 죽음은 꽃 뒤편에서 똑똑히 그를 바라보고 있었다. 이게 다 무슨 소용이란 말인가?

'그래 맞아, 바로 여기에서 커튼을 달다가 기습 공격을 당하듯 생명을 잃은 거야. 정말 그렇게 된 건가? 이렇게 끔찍하고 어처구니없는 일이 일어나다니! 그럴 수는 없어! 그럴 수는 없는 거야. 그런데 그렇게 되어버렸어.'

이반 일리치는 서재로 돌아가 자리에 누웠다. 또다시 죽음과 단둘이 남았다. 죽음과 마주 보고 있었지만 할 수 있는 일이 아무것도 없었다. 그저 죽음을 바라보며 두려움에 몸서리칠 뿐이었다.

7

이반 일리치의 병세는 눈에 띄지 않을 정도로 서서히 악화되었지만, 그래도 석 달째로 접어들자 아내와 딸, 아들, 하인들, 지인들, 의사들, 그리고 누구보다 이반 일리치 자신이 절로 알게 된 사실이 있었다. 이제 모든 사람들의 관심은 그가 언제 자리를 비워줄 것인지,

그래서 자신의 존재 때문에 산 자들이 겪어야 하는 구속을 없애주고 그 자신 또한 고통에서 벗어날 것인지에 쏠려 있다는 사실이었다.

그는 잠이 점점 줄었다. 아편을 먹고 모르핀을 맞기 시작했다. 그래도 통증은 줄어들지 않았다. 의식이 반쯤 마비된 상태에서 생기는 무지근한 느낌 때문에 처음에는 이전에 비해 통증이 약해지는 것 같기도 했다. 하지만 시간이 지나면서 이 또한 마찬가지로 고통스러워졌고, 어떤 때는 분명한 통증보다 더 고통스러웠다.

음식도 의사 지시에 따라 특별히 조리된 것을 먹었지만, 이반 일리치는 아무 맛도 느끼지 못했고 나중에는 역겨워지기까지 했다.

배변과 배뇨를 위해서도 특수 용변기가 마련되었는데, 매번 그것을 사용할 때마다 몹시 고통스러웠다. 불결하고 악취가 나며 모양새가 흉한 것도 모자라 용변을 볼 때 다른 사람의 도움까지 받아야 하니 여간 고역스러운 것이 아니었다.

그렇지만 이처럼 괴롭기 그지없는 일을 치러야 할 때 한 가지 위안이 있었다. 집사 일을 돕는 농부 게라심이 늘 와서 배설물을 치워주는 것이었다.

게라심은 깨끗하고 생기 있으며 도시의 음식을 먹고 자라 통통하게 살이 찐 젊은이였다. 그리고 언제나 명랑하고 밝았다. 늘 러시아식으로 말끔하게 차려입고 그처럼 구역질 나는 일을 하는 모습을 처음 보았을 때 이반 일리치는 몹시 당황스러웠다.

언젠가 한번은 이반 일리치가 변기에서 일어났다가 바지 올릴 힘이 없어 그대로 안락의자에 주저앉은 채 힘줄이 도드라진 허약한 넓적다리를 겁에 질린 표정으로 바라보았다.

그때 두툼한 장화를 신은 게라심이 상쾌한 겨울 공기를 몰고 가벼우면서도 힘찬 걸음으로 들어왔다. 그의 장화에서 나는 기분 좋은 타르 냄새가 방 안에 퍼졌다. 삼베로 만든 깨끗한 앞치마를 두르고 깨끗한 면 셔츠 소매를 걷어 올려 젊고 건강한 팔뚝을 그대로 드러낸 채였다. 그는 이반 일리치는 쳐다보지도 않고 곧장 용변기 쪽으로 갔는데, 아마도 자신의 얼굴에서 빛나는 삶의 기쁨을 보고 환자가 모욕감을 느낄까 봐 걱정해서였을 것이다.

"게라심." 이반 일리치가 힘없는 목소리로 그를 불렀다.

게라심이 움찔했다. 혹시라도 자신이 무슨 잘못이라도 했을까 봐 놀란 것 같았다. 그는 이제 막 수염이 나기 시작한 선량하고 순박하고 풋풋한 젊은이의 얼굴을 환자 쪽으로 휙 돌렸다.

"예, 나리."

"이런 일 하는 게 달갑지 않을 거야. 미안하네. 나도 어쩔 수가 없으니."

"당치도 않습니다." 게라심이 두 눈을 빛내며 건강하고 하얀 이를 드러냈다. "전혀 힘들지 않습니다. 그리고 나리는 지금 편찮으시잖아요."

게라심은 튼튼한 두 손을 빠르게 놀려 익숙하게 일을 처리하고는 가벼운 걸음으로 방을 나갔다. 그리고 5분쯤 뒤에 역시 가벼운 걸음으로 돌아왔다.

이반 일리치는 그때까지도 안락의자에 앉아 있었다.

게라심이 깨끗하게 씻은 용변기를 제자리에 놓는 것을 보고 이반 일리치가 말했다. "게라심, 이리 와서 나 좀 도와주게." 게라심이 이반 일리치에게 갔다. "나 좀 일으켜줘. 혼자서는 힘이 들어. 드미트리를 보내버렸거든."

게라심은 튼튼한 두 팔로 걸음걸이처럼 가뿐하고 편안하게 주인을 안아 일으키고는 한쪽 손으로 바지를 끌어올린 다음 다시 자리에 앉히려고 했다. 하지만 이반 일리치는 소파로 옮겨달라고 부탁했다. 게라심은 전혀 무게를 느끼지 못하는 듯 이반 일리치를 가뿐하게 번쩍 들다시피 해서 소파에 앉혔다.

"고맙네. 참 편안하고 솜씨 있게 일을 하는군. 무슨 일이든 말이야……." 게라심은 다시 한번 씩 웃음을 지어 보이고는 방을 나가려 했다. 하지만 이반 일리치는 게라심과 같이 있는 것이 너무 좋아서 그를 보내고 싶지 않았다.

"한 가지만 더 부탁하지. 저 의자를 이쪽으로 좀 옮겨주게나. 아니, 여기 발밑으로 말이야. 발을 이렇게 올리고 있으면 편하거든."

게라심이 의자를 들고 오더니 바닥에 끌지도 않고 한 번에 제자리에 놓고는 이반 일리치의 두 발을 올려놓았다. 게라심이 발을 높이들고 있는 동안 이반 일리치는 아주 편안해지는 느낌이 들었다.

이반 일리치가 말했다. "발을 높이 드니 훨씬 낫구나. 저기 있는 쿠션도 가져다 발밑에 놔주게."

게라심은 이반 일리치 말대로 했다. 다시 이반 일리치의 발을 들고그 밑에 쿠션을 받쳤다. 이반 일리치는 이번에도 게라심이 발을 들고있는 동안은 한결 편안했다. 그리고 게라심이 발을 내려놓으니 몸이더 안 좋아지는 것 같았다.

이반 일리치가 말했다. "게라심, 지금 바쁜가?"

"전혀 바쁘지 않습니다." 게라심은 주인에게 말하는 법에 대해 도시 사람들에게 배운 대로 대답했다.

"아직 할 일이 남았나?"

"제가 할 일이 뭐가 있겠습니까? 다 끝내 놓았습니다. 내일 쓸 장작만 패면 됩니다."

"그렇다면 발을 좀 더 높이 들고 있어주게. 그래 줄 수 있겠나?"

"그럼요, 해드리고말고요." 게라심이 이반 일리치의 발을 더 높이 들었고, 이반 일리치는 그런 자세로 있는 동안은 통증이 전혀 느껴지지 않을 것 같았다.

"그런데 장작은 어떻게 하지?"

"그런 걱정은 하지 마십시오. 시간은 얼마든지 있으니까요."

이반 일리치는 게라심에게 자리에 앉아서 발을 들고 있으라고 하고는 그와 이야기를 나눴다. 참 이상하게도, 게라심이 발을 들고 있는 동안은 몸이 좋아진다는 느낌이 들었다.

그때부터 이반 일리치는 종종 게라심을 불러 그의 어깨에 자신의 두 발을 올려놓게 하고는 얘기 나누는 걸 좋아했다. 게라심은 꺼리거나 힘들어하는 기색이 전혀 없이 늘 선량한 표정으로 선선히 이 일을 해서 이반 일리치를 감동시켰다. 이반 일리치는 다른 사람들의 건강과 힘, 삶의 활력을 볼 때면 마음이 상했다. 그런데 게라심의 힘과 활력을 보면서는 괴롭다는 생각이 들지 않고 오히려 위로가 되었다.

이반 일리치를 가장 힘들게 한 것은 바로 사람들의 거짓말이었다. 어찌 된 일인지 모두들 이반 일리치는 병이 들었을 뿐 죽는 것은 아니며 안정을 취하고 치료를 받는다면 훨씬 좋아질 거라는 빤한 거짓말을 했다. 하지만 무슨 짓을 해도 아무 소용 없다는 사실을, 이제 남은 건 점점 더 지독해지는 고통에 시달리다 죽는 것뿐이라는 사실을 이반 일리치도 잘 알고 있었다. 사람들의 거짓말은 이반 일리치를 고통스럽게 했다. 그들은 자신들도 알고 이반 일리치도 아는 사실을 인정하지 않으려 했고, 그의 끔찍한 상태에 대해 거짓말로 둘러대면서 이반 일리치까지도 그 거짓말에 동참하길 바랐다. 그가 죽기 직전까지 계속될 거짓말, 죽음이라는 이 무시무시하고 엄숙한 의식을 사람들의 방문이나 커튼이나 식사 자리에 나오는 철갑상어 고기 따위의 수준으로 끌어내리고 마는 이 거짓말…… 이반 일리치는 끔찍하리만치 괴로웠다. 그리고 정말 이상하게도, 사람들이 빤한 거짓말을 그렇게 늘어놓는데도 "이제 거짓말은 그만해! 내가 죽는다는 걸 당신들도 알고 나도 알잖아! 그러니 최소한 거짓말은 하지 말아줘!"라는 말이 목에 걸려 나오질 않았다. 그 말을 내뱉을 용기를 한 번도 내지 못했다. 이반 일리치가 보기에, 주변 사람들 모두 죽음이라는 이 무시무시하고 끔찍한 의식을 어쩌다 겪게 되는 불쾌하고 볼썽사나운 사건(말하자면 어떤 사람이 고약한 냄새를 풍기며 응접실에 들어온 것처럼)쯤으로 끌어내리고 있었으며, 그런 행동을 이반 일리치가 평생 지켜온 '예의'라고 생각했다. 이반 일리치가 보기에 누구 하나 이반 일리치를 가엾게 여기지 않았는데, 그의 상태를 알고 싶어 하는 마음조차 없었기 때문이다. 단 한 사람 게라심만 이반 일리치의 상태를 이해하고 그를 가엾게 여겼다. 그래서 이반 일리치는 게라심과 있을 때면 마음이 편했다. 게라심이 발을 들어 올려주고 있을 때면 몸과 마음이 편했는데, 어떤 때 게라심은 자리 갈 생각도 하지 않고 밤새도록 그렇게 있기도 했다. 그러면서 말했다. "아무 걱정 마세요, 나리. 잠이야 나중에 얼마든지 자면 되지요." 또 어떤 때는 불쑥 '당신'이라는 호칭을 써가며 아주 다정하게 말하기도 했다. "설령 당신이 아프지 않다고 한들 제가 이렇게 못 해주겠어요?" 오직 게라심만이 거짓말을 하지 않았다. 모든 정황으로 미루어볼 때, 오직 게라심만이 상황을 있는 그대로 이해했으며 그것을 숨길 필요가 없다고 생각했고 수척하고 허약한 주인을 그저 가엾게 여길 뿐이었다. 한번은 이반 일리치가 그만 나가보라고 하자 게라심은 이렇게 속마음을 말하기도 했다.

"우리 모두 언젠가는 죽습니다. 그러니 이런 수고 좀 하는 게 무슨 대수겠습니까?" 그러니까, 자신은 죽어가는 사람을 위해 수고하는 것이므로 전혀 힘들지 않으며 언젠가 자기가 떠날 때가 되면 다른 누군가가 자기를 위해 그런 수고를 해주길 바란다고 얘기하는 것 같았다.

거짓말 말고도, 아니 거짓말 때문이겠지만, 이반 일리치는 누구 하나 그가 바라는 만큼 마음 아파해주지 않는다는 것이 몹시도 괴로웠다. 어떤 때 오랫동안 통증에 시달리고 나면, 이런 고백 하기 부끄럽긴 하지만, 누군가 자신을 아픈 어린아이 보듯 가엾게 여겨주었으면 좋겠다는 마음이 들기도 했다. 아이를 안고 달래듯 다정하게 다독여주고 입맞춰주고 자신을 위해 울어주길 바랐다. 중요한 자리에 있는 관리인 데다 수염까지 하얗게 센 사람이 바랄 수 있는 일이 아니란 걸 이반 일리치 자신도 잘 알고 있었지만, 그래도 자꾸만 그런 생각이 들었다. 그런데 게라심과의 관계에는 이런 바람을 충족해주는 뭔가가 있었고, 그래서 그와 있으면 위로가 되었다. 이반 일리치는 흐느껴 울고 싶었고, 누군가 그런 자신을 달래며 같이 울어주길 바랐다. 하지만 법원 동료인 셰베크가 찾아오자, 울면서 위로를 구하는 대신 진지하고 엄숙하며 깊은 생각에 잠긴 표정을 지으면서 오랜 버릇대로 대법원 결정에 대해 견해를 말하고는 자기 의견을 고집스럽게 주장했다. 다른 무엇보다 주변 사람들과 이반 일리치 자신의 이런 거짓말이 그의 마지막 남은 삶을 무너뜨리는 가장 무서운 독이었다.

8

아침이 되었다. 게라심이 방을 나가고 시종 표트르가 들어와 촛불을 끄고 커튼 한쪽을 젖힌 다음 조용히 청소하는 것만이 아침이 왔다는 걸 알려주는 표시였다. 아침이든 저녁이든 금요일이든 일요일이든 전혀 다를 것 없이 매한가지였다. 단 한순간도 쉬지 않고 이반 일리치를 괴롭히는 통증도, 인정사정없이 약해지면서도 생명을 완전히 놓아버리지는 않는 의식도 늘 그대로였다. 차츰차츰 다가오는 무섭고 소름 끼치는 죽음만이 진실이었을 뿐 다른 모든 것은 거짓이었다. 그러니 며칠인지, 무슨 요일인지, 몇 시인지가 다 무슨 소용이겠는가.

"나리, 차를 좀 가져올까요?"

'저놈은 그저 규칙대로 할 줄만 알아서 아침마다 주인더러 차를 마시라고 하는 거야.' 이반 일리치는 이런 생각이 들었지만 그저 "아니다"라고만 대답하고 말았다.

"그럼 소파로 옮겨드릴까요?"

'방을 치워야 하는데 내가 방해가 되는 거야. 내가 더럽고 지저분하니까 말이야.' 이반 일리치는 또 마음과는 다르게 이렇게만 말했다.

"아니, 날 그냥 내버려둬."

시종은 계속 부스럭거리며 움직였다. 이반 일리치는 손을 뻗었다. 표트르가 시중을 들려고 다가왔다.

"나리, 뭐가 필요하세요?"

"시계 좀 가져다줘."

표트르가 바로 근처에 있던 시계를 집어 건넸다.

"여덟 시 반이군. 다들 아직 안 일어났나?"

"그렇습니다. 바실리 이바노비치(이반 일리치의 아들) 도련님은 김나지움에 가셨고, 마님은 나리께서 찾으시면 깨우라고 하셨어요. 가서 모셔올까요?"

"아니, 그럴 필요 없어." 이반 일리치는 이렇게 대답하면서 '차나 한잔 마셔볼까?'라고 생각했다. "그래, 차 한잔만…… 가져다주게."

표트르가 문 쪽으로 걸어갔다. 이반 일리치는 혼자 남는 것이 두려웠다. '어떻게 저 녀석을 붙잡아두지? 그래, 약이 있었지.' "표트르, 약 좀 가져다줘." 어쨌거나 아직은 약이 도움이 될 거라고 생각하며 숟가락에 약을 따라 삼켰다. '아니, 소용없을 거야. 다 부질없는 짓이야. 다 거짓이야.' 입 안에서 그 익숙하고 역겹고 절망적인 맛이 느껴지는 순간 이반 일리치는 이렇게 단정지었다. '아, 더는 못 믿겠어. 그런데 통증, 이 통증은 어째서 단 한순간도 멈추질 않는단 말인가!' 그는 신음 소리를 냈다. 그 소리를 듣고 표트르가 걸음을 돌렸다. "아니, 어서 가서 차나 가져와."

표트르가 방을 나갔다. 혼자 남은 이반 일리치는 또 한 번 신음 소리를 토해냈다. 꼭 통증 때문만은 아니었고, 마음의 고통이 너무도 끔찍해서이기도 했다. '모든 게 언제나 똑같아. 낮이 지나면 밤이 오고 또 낮이 오고, 그렇게 끝이 없어. 차라리 빨리 와버렸으면. 그런데 뭐가 말이지? 죽음? 아니면 어둠? 아니, 아니야. 그게 뭐든 죽음보다는 나은 거야!'

표트르가 쟁반에 차를 받쳐 들고 들어오자, 이반 일리치는 그가 누구인지 지금 뭘 하는 건지 이해하지 못해 멍한 눈길로 한참을 쳐다보기만 했다. 표트르는 그런 이반 일리치를 보며 몹시 당황했다. 표트르가 당황하는 모습을 보고서야 이반 일리치는 제정신으로 돌아왔다.

"아, 차를 가져왔구나. 그래, 여기 내려놓아라. 그리고 세수하는 것 좀 도와줘. 깨끗한 셔츠도 입혀주고."

이반 일리치는 세수를 하기 시작했다. 간간이 쉬어가며 손과 얼굴을 씻고 이를 닦고 머리를 빗은 다음 거울을 보았다. 거울에 비친 그의 모습이 무서울 만큼 낯설었다. 특히 창백한 이마에 머리카락이 착 달라붙은 모습은 끔찍할 정도였다.

표트르의 도움을 받아 셔츠를 갈아입으면서, 이반 일리치는 자신의 몸은 더 끔찍할 거라는 생각 때문에 아예 쳐다보지도 않았다. 드디어 모든 준비가 끝났다. 이반 일리치는 가운을 걸치고 그 위에 담요를 두르고는 차를 마시기 위해 의자에 앉았다. 아주 잠깐 상쾌한 기분을 느꼈지만 차를 한 모금 마시는 순간 다시 입 안에 역겨운 맛이 감돌면서 어김없이 통증이 시작되었다. 그는 억지로 차를 다 마신 다음 두다리를 쭉 뻗고 자리에 누웠다. 그리고 표트르를 방에서 내보냈다.

언제나 이런 식이었다. 희망의 물 한 방울이 반짝 나타나는가 싶으면 이내 절망의 파도가 밀려오면서 통증에 이어 통증이, 고통에 이어 고통이 시작되었다. 늘 똑같았다. 혼자 있을 때면 견디기 힘들 만큼 우울해지면서 누군가를 부르고 싶어지지만, 다른 사람이 곁에 있으면 상태가 더 나빠진다는 걸 그는 이미 알고 있었다. '다시 모르핀을 맞더라도 이 고통을 잊을 수 있다면 좋을 텐데. 의사에게 뭔가 다른 방법을 생각해보라고 해야겠어. 이대로는 도저히 견딜 수 없어.'

그렇게 한 시간, 두 시간이 지나갔다. 그때 현관에서 종이 울렸다. 의사인가? 그랬다, 의사였다. 생기 넘치고 활기차고 유쾌하고 통통한 의사는 '뭔가에 많이 놀라신 것 같은데 이제 우리가 다 해결해드리죠!'라고 말하는 듯한 표정을 짓고 있었다. 의사는 그런 표정이 그 자리와 어울리지 않는다는 걸 알았지만 이미 자신의 일부가 되어버렸으므로 그것을 떼어버릴 수가 없었다. 말하자면 아침에 프록코트를 차려입고 여기저기 사람들을 만나러 다니는 것과 같았다. 의사는 이반 일리치를 안심시키려는 듯 활기차게 손을 비볐다.

"몸이 꽁꽁 얼었어요. 정말 매서운 추위예요. 일단 몸을 좀 녹여야겠습니다." 의사는 그가 몸을 녹일 때까지 기다리기만 하면 다 해결될 거라는 표정으로 말했다.

"그래, 좀 어떻습니까?"

이반 일리치가 보기에 의사가 사실은 '일은 잘돼갑니까?'라고 말하고 싶었지만 그렇게 말하면 안 된다고 생각하고는 '밤에는 좀 어땠나요?'라고 말하는 것 같았다.

이반 일리치는 '그렇게 거짓말이나 하면서 부끄럽지도 않습니까?'라고 묻는 표정으로 의사를 바라보았다. 하지만 의사는 그 표정의 의미를 굳이 알려고 하지 않았다.

이반 일리치가 대답했다.

"끔찍할 정도입니다. 통증이 없어지지도 않고 가라앉지도 않아요. 뭐라도 좀 해주세요!"

"아, 그래요, 환자들은 늘 그렇죠. 자, 이제 몸이 다 녹은 것 같군요. 꼼꼼하신 프라스코비야 표도로브나 부인께서도 제 몸이 차갑다고 뭐라고 하진 않으시겠죠. 어디, 한번 볼까요." 의사가 이반 일리치의 손을 잡았다.

의사는 지금까지의 장난기를 지우고는 진지한 표정으로 환자를 살피고 맥박과 체온을 재더니 몸 이곳저곳을 두드려보고 어떤 소리가 나는지 들어보았다.

이반 일리치는 이 모든 행동이 아무 쓸모도 없으며 그저 거짓일 뿐이라는 걸 분명히 알고도 남았지만, 의사가 심각한 얼굴로 무릎을 굽히고 앉아 그의 몸 위쪽 아래쪽에 귀를 대기도 하면서 꼭 체조를 하듯 이런저런 동작을 하자 변호사들이 하는 말은 다 거짓이며 왜 그런 거짓말을 하는지 뻔히 알면서도 속아 넘어갔던 것처럼 이번에도 혹시나 하는 생각이 들었다.

의사가 소파에 무릎을 대고 앉아 계속 이반 일리치의 몸을 두드려보는데, 문 쪽에서 프라스코비야 표도로브나의 비단 옷자락이 바스락거리는 소리가 나더니 의사 선생님이 오신 것을 왜 알리지 않았느냐며 표트르를 나무라는 소리도 들렸다.

프라스코비야 표도로브나는 방에 들어와 남편에게 입을 맞추더니 사실은 한참 전에 일어났는데 뭔가 착오가 생기는 바람에 의사 선생님이 오셨을 때 나와보지 못했다며 변명을 늘어놓았다.

이반 일리치는 아내를 머리에서부터 발끝까지 훑어보고 나서 그 하얀 살결과 오동통한 몸, 깨끗한 손과 목, 윤기 흐르는 머리카락, 생기 넘치고 반짝거리는 두 눈을 못마땅한 표정으로 쳐다보았다. 그는 온 마음을 다해 아내를 증오했다. 아내의 손길이 조금만 닿아도 그녀를 향한 증오심이 치밀어 올라 몹시 고통스러웠다.

남편과 남편의 병에 대한 프라스코비야 표도로브나의 태도는 늘 한결같았다. 의사가 환자를 대하는 태도를 한번 정하면 버리지 못하는 것과 마찬가지로 그녀도 남편에 대한 태도를 바꾸지 못했다. 그러니까 남편이 해야 할 일을 하지 않기 때문에 이 상황은 모두 그의 탓이며 자신은 남편을 사랑하는 마음으로 잔소리를 한다는 것이었다.

"이 사람은 제 말을 도대체 듣질 않아요! 약도 제때 안 먹는다니까요. 더 큰 문제는 저렇게 발을 들고 누워 있는다는 거예요. 보나 마나 몸에 해로울 텐데요."

프라스코비야 표도로브나는 남편이 게라심에게 발을 들고 있게 한다는 얘기를 의사에게 했다.

의사가 상냥하면서도 비웃는 듯한 미소를 지었다. 이렇게 말하는 것 같았다. "뭐, 어쩌겠습니까? 환자들이란 다 그렇게 어리석은 짓을 생각해내곤 하는걸요. 그러려니 해야겠죠."

진찰을 끝낸 의사가 시계를 들여다보자, 프라스코비야 표도로브나는 이반 일리치에게 그가 원하든 원치 않든 오늘은 저명한 의사를 집으로 불러 미하일 다닐로비치(늘 오는 의사를 그렇게 불렀다)와 함께 진료하고 상의하도록 하겠노라고 딱 잘라 말했다.

"제발 내 말에 반대하지 말아줘요. 다 날 위해서 하는 일이니까요." 프라스코비야 표도로브나는 비꼬듯 말했다. 자신이 남편을 위해 할 수 있는 일은 다 하고 있으니 남편에게는 그것을 거부할 권리가 없다는 투였다. 이반 일리치는 얼굴을 찌푸린 채 아무 대꾸도 하지 않았다. 자신을 둘러싸고 있는 거짓말이 너무도 복잡하게 얽혀 있어 이제는 가닥을 정리할 수도 없을 지경인 것만 같았다.

프라스코비야 표도로브나가 남편을 위해 했다고 하는 일들은 순전히 자신을 위한 거였다. 그러면서도 '자신을 위해서'라는 그 말을, 마치 도저히 믿을 수 없는 말이므로 반대로 이해해야 하는 것처럼 얘기하고 있었다. 실제로 자신을 위해 했으면서 말이다.

정말로 열한 시 반에 저명한 의사가 도착했다. 또다시 이반 일리치의 몸을 두드리고 소리를 들어보는 과정이 시작되었다. 두 의사는 환자 앞에서 혹은 다른 방으로 자리를 옮겨 신장에 대해 그리고 맹장에 대해 심각한 얘기를 나눴고 진지한 표정으로 질문과 대답을 주고받았다. 이번에도 그들은 이반 일리치가 직면하고 있는 단 하나의 문제, 그러니까 사느냐 죽느냐 하는 당면한 문제는 제쳐두고 어쩐 일인지 제 기능을 하지 못하는 신장과 맹장에만 관심을 쏟았다. 그러면서 미하일 다닐로비치와 저명한 의사는 신장과 맹장에 달려들어 어떻게든 고쳐놓을 것처럼 행동했다.

저명한 의사는 심각한 표정으로, 그렇지만 절망적인 건 아니라는 표정으로 이반 일리치와 작별 인사를 했다. 이반 일리치가 두 눈에 공포와 희망의 빛을 함께 담고서 회복 가능성이 있는지 조심스럽게 묻자 의사는 장담할 순 없지만 가능성이 있다고 대답했다. 기대감 어린 눈길로 의사를 배웅하는 이반 일리치 모습이 어찌나 애처로워 보이던지 프라스코비야 표도로브나는 저명한 의사에게 왕진료를 지불하려고 문을 나서면서 눈물까지 흘렸다.

희망을 주는 의사 말에 한껏 부풀었던 기분은 오래가지 못했다. 여전히 똑같은 방에 똑같은 그림, 커튼, 벽지, 약병, 통증으로 괴로워하는 육신, 뭐 하나 달라진 것이 없었다. 이반 일리치는 다시 고통스러워하다 주사를 맞고 의식을 잃었다.

그리고 이반 일리치는 날이 어둑어둑해질 때가 되어서야 의식을 회복했다. 식사가 나오자 고깃국을 억지로 조금 떠먹었다. 다시 모든 것이 똑같았고, 다시 똑같은 밤이 다가왔다.

식사를 마치고 나서 일곱 시쯤 되었을 때 프라스코비야 표도로브나가 방에 들어왔다. 저녁 모임에라도 나가는지 가슴을 위로 모아 올려 풍만하게 보이게 했고 얼굴에는 분을 바른 흔적도 있었다. 저녁에 극장에 가겠다고 아침에 남편에게 미리 얘기해놓은 터였다. 그들이 사는 도시에서 사라 베르나르*의 공연이 있다는 얘기를 듣고 이반 일리치가 아내와 아이들에게 가라고 고집해서 특별석을 예약해두었

---

* 프랑스의 연극배우

던 것이다. 그래 놓고 그 사실을 까맣게 잊어버린 탓에 아내의 치장한 모습을 보고는 마음이 상했다. 그러다 아이들 교육에 도움이 되고 미적 즐거움도 충족해줄 것이므로 꼭 특별석을 예약해서 가야 한다고 고집한 사람이 바로 자신이라는 걸 떠올리고는 불쾌한 기분을 애써 감췄다.

프라스코비야 표도로브나는 꽤 기분이 좋아서 방에 들어왔지만 어쩐지 죄지은 느낌이 들기도 했다. 그녀는 남편 옆에 앉아 좀 어떤지 물었지만, 이반 일리치가 보기에 정말 괜찮은지 알고 싶어서가 아니라 그냥 형식적으로 묻는 거였다. 아니나 다를까 그녀는 남편의 대답을 기다리지도 않고 자기가 하고 싶은 말을 꺼냈다. 자신은 가고 싶은 마음이 전혀 없지만 이미 예약을 해놓은 데다 엘렌과 딸, 그리고 페트리셰프(딸의 약혼자인 예심판사)가 가는데 그 아이들끼리만 보낼 수가 없다고 했다. 그리고 자신은 남편 옆에 있는 것이 훨씬 더 좋으며 자기가 없더라도 의사의 지시 사항을 꼭 따라야 한다는 말도 잊지 않았다.

"그리고, 표도르 페트로비치 페트리셰프가 당신을 보고 싶어 해요. 괜찮죠? 리자도 그렇고요."

"들어오라고 해요."

그때 젊은 몸을 드러내면서 한껏 차려입은 딸이 들어왔다. 이반 일리치에게는 육신이 고통만 안겨주었지만, 딸은 자신의 몸을 제 아버지 앞에서 자랑스럽게 내보였다.

힘차고 건강하며 한눈에 봐도 사랑에 빠진 모습이었다. 그리고 행복을 방해하는 병과 고통과 죽음은 절대 받아들이고 싶어 하지 않는 모습이었다.

잠시 뒤에 연미복을 입고 머리는 카폴식*으로 곱슬곱슬하게 매만진 표도르 페트로비치 페트리셰프가 들어왔다. 널찍한 가슴을 감싼 흰 셔츠의 깃이 꽉 조이는 탓에 기다란 목에 힘줄이 드러났고 탄탄한 허벅지에는 통이 좁은 검은색 바지를 딱 맞게 입고 있었다. 그리고 한 손에는 흰 장갑을 팽팽하게 당겨 끼고 다른 손에는 오페라 모자를 들고 있었다.

그 뒤로 김나지움에 다니는 아들이 사람들 눈에 띄지 않게 들어왔다. 가엾은 그 아이는 새 교복을 입고 장갑을 끼고 있었으며 눈 밑이 유독 푸르스름하게 그늘져 있었다. 이반 일리치는 그처럼 그늘이 진 이유를 알고 있었다.

이반 일리치는 아들이 늘 측은했다. 그리고 지금, 두려움과 아버지에 대한 연민을 담고 있는 그 눈빛을 보고 있자니 가슴이 쓰라렸다. 이반 일리치가 보기에 게라심 말고 자신을 이해하고 가엾이 여겨주는 사람이 있다면 아들 바샤뿐이었다.

모두들 자리에 앉더니 또다시 몸은 좀 어떠냐고 물었다. 잠시 침묵이 흘렀다. 리자가 엄마에게 오페라 안경은 어디 있는지 물었다. 이어서 모녀는 누가 그걸 어디에 치워놓았는지를 두고 실랑이를 벌이면서 사람들을 불편하게 만들었다.

표도르 페트로비치 페트리셰프가 이반 일리치에게 사라 베르나르

---

* 프랑스의 유명한 테너 가수 조셉 카폴이 했던 머리 스타일로 머리 한가운데 가르마를 타고 곱슬머리 두 가닥을 이마 위에 내려뜨리는 스타일

를 본 적이 있느냐고 물었다. 이반 일리치는 뭘 물어보는지 몰라 잠자코 있다가 잠시 뒤에야 알아듣고는 대답했다.

"아니, 자네는 보았나?"

"네, 〈아드리나 르쿠브뢰르〉* 공연에서 봤습니다."

프라스코비야 표도로브나가 그 공연에서 사라 베르나르의 연기가 특히 좋았다며 두 사람의 대화에 끼어들었다. 하지만 딸은 동의하지 않았다. 두 사람은 이번에는 그녀의 연기가 얼마나 멋지고 실감나는지를 두고 얘기를 시작했다. 늘 그렇듯 새로울 것도 없는 뻔한 얘기였다.

한창 얘기를 나누던 표도르 페트로비치가 이반 일리치를 힐끗 보더니 입을 다물었다. 다른 사람들 역시 이반 일리치를 보고는 입을 다물었다. 이반 일리치는 번뜩이는 두 눈으로 정면만 바라보고 있었는데, 그들에게 몹시 화가 난 것 같았다. 어떻게든 상황을 수습해야 했지만 도무지 방법이 없었다. 어떻게든 그 침묵을 깨야 했다. 하지만 누구도 먼저 나서지 못했다. 거짓을 포장하고 있는 우아함이 느닷없이 무너지고 있는 그대로의 모습이 드러나는 것은 모두에게 너무도 두려운 일이었다. 그때 리자가 나서서 침묵을 깼다. 다른 사람들처럼 그녀 또한 숨기려 했던 말을 무심코 입 밖으로 꺼내고 말았다.

"그런데, 갈 거면 지금 출발해야 해요." 리자는 아버지에게 선물 받은 시계를 보면서 말했다. 그리고 젊은 약혼자에게 둘만 아는 의미심

---

* 프랑스 극작가 오귀스탱 스크리브와 가브리엘 르구베의 희곡 작품

장한 미소를 보일 듯 말 듯 지어 보이더니 옷자락을 부스럭대며 일어섰다.

그 뒤를 따라 다들 일어서서 이반 일리치에게 인사한 뒤 방을 나갔다.

그들이 나가고 나서야 이반 일리치는 편안해졌다. 그들과 함께 거짓말도 사라졌기 때문이다. 하지만 통증은 그대로 남아 있었다. 통증도 여전하고 두려움도 여전해서 더 힘들어질 것도 더 수월해질 것도 없었다. 모든 것이 더 나빠졌다.

또다시 일 분, 일 분이 지나고, 한 시간, 한 시간이 지났지만 모든 것이 그대로였고 아무것도 끝나지 않았다. 피할 수도 없는 마지막이 점점 더 무서워졌다.

"그래, 게라심 좀 오라고 해주게." 이반 일리치는 표트르의 물음에 이렇게 대답했다.

9

아내는 밤이 늦어서야 돌아왔다. 발끝으로 조용히 들어왔지만 이반 일리치 귀에는 다 들렸다. 그는 눈을 떴다가 얼른 다시 감았다. 아내는 게라심을 내보내고 자신이 남편 곁을 지키려고 했다. 이반 일리치가 눈을 뜨고 말했다.

"아니, 당신은 가봐요."

"많이 아픈가요?"

"늘 똑같아."

"아편을 좀 먹어봐요."

이반 일리치는 아내 말대로 아편을 조금 마셨다. 그리고 아내는 방을 나갔다.

통증 때문에 의식이 몽롱한 상태가 새벽 세 시까지 계속되었다. 이반 일리치는 누군가 고통스러워하는 그를 좁고 컴컴한 자루에 넣고 자꾸만 더 깊숙이 밀어대는데 자신은 중간에 걸려 들어가지 못하고 있는 느낌이 들었다. 이 끔찍한 상태는 더 큰 고통을 안겨주었다. 그는 두려웠지만 한편으로는 그 자루 속으로 완전히 떨어지고 싶다는 마음도 들었다. 자루 속에 들어가지 않으려고 몸부림치다가 이제는 어서 들어가기 위해 순순히 몸을 맡겼다. 다음 순간 갑자기 몸이 쑥 떨어지는가 싶더니 정신이 들었다. 그때까지도 게라심은 침대 발치에 묵묵하게 앉아 조용히 졸고 있었다. 그리고 이반 일리치는 긴 양말을 신은 앙상한 두 발을 게라심의 어깨에 올려놓은 채 누워 있었다. 갓에 가려진 촛불도 그대로였고, 멈추지 않는 통증도 그대로였다.

"게라심, 이제 그만 가보게." 이반 일리치가 낮은 목소리로 속삭였다.

"괜찮습니다. 좀 더 있겠습니다."

"아니야, 그만 가봐."

이반 일리치는 발을 내려놓고 한 팔을 베고 옆으로 돌아누웠다. 자신의 처지가 너무도 불쌍했다. 게라심이 옆방으로 가자마자 더는 참지 못하고 어린아이처럼 울음을 터뜨렸다. 아무것도 할 수 없는 자신의 처지와 지독한 외로움, 사람들의 냉혹함과 하나님의 무자비함, 그리고 하나님의 부재가 서러워서 한참을 울었다.

'대체 제게 왜 이러는 겁니까? 왜 저를 이렇게까지 만든 겁니까? 왜, 대체 왜 저를 이렇게 끔찍이도 괴롭히는 겁니까?'

그는 대답을 기다리지 않고 그저 울기만 했다. 대답은 없을 것이며 있을 수도 없기 때문이었다. 다시 통증이 심해졌지만 몸을 뒤척이지도 않고 누구를 부르지도 않았다. 이렇게 혼잣말을 했다. '그래요! 나를 치세요! 그런데 도대체 이유가 무엇입니까? 내가 무슨 잘못을 한 겁니까?'

그러고 나서 그는 조용해졌다. 울음을 멈추고 숨 쉬는 것까지 멈추고는 온 정신을 집중했다. 사람이 내는 목소리가 아닌 영혼의 목소리, 내면에서 일어나는 생각의 흐름에 귀를 기울여보았다.

"네게 필요한 것이 무엇이냐?" 그가 처음으로 들은, 말로 표현할 수 있는 분명한 개념은 바로 이 질문이었다.

"네게 필요한 것이 무엇이냐? 네게 필요한 것이 무엇이냐?" 이반 일리치는 이 말을 되풀이했다. "무엇이 필요하냐고?" 그리고 이렇게 대답했다. "고통받지 않는 것. 그리고 사는 것."

다시 온 정신을 집중했다. 어찌나 긴장했던지 그 순간만큼은 고통도 잊을 정도였다.

"사는 거라고? 어떻게 말이냐?" 영혼의 목소리가 물었다.

"그래요, 사는 것 말입니다. 예전처럼 사는 것. 건강하고 즐겁게 사는 것."

"예전에 네가 어떻게 살았지? 건강하고 즐겁게 살았던가?" 영혼의 목소리가 물었다. 그는 예전 즐거웠던 삶의 순간들을 기억 속에 떠올려보려 했다. 하지만 이상하게도, 예전 즐거웠던 그 모든 순간이 이제 와서는 그때와 전혀 다르게 느껴졌다. 아주 어린 시절의 기억 말고는 모두 그랬다. 어린 시절 그때는, 다시 되돌릴 수 있다면 그것에 매달려 살아갈 수 있을 것 같은 정말로 행복한 뭔가가 있었다. 하지만 그 행복을 느꼈던 사람은 이제 없었다. 누군가 다른 사람의 추억인 것만 같았다.

기억이 현재의 그, 현재의 이반 일리치가 존재하는 순간에 이르자, 그 시절에는 기쁨으로 여겼던 모든 것이 눈앞에서 녹아버리면서 보잘것없고 종종 추악하기까지 한 뭔가로 변해버렸다.

어린 시절에서 멀어질수록, 현재에 가까워질수록, 기쁨은 점점 더 하찮고 미심쩍은 것으로 변했다. 법률학교 시절부터 그랬다. 그래도 거기에는 진실로 좋은 것이 조금은 있었다. 유쾌함이 있었고, 우정이 있었으며, 희망이 있었다. 그런데 고학년으로 올라갈수록 이 좋은 순간은 점점 드물어졌다. 그러다 현지사의 보좌관으로 근무를 시작하면서 좋은 순간들이 다시 찾아왔다. 그 시절에는 한 여인을 사랑한 추억이 있었다. 그러다 모든 것이 뒤죽박죽되었고 좋은 순간은 더 드물어졌다. 그 시절에서 멀어질수록 좋은 순간들은 점점 더 줄어들었다.

그리고 갑작스러웠던 결혼과…… 뒤이어 찾아온 환멸. 아내의 입냄새와 성욕과 위선! 활기라고는 없던 공직 생활과 돈에 대한 걱정. 1년, 2년, 10년, 20년이 가도 늘 똑같았다. 하루하루가 지날수록 점점 더 생기를 잃었다. 산을 오르고 있다고 생각하며 걸었지만 사실은 산을 내려가고 있었던 거야. 정말 그랬어. 다들 내가 산을 오르고 있다고 생각했지만, 꼭 그만큼 내 발밑에서는 삶이 멀어져갔던 거야……

이제 다 끝나버렸고, 죽음만 남아 있어!

도대체 왜 이렇게 된 거지? 무엇 때문이지? 이럴 수는 없어. 삶이 이렇게 무의미하고 추악할 수는 없는 것 아닐까? 삶이 이처럼 추악하고 무의미한 것이라면, 왜 죽어야 하며 그것도 이처럼 고통스럽게 죽어야 하는 걸까? 분명 뭔가 잘못된 거야.

'내가 잘못 살아온 건 아닐까?' 문득 이런 생각이 들었다. '하지만 마땅히 해야 할 일들을 다 하면서 살았는데 어떻게 그럴 수가 있는 거지?' 그는 이렇게 혼잣말을 했다가 바로 다음 순간 삶과 죽음의 모든 수수께끼를 풀 단 하나의 해답을 마치 절대 있을 수 없는 것인 양 머릿속에서 몰아냈다.

'지금 네가 원하는 건 대체 뭐지? 사는 것인가? 그렇다면 어떻게 사는 것인가? 교도관이 '재판이 시작됩니다!'라고 외치는 법정에서의 삶이 네가 원하는 삶인가?' 재판이 시작된다, 재판이 시작된다, 이반 일리치는 이 말을 입 속으로 되뇌어보았다. '그래, 재판이 시작되었어! 그리고 난 아무 죄가 없어!' 그는 분노에 찬 목소리로 외쳤다. '대체 왜 이러는 거야!' 이반 일리치는 울음을 그쳤다. 벽 쪽으로 얼굴을 돌리고는 오직 한 가지 생각만을 하고 또 했다. 이유가 무엇인지, 왜 이런 끔찍한 일을 겪어야 하는지.

하지만 아무리 생각하고 생각해도 해답을 찾을 수 없었다. 그러다 종종 그랬듯, 이 모든 것이 그가 제대로 살지 못했기 때문이라는 생각이 들었고, 서둘러 자신이 늘 올바르게 살았음을 떠올리며 이 이상한 생각을 떨어냈다.

10

또 두 주일이 지났다. 이반 일리치는 그동안 내내 소파에서 일어나지 않았다. 침대는 버려두고 소파에만 누워 지냈다. 거의 온종일 벽쪽을 보고 누워 도무지 끝날 줄 모르는 고통에 홀로 괴로워했고 해답을 알 수 없는 질문에 홀로 매달렸다. 이게 뭐지? 정말 죽는 건가? 그러면 내면의 목소리가 대답했다. 그래, 맞아. 내가 왜 이런 고통을 겪어야 하는 거지? 이번에도 내면의 목소리가 대답했다. 그냥 그런 거야. 이유 같은 건 없어. 더 기다려봐도 다른 대답은 없었다.

병이 시작되었을 때부터, 그러니까 처음 의사를 찾아가기 시작했을 때부터, 이반 일리치는 서로 반대되는 두 가지 마음을 끊임없이 오가며 살아야 했다. 이해할 수 없는 끔찍한 죽음을 기다리는 절망감이 하나였고, 자기 몸의 기능을 열심히 관찰하면 회복될 수 있을 거라는 희망이 또 다른 하나였다. 어떤 때는 잠깐 제 임무를 외면한 신장과 맹장이 그의 눈앞에 떠올랐다가 또 어떤 때는 어떻게 해도 피할 수 없고 이해할 수도 없는 끔찍한 죽음이 떠올랐다.

이 두 가지 마음은 병이 시작되었을 때부터 번갈아 나타났다. 하지만 병이 진행될수록, 신장에 대한 판단은 점점 더 의심스럽고 공허해 보였으며 반면 죽음이 다가온다는 생각은 더 사실적으로 느껴졌다.

석 달 전 자신의 모습과 계속 산을 내려오기만 하는 지금의 모습을 비교해보노라면, 모든 희망의 가능성이 산산이 무너지는 것만 같았다.

요즈음 소파 등받이에 얼굴을 대고 홀로 누워 지내면서 그는 수많은 사람이 북적이는 도시 한복판에서 그리고 수많은 친구와 가족 사이에서 느끼는 외로움을 맛보았다. 그것은 바다 밑바닥, 깊은 땅속 어디에서도 느낄 수 없을 끔찍한 외로움이었다. 이반 일리치는 그저 과거의 추억을 떠올리며 이 지독한 외로움을 견뎠다. 지난날의 장면들이 하나씩 차례로 눈앞을 스쳤다. 추억은 언제나 최근의 일부터 시작되어 아득히 먼 옛날, 그 옛날 어린 시절로 거슬러 올라가 그곳을 맴돌았다. 그날 식사로 나왔던 삶은 자두를 생각하다 보면 어린 시절 먹었던 설익고 쭈글쭈글한 프랑스 자두가 어느새 떠올랐다. 그 독특한 맛, 씨가 있는 곳까지 베어 물면 입 안 가득 고이던 침이 생각났고 그러다 보면 그 시절과 관계된 모든 추억이, 유모와 형제와 장난감들이 함께 떠올랐다. '이런 생각은 그만하자…… 너무 고통스러우니까.' 이반 일리치는 이렇게 혼잣말을 하며 다시 현실로 돌아왔다. 눈앞에 소파 등받이의 단추와 염소 가죽의 주름이 있었다. '염소 가죽은 비싸기만 하고 튼튼하질 않아. 그래서 말다툼을 하기도 했지. 그러고 보니 염소 가죽 때문에 싸운 적이 또 있었어. 우리가 아버지 가방을 찢어놓는 바람에 벌을 받고 있는데 어머니가 고기만두를 가져다주셨지.' 다시 어린 시절이 떠올랐고 이반 일리치는 또 마음이 아팠다. 그는 옛날 기억을 떨어내고 다른 생각을 하려고 애썼다.

하지만 이런 추억들이 채 사라지기도 전, 어김없이 또 다른 기억들이 떠올랐다. 병이 차츰차츰 모습을 드러내고 하루하루 깊어지던 날들에 대한 기억이었다. 시간을 거슬러 올라갈수록 생명력은 더 충만해졌다. 삶에서 좋은 것들도 더 많았고 삶 자체도 훨씬 충만했다. 어느새 두 가지 생각이 하나로 섞이기 시작했다. '고통이 점점 심해지는 것처럼 내 삶의 모든 것도 점점 나빠졌던 거야.' 아득히 먼 곳, 삶이 시작되던 그곳에는 한 줄기 빛이 밝게 빛나고 있었지만 어느 순간부터 빛이 사라지면서 사방은 점점 더 어두워졌다. 시간이 흐를수록 어두워지는 속도도 점점 빨라졌다. '그 속도는 죽음에 이르는 거리가 짧아질수록 더 빨라졌던 거야.' 이반 일리치는 생각했다. 아래로 떨어질수록 속도가 빨라지는 돌의 영상이 그의 마음속에 떠올랐다. 고통이 커질수록 삶은 가장 지독한 고통이 기다리고 있을 마지막을 향해 더 빠르게, 더 빠르게 떨어졌다. '떨어지고 있는 거야······.' 이반 일리치는 몸서리를 쳤다. 어떻게든 저항하고 싶었다. 하지만 그럴수 없다는 걸 이미 알고 있었다. 무엇을 보는 것에도 지쳤지만 눈앞의 것을 피할 수는 없어서 소파 등받이를 빤히 바라보았다. 그러면서 자신의 끔찍한 추락과 충격과 파멸을 기다렸다. '저항은 불가능해.' 그는 혼잣말을 했다. '그렇다 해도 어째서 이 모든 일을 겪어야 하는지 그 이유는 알고 싶어. 그래, 그것마저도 불가능하겠지. 내가 제대로 살지 못했기 때문이라고 하면 설명이 되는 걸까. 하지만 그건 인정할 수 없어.' 이반 일리치는 자신이 법도에 한 치도 어긋남 없이 얼마나 올바르고 품위 있게 살아왔는지 생각했다. '그건 도저히 용납할 수 없어.' 그는 이렇게 중얼거리며 입술을 움직여 씩 웃음을 지었다. 누군가 보았다면 그가 정말 웃었다고 생각할 그런 웃음이었다. '대체어떻게 설명해야 하는 건가! 이 고통은, 죽음은······ 무엇 때문이란말인가?'

11

그렇게 또 두 주일이 지나갔다. 그 두 주일 동안 이반 일리치 부부가 바라던 일이 드디어 이루어졌다. 페트리셰프가 정식으로 청혼을 한 것이다. 청혼을 한 것은 어느 날 저녁이었다. 다음날 프라스코비야 표도로브나는 페트리셰프가 청혼했다는 얘기를 어떻게 전할까 궁리하며 남편 방으로 들어섰지만, 바로 그날 밤 이반 일리치 상태는 지금까지와는 비교도 안 될 만큼 나빠졌다. 프라스코비야 표도로브나가 방에 들어가서 보니 이반 일리치는 여전히 소파에 누워 있었지만 이번에는 자세가 달랐다. 그는 똑바로 누워 신음 소리를 내며 꼼짝 않고 앞만 빤히 바라보았다.

프라스코비야 표도로브나는 약 얘기를 꺼냈다. 이반 일리치가 아내 쪽으로 눈길을 돌렸다. 그녀는 말을 다 끝내지 못하고 입을 다물었다. 남편의 눈길에서 자신을 향한 지독한 증오를 보았기 때문이다.

"제발, 편안하게 죽게 날 좀 내버려둬요!" 이반 일리치가 말했다.

프라스코비야 표도로브나는 그대로 나가려 했지만, 바로 그때 딸이 들어와 인사를 하려고 다가왔다. 이반 일리치는 아내를 보던 그 눈빛으로 딸을 보더니, 몸은 좀 어떠냐고 묻는 딸에게 머지않아 모두를 자신에게서 벗어나게 해주겠다고 싸늘하게 대답했다. 두 사람은 말없이 좀 더 앉아 있다가 방을 나갔다.

리자가 제 엄마에게 말했다. "대체 우리가 뭘 잘못한 거예요? 이렇게 된 게 다 우리 탓이라는 것 같잖아요! 저도 아빠가 불쌍하긴 하지만, 그렇다고 우리를 괴롭힐 건 없잖아요!"

늘 오던 시간에 의사가 왔다. 이반 일리치는 분노가 가득한 시선을 의사에게서 거두지 않은 채 "예, 아니요"라고만 대답하더니 결국 이렇게 말했다.

"아시겠지만, 이런 치료는 내게 전혀 도움이 되지 않아요. 그러니 날 그냥 내버려두시오."

"고통을 좀 덜어드릴 수는 있습니다." 의사가 대답했다.

"그것도 제대로 못하지 않소. 그냥 내버려두시오."

의사가 응접실로 나가 프라스코비야 표도로브나에게 환자 상태가 아주 심각해 통증이 굉장히 심할 것이며 이제 아편으로 통증을 완화해주는 것밖에 다른 방법이 없다고 말했다.

의사는 이반 일리치의 육체적 고통이 끔찍한 것은 사실이지만 정신적인 고통은 그보다 훨씬 심하며, 그를 가장 괴롭히는 것이 바로 이 정신적인 고통이라고 말했다.

그의 정신적 고통은 그날 밤 졸음을 이기지 못하는 게라심의 광대뼈가 두드러진 선량한 얼굴을 보다가 문득 이런 의문이 떠오르면서 시작되었다. '내 삶 전체가, 의식적인 내 삶이 정말로 잘못된 것이라면 어떻게 하지?'

예전 같으면 제대로 살지 못했다는 생각을 절대 할 수 없었겠지만, 이제는 그게 진실일 수도 있다는 생각이 들었다. 높은 자리에 있는 사람들이 좋다고 여기는 것들에 맞서 싸우고 싶다는 충동, 마음속에 어렴풋이 떠오를라치면 서둘러 떨어내버렸던 그 충동, 그것만이 진짜고 나머지는 모두 거짓일 수도 있다는 생각이 들었다. 그의 일, 삶의 방식, 가족, 사교계와 직장의 모든 이해관계가 다 거짓일 수도 있었다. 그는 스스로에게 이 모든 것들을 변호하려 해보았다. 하지만 그 순간, 자신이 변호하려 하는 것이 너무도 헛되다는 느낌이 들었다. 변호할 수 있는 것이 하나도 없었다.

이반 일리치는 생각했다. '만일 그렇다면, 내게 주어진 모든 것을 다 망쳐놓았다는 사실을 의식하면서도 바로잡을 기회조차 없이 세상을 떠난다면, 그땐 어떻게 해야 하는 거지?' 그는 똑바로 누워 지금까지와는 전혀 다른 방식으로 자신의 삶을 되돌아보기 시작했다. 아침에 처음 시종을 보았을 때, 이어서 아내와 딸과 의사를 보았을 때, 그들이 했던 행동 하나하나, 그들이 했던 말 한마디 한마디가 그날 밤 모습을 드러낸 처참한 진실을 그에게 확인시켜주었다. 이반 일리치는 그들의 모습에서 자신의 모습을, 자신이 어떻게 살아왔는지를 보았다. 그리고 그 모든 것이 삶과 죽음을 가려버리는 무섭고도 거대한 기만이었음을 똑똑히 보았다. 생각이 여기에 미치자 그의 육체적 고통은 열 배쯤 커졌다. 그는 신음을 토해내고 몸부림치면서 입고 있던 옷을 쥐어뜯었다. 옷이 그를 짓누르며 숨통을 조이는 것 같았다. 그것 때문에도 이반 일리치는 그들이 증오스러웠다.

그는 꽤 많은 양의 아편을 맞고 의식을 잃었다. 하지만 점심시간 무렵이 되자 통증이 다시 시작되었다. 그는 사람들을 모두 물리치고는 몸부림치며 괴로워했다.

아내가 그에게 다가와 말했다.

"장, 여보, 날 위해서(날 위해서라고?) 그렇게 해줘요. 도움이 되면 되었지 해될 건 전혀 없어요. 정말 괜찮아요. 건강한 사람들도 많이……."

이반 일리치가 눈을 부릅떴다.

"뭐라고? 성찬을 받으라고? 뭣 때문에? 그런 건 필요 없어! 그렇긴
하지만……."

아내가 울음을 터뜨렸다.

"그래요, 여보, 하실 거죠? 사제님을 모셔올게요. 아주 좋은 분이
에요."

"그래, 아주 잘됐어." 그가 중얼거렸다.

사제가 와서 자신의 참회를 들어주자 이반 일리치는 마음이 누그
러지면서 그간의 의혹에서 벗어나는 것 같았고 그래서인지 고통도
줄어드는 느낌이 들었다. 그 순간 한 줄기 희망이 보였다. 또다시 이
반 일리치는 맹장과 그것의 회복 가능성을 생각했다. 그는 두 눈에
눈물이 그렁그렁한 채 성찬을 받았다.

성찬식이 끝나고 자리에 누웠을 때, 잠깐이지만 마음이 편해졌고
삶에 대한 희망이 다시 살아났다. 언젠가 의사가 권유했던 수술을 생
각해보기도 했다. '살아야 해, 살고 싶어.' 그는 혼잣말을 중얼거렸다.
아내가 들어와 성찬 받은 것을 축하하더니 하나 마나 한 말 몇 마디
를 하고 나서 덧붙였다.

"어때요, 좀 나아졌죠?"

이반 일리치는 아내 쪽을 돌아보지도 않고 대답했다. "그래."

아내의 옷차림과 몸매, 얼굴 표정, 목소리, 이 모든 것이 이반 일리
치에게 말하고 있는 것은 딱 한 가지였다. '잘못된 거예요. 당신이 지
금껏 살아왔고 지금 살아가는 방식은 모두 당신에게서 삶과 죽음을
가리는 거짓이고 속임수예요.' 그가 이런 생각을 하는 순간, 증오심
이 고개를 들었고 그와 함께 끔찍한 육체적 고통도 다시 시작되었다.

이어서, 피할 수도 없을 만큼 가까이 다가온 죽음이 의식되었다. 그러더니 새로운 증상이 나타났다. 몸이 조여들고 뭔가에 찔리듯 아프고 숨이 막혔다. "그래"라고 말할 때의 그의 표정은 무서우리만치 끔찍했다. 아내의 얼굴을 똑바로 보며 "그래"라고 대답하고 나서 그는 쇠약한 환자라고는 믿기지 않을 만큼 빠르게 몸을 돌리더니 날카롭게 소리쳤다.

"나가, 제발 나가! 날 좀 그냥 내버려두란 말이야!"

12

그때부터 사흘 동안 이반 일리치의 비명 소리가 한순간도 끊이지 않고 흘러나왔다. 그 소리가 얼마나 처절하던지 방 두 칸을 사이에 두고도 듣는 이를 공포에 떨게 했다. 아내에게 대답하는 순간, 이반 일리치는 자신이 나락으로 떨어졌고 다시는 돌아올 수 없으며 종말이, 이제 진짜 종말이 다가왔지만 의혹은 풀리지 않은 채 여전히 의혹으로 남아 있음을 깨달았다.

"우! 우우! 우!" 이반 일리치는 높낮이를 달리하며 비명을 질렀다. 그가 "이럴 수는 없어!"라고 소리쳤을 때 그 마지막 음절이 길게 이어졌다.

이 사흘 내내 이반 일리치에게는 시간이 존재하지 않았으며, 그는 눈에 보이지 않고 저항할 수도 없는 힘에 떠밀려 들어간 검은 자루 속에서 몸부림쳤다. 구원받을 수 없다는 걸 알면서도 마치 사형집행인의 손아귀에서 벗어나려 버둥거리는 사형수처럼 몸부림쳤다. 하지만 아무리 기를 쓰고 맞서도 자신이 그토록 두려워하는 것에 점점 가까이 다가갈 뿐이라는 걸 매 순간 실감했다. 이반 일리치가 느끼기에 그는 이 검은 구멍에 떠밀려 들어왔기에 고통스러웠으며 그곳에 완전히 빠지지 못해 더욱 고통스러웠다. 자신은 올바르게 살았노라고 믿고 싶은 마음이 그가 구멍 속에 완전히 빠지지 못하도록 가로막았다. 자신의 삶이 옳았다고 믿고 싶은 마음이 그를 끌어당겨 앞으로 나가지 못하게 하면서 더욱 고통스럽게 만들었다.

갑자기 어떤 힘이 그의 가슴과 옆구리를 때리는가 싶더니 숨 쉬기가 더 힘들어졌다. 그는 구멍 속으로 떨어졌다. 그곳에, 그 구멍 끝에 뭔가가 환한 빛을 내고 있었다. 기차를 타고 갈 때 사실은 앞으로 가고 있는데 뒤로 간다고 생각하다가 어느 순간 제대로 된 방향을 알게 되는 경우가 있는데, 지금 이반 일리치에게 바로 그런 일이 일어났다.

"그래, 모든 것이 잘못되었던 거야. 하지만 상관없어. 올바른 것을 하면 되는 거니까. 그런데 '올바른 것'이 대체 뭐지?" 그는 스스로에게 이렇게 묻고 나서 갑자기 입을 다물었다.

이 일은 사흘째 되는 날이 끝나갈 무렵, 그가 눈을 감기 한 시간 전에 일어났다. 바로 그때 김나지움에 다니는 아들이 아버지 방에 가만히 들어와 침대로 다가갔다. 죽어가는 이는 그때까지도 남은 힘을 다해 비명을 지르며 두 손을 휘저었다. 그러다 그의 손이 아들의 머리에 부딪쳤다. 아들이 그 손을 잡아 자기 입술에 대고는 울음을 터뜨렸다.

그 순간 이반 일리치는 구멍 속으로 떨어지면서 한 줄기 빛을 보았다. 그리고 비록 자신의 삶이 완전하지 못했다 해도 아직은 바로잡을 수 있다는 걸 알았다. 그는 스스로에게 물었다. '올바른 것은 무엇인가?' 그리고 침묵하며 귀를 기울였다. 바로 그때 누군가 그의 손에 입을 맞추는 것이 느껴졌다. 그는 눈을 뜨고 아들을 바라보았다. 아들의 모습이 안쓰러웠다. 아내가 그의 곁에 다가왔다. 그는 아내에게로 눈길을 돌렸다. 아내는 입을 벌린 채 코와 뺨으로 흐르는 눈물을 미처 닦을 생각도 못 하고 절망적인 표정으로 남편을 바라보았다. 이반 일리치는 아내도 안쓰러웠다.

'그래, 내가 모두를 고통스럽게 만들고 있구나.' 이런 생각이 들었다. '다들 안됐어. 하지만 내가 죽고 나면 훨씬 괜찮아질 거야.' 그는 이 말을 소리 내어 하고 싶었지만 그럴 힘이 없었다. '아니, 꼭 말로 할 필요는 없어. 행동으로 보여주면 되는 거야.' 그는 아내에게 눈짓으로 아들을 가리키며 말했다.

"데리고 나가줘…… 아이가 불쌍해…… 당신도 불쌍하고……." 그리고 '용서해줘'라는 말을 하고 싶었지만 엉뚱하게도 '용감해줘'라고 말해버렸다. 하지만 고쳐 말할 힘이 없었으므로 알아들을 사람은 알아들을 거라고 믿고 손을 휘휘 저었다.

그때 갑자기, 지금까지 그를 괴롭히면서 떠나지 않으려 하던 것이 두 방향에서, 열 방향에서, 온갖 방향에서 한꺼번에 쏟아져 나오는 것이 분명하게 보였다. 식구들이 안쓰러웠고, 그들이 상처받지 않도록 해야 했다. 이 모든 고통에서 가족을 구해내고 자신도 벗어나야 했다. 그는 생각했다. '얼마나 근사하고 또 얼마나 간단한 일인가!'

그리고 스스로에게 물었다. '그런데 통증은 어떻게 된 거지? 어디로 간 거지? 이것 봐, 통증, 대체 어디 있는 거야?'

이반 일리치는 잠자코 귀를 기울였다.

'아, 여기 있구나. 뭐 어때, 거기 있으라고 하지 뭐.'

'그런데 죽음은? 죽음은 어디 있지?'

이제는 습관처럼 익숙해져버린 죽음에 대한 공포를 찾아보았지만 찾을 수가 없었다. 죽음은 어디 있는 거야? 대체 죽음이 뭐지? 죽음이 없었으므로 죽음에 대한 공포도 전혀 없었다.

죽음이 있던 자리에 빛이 있었다.

"그래, 바로 그거야!" 갑자기 그가 큰 소리로 외쳤다. "이렇게 기쁠 수가!"

이 모든 일은 한순간에 일어났으며, 이 한순간의 의미는 이제 변하지 않았다. 곁에서 지켜보는 사람들이 보기에는 이반 일리치의 고통이 그러고도 두 시간이나 더 계속되었다. 그의 가슴에서 뭔가가 끓어올랐다. 쇠약해진 그의 몸이 경련을 일으키며 부르르 떨렸다. 그러더니 가슴이 끓어오르는 소리와 숨을 쌕쌕 몰아쉬는 소리가 차츰 잦아들었다.

"다 끝났습니다!" 누군가 그를 내려다보며 말했다.

이반 일리치는 이 말을 듣고 마음속으로 되뇌었다. 그리고 중얼거렸다. '끝난 건 죽음이야. 이제 죽음은 존재하지 않아.'

이반 일리치는 숨을 훅 들이마시다가 그대로 멈추더니 몸을 축 늘어뜨리며 숨을 거두었다.

악마

나는 너희에게 이르노니 음욕을 품고 여자를 보는 자마다
마음에 이미 간음하였느니라.
만일 네 오른 눈이 너로 실족하게 하거든 빼어 내버리라.
네 백체 중 하나가 없어지고 온몸이 지옥에 던져지지 않는 것이
유익하니라.
또한 만일 네 오른손이 너로 실족하게 하거든 찍어 내버리라.
네 백체 중 하나가 없어지고 온몸이 지옥에 던져지지 않는 것이 유익
하니라.

— 〈마태복음〉 5장, 28~30절

1

눈부신 성공이 예브게니 이르테네프를 기다리고 있었다. 그는 성
공에 필요한 모든 조건을 갖춘 사람이었다. 훌륭한 가정교육을 받은
데다 페테르부르크대학교 법학부를 우수한 성적으로 졸업했으며,

얼마 전 세상을 떠난 아버지가 상류층 사람들과 맺어둔 인연 덕에 장관의 후원을 받으며 정부 부처에서 근무를 시작할 수 있었다. 게다가 재산도 꽤 많았는데, 이 부분에 대해서는 의심스러운 점이 있었다. 아버지는 외국과 페테르부르크를 오가며 지내면서 두 아들, 그러니까 예브게니와 근위 기병대에 근무하던 형 안드레이에게 매년 6천 루블을 보내주었고 자신도 아내와 함께 아주 풍족하게 살았다. 아버지는 여름 두 달 동안만 자신의 영지에 와서 지냈지만 농장 경영에는 전혀 관여하지 않고 관리인에게 모든 걸 맡겼다. 관리인은 속임수에만 능하고 농장 일에는 별 관심이 없었는데도 아버지는 그를 전적으로 신뢰했다.

아버지가 세상을 떠나고 난 뒤 재산 분배를 하려던 두 형제는 굉장히 많은 빚이 있다는 걸 알았다. 변호사가 그들에게 재산상속을 포기하고 할머니가 남겨준 10만 루블 상당의 영지만 받는 것이 현명할 거라고 조언할 정도였다. 그런데 아버지 이르테네프와 일을 했던 이웃 영지의 지주가 아버지가 발행했다는 어음을 들고 페테르부르크로 찾아와서는 빚이 있긴 하지만 이 문제를 해결하고 꽤 많이 남은 재산을 지킬 방도가 있다고 했다. 그는 숲과 황무지 일부를 팔더라도 돈이 되는 중요한 땅은 지켜야 한다고 말했다. 그러니까 4천 헥타르의 흑토와 사탕수수 공장과 2백 헥타르의 목초지가 있는 세묘놉스코예는 가지고 있어야 한다는 얘기였는데, 그렇게 하려면 누군가 고향에 정착해 살면서 최선을 다해 현명하고 효율적으로 농장을 운영해야 한다고 했다.

그렇게 해서 예브게니는 봄에(아버지는 사순절에 세상을 떠났다) 영지로 돌아와 모든 상황을 살펴보았다. 그런 뒤 퇴직을 하고 어머니와 함께 고향에 살면서 직접 영지를 관리하고 재산을 지키기로 결심했다. 사이가 그리 좋지 않은 형과는 형이 유산을 포기하는 대신 그가 1년에 4천 루블을 보내주거나 한꺼번에 8만 루블을 주기로 합의했다.

이렇게 문제를 정리하고 나서 예브게니는 어머니와 저택에 들어가 살면서 열정적이면서도 세심하게 농장을 경영하기 시작했다.

흔히들 보수적인 사람들은 주로 노인층이고 혁신적인 사람들은 청년층이라고 생각한다. 하지만 이런 생각은 전적으로 옳지 않다. 일반적으로 가장 보수적인 사람들은 바로 젊은 사람들이다. 젊은 사람들은 잘 살고 싶다는 생각만 할 뿐 어떻게 살 것인지에 대해서는 생각하지 않고 그런 생각을 할 시간도 없으므로 예전 사람들의 삶을 본보기로 삼기 때문이다.

예브게니도 그랬다. 고향에 정착하고 나서 예브게니의 꿈과 이상은 우둔한 경영자였던 아버지보다 그 이전 세대, 즉 할아버지 세대의 삶의 방식을 재현하는 것이었다. 그는 할아버지 삶의 보편적 정신을 되살리고 자신의 시대에 맞게 변화시켜 저택과 정원 관리, 농장 경영에 적용하려고 노력했다. 즉 할아버지 세대처럼 주변의 모든 사람이 풍요롭고 만족스러우며 질서 있고 정돈된 삶을 살도록 하기 위해서는 해야 할 일이 아주 많았다. 채권자와 은행들의 요구를 충족하기 위해 땅을 팔아야 했고 채무 지급 날짜를 연기해야 했으며, 세묘놉스코예에 있는 4천 헥타르의 땅을 경작하고 사탕수수 공장을 가동하려면 일꾼이 필요했으므로 그 돈도 마련해야 했다. 또한 저택과 정원도 내버려두지 말고 부지런히 관리해야 했다.

해야 할 일이 많았지만 예브게니는 신체적으로나 정신적으로 기운이 넘치는 스물여섯 살 젊은이였다. 키는 중간 정도였고 체조로 근육이 단련되어 체격이 탄탄했다. 다혈질인 그의 뺨은 환한 붉은빛이었으며 치아와 입술은 희고 선명했고 숱이 많지 않은 머리카락은 부드럽고 곱슬곱슬했다. 그의 유일한 신체적 결함이라면 근시 때문에 어릴 적부터 안경을 쓴 탓에 이제 안경 없이는 다닐 수 없게 되었고 그런 이유로 콧잔등에 안경 자국이 있다는 것 정도였다. 신체적인 특징은 이와 같았고, 정신적인 특징을 얘기하자면, 그는 알면 알수록 더 사랑할 수밖에 없는 사람이었다. 특히 그의 어머니는 그 누구보다 아들을 사랑했는데, 남편이 죽은 뒤로는 아들을 애지중지하는 정도를 넘어 삶을 온통 그에게 바쳤다. 어머니만 예브게니를 사랑한 것은 아니었다. 김나지움과 대학교 친구들 역시 그를 무척 좋아했을 뿐만 아니라 존경하기까지 했다. 이처럼 예브게니는 늘 모든 이에게 영향을 미쳤다. 순수하고 정직해 보이는 얼굴, 특히 두 눈을 보면 그가 하는 말을 믿을 수밖에 없었고, 거짓이나 속임수가 있을 거라는 생각은 할 수가 없었다.

대체로 이런 인물 됨됨이가 그의 일에 많은 도움이 되었다. 채권자들은 다른 사람들 말이라면 절대 들어주지 않을 일이라도 그의 말이라면 믿어주었다. 관리인, 촌장, 그리고 다른 사람들에게는 멋대로 행동하고 속임수를 썼을 농부도 예브게니처럼 선량하고 소박하며 무엇보다 솔직한 사람과 지내다 보면 절로 유쾌해져 속일 생각 같은 건 아예 하지 못했다.

5월이 끝나갈 즈음이었다. 예브게니는 도시로 나가 황무지의 저당을 어렵사리 풀어 상인에게 판 뒤 그 돈으로 농기구를 수리하고 말과 황소와 짐수레를 장만했다. 꼭 필요했던 농가를 짓기 위해서였다. 일은 순조롭게 진행되었다. 목재가 실려 오고 목수들이 일을 시작하고 거름도 짐수레 80대분이나 실려 왔다. 그런데 어느 순간 지금껏 진행되었던 모든 일이 극심한 위기에 처하고 말았다.

2

격정스러운 상황 속에서 일이 진행되는 와중에 그리 중요하지는 않아도 예브게니로서는 굉장히 괴로울 법한 문제가 있었다. 여느 젊고 건강한 미혼 남성들처럼 그도 여러 여성과 관계를 맺으며 젊은 시절을 보냈다. 그가 탕자는 아니었지만, 그 스스로 말했듯 수도사도 아니었다. 그의 말을 빌리면, 신체의 건강과 정신의 자유를 위해 필요한 정도로만 이런 관계에 열중했다. 그는 열여섯 살 때부터 이런 생활을 시작했다. 그리고 지금까지 별 탈 없이 지내왔다. 타락한 적도 없었고 여자에게 정신없이 빠지지도 않았으며 매독에 걸린 적도 없었다는 점에서 그랬다. 그는 페테르부르크에서 재봉사와 처음 관계를 가졌는데, 이후 그녀가 방탕한 생활을 하자 관계를 끝내고 다른 여자를 만났다. 이런 식의 처신은 별다른 문제를 일으키지 않고 안전했다.

하지만 시골에서 지낸 지 두 달쯤 지나자 이 문제를 어떻게 해결해야 할지 판단이 서지 않았다. 어쩔 수 없이 절제하는 생활을 하다 보니 좋지 않은 현상이 나타났다. 이 일을 해결하려면 도시로 나가야 하는 걸까? 간다면 어디로 가야 하나? 그리고 어떤 식으로 여자를 만날 것인가? 이런 생각만 하면 마음이 어지러웠다. 하지만 그는 이 일이 자신에게는 아주 중요하며 꼭 해결해야 하는 문제라고 믿었다. 어떤 여자든 가리지 않고 훑어보는 자신의 모습을 볼 때마다 의지와는 상관없이 이 문제에서 벗어나지 못할 거라는 느낌도 들었다.

그는 자신의 영지에서 다른 농부들의 아내나 처녀들과 관계를 맺는 것은 좋은 방법이 아니라고 생각했다. 아버지와 할아버지는 이런 문제에서 당시의 다른 지주들과 확연히 달랐으며 자신의 영지에서 농부들의 아내와 관계를 맺은 적이 단 한 번도 없었다는 사실을 사람들에게 들어 알고 있었던 터라 그 또한 그렇게 하리라 결심했다. 하지만 시간이 지날수록 여자 없이 지내는 생활이 견디기 힘들어졌다. 그 작은 마을에서 여자들과 관계를 맺을 때 어떻게 될지 생각하면 두렵기도 했지만, 이제 농노제도 없어졌으니 안 될 것도 없다고 마음을 정했다. 그리고 이 일을 누구도 알게 해서는 안 되며 방탕한 생활에 빠지는 일 없이 건강을 지키는 정도로만 즐기자고 다짐했다. 이렇게 결정을 하고 나니 오히려 마음이 더 초조해졌다. 마을 촌장이나 농부, 목수들과 얘기를 나누다 보면 어느새 자신도 모르게 여자 얘기를 하고 있었고, 여자 얘기를 한참 하다 보면 도무지 멈출 줄을 몰랐다. 그러면서 여자들에게 향하는 시선도 점점 더 집요해졌다.

3

하지만 무엇을 결심하는 것과 그것을 실천하는 것은 전혀 다른 문제였다. 예브게니가 여자에게 접근하기란 불가능했다. 어떤 여자에게 다가갈까? 그리고 어디서 여자를 만날까? 누군가를 통해야 했는데, 누구에게 부탁해야 한단 말인가?

어느 날 예브게니는 숲 속을 지나다 갈증을 느끼고 물을 얻어 마시기 위해 산림지기 집에 들렀다. 산림지기는 예전에 아버지를 도와 사냥을 하던 사람이었다. 산림지기는 예브게니 이바노비치와 이런저런 얘기를 하다가 예전에 사냥을 끝내고 떠들썩하게 잔치를 벌이던 얘기를 늘어놓았다. 그 말을 듣는 순간, 바로 그곳, 산림지기 집이나 숲에서 일을 도모하면 좋겠다는 생각이 예브게니의 머리를 스쳤다. 하지만 늙은 다닐라가 그 일에 협조해줄지는 알 수가 없었다. '내 제안을 들으면 기겁할지도 몰라. 그러면 나만 형편없는 인간이 되는 거지. 아니, 어쩌면 선뜻 들어줄 수도 있어.' 예브게니는 이런 생각을 하면서 다닐라의 얘기를 들었다. 다닐라는 예전에 멀리 들판으로 사냥을 나갔다가 교회지기 아내 집에서 머물렀던 얘기와 프랴니즈니코프에게 여자를 데려갔던 얘기까지 시시콜콜 했다.

'들어줄 것도 같은데.' 예브게니는 생각했다.

"지금 천국에 계실 주인님의 아버님은 그렇게 어리석은 짓 같은 건 절대 하지 않으셨답니다."

'안 될 거야.' 예브게니는 이렇게 생각하면서도 한번 떠볼 요량으로 슬쩍 얘기를 꺼냈다.

"그런데 자네는 어쩌다 그렇게 나쁜 일을 하게 된 건가?"

"뭐가 나쁘다는 건가요? 여자도 좋아했고 표도르 자하리치도 이만저만 만족한 게 아닌걸요. 저도 돈을 좀 챙겼고요. 그렇게라도 해야지 어쩌겠습니까? 그도 살아 있는 사람인데요. 차도 마시고 술도 마시는 사람 말입니다."

'그래, 얘기해봐도 되겠어.' 예브게니는 마음의 결정을 하고는 얼른 말문을 열었다.

"이봐, 다닐라……." 하지만 막상 말을 꺼내자 얼굴이 화끈거렸다. "자네도 알겠지만, 내가 몹시 힘들다네." 다닐라가 씩 웃음을 지었다. "나는 수도사가 아니잖나. 게다가 그동안 버릇도 되었고 말이야."

자신의 모습이 바보 같긴 했지만, 그래도 다닐라가 맞장구를 쳐주자 말하길 잘했다는 생각이 들었다.

"진작 말씀하지 그러셨어요. 되고말고요. 어떤 여자를 원하는지 말씀만 하세요." 다닐라가 말했다.

"아, 어떤 여자든 상관없네. 그러니까, 보기에 흉하지 않고 건강하기만 하면 된다는 말이지."

"알아들었습니다!" 다닐라가 딱 잘라 대답했다. 그리고 잠시 뭔가를 생각하더니 말을 이었다. "아하, 좋은 여자가 있습니다." 예브게니는 또 얼굴이 달아올랐다. "괜찮은 여자입죠. 그게 말입니다, 이 여자가 가을에 시집을 갔거든요." 다닐라가 목소리를 낮춰 속닥거렸다. "그런데 남편이라는 사람이 제대로 할 줄 아는 게 없는 겁니다. 그러니 여자 심정이 어떻겠습니까."

예브게니가 수치심 때문에 얼굴을 찌푸렸다.

"아니, 아닐세. 그런 여자가 필요하다는 얘기가 절대 아니야. 나는, 그 반대일세(반대라는 게 대체 무슨 말이지?). 그 반대란 말이네. 그냥 건강하고, 귀찮아질 일이 없는 그런 여자를 말하는 걸세. 가령 남편이 군인이라든가 그런…….."

"알겠습니다. 그렇다면, 스테파니다를 만나게 해드리죠. 남편이 도시에 나가 있으니 군인인 것이나 매한가지죠. 여자가 꽤 괜찮고 깔끔하거든요. 마음에 드실 겁니다. 여자한테는 제가 말해두겠습니다. 주인님이 그쪽으로 가셔도 되고 아니면 여자더러…….."

"알겠네, 그럼 언제가 좋겠나?"

"당장 내일이라도 괜찮습니다. 지금 제가 담배 사러 가는 길에 여자에게 한번 들러보겠습니다. 내일 점심 즈음에 이리로 오시거나 채소밭 너머 목욕탕으로 오세요. 아무도 없을 겁니다. 여기서는 점심을 먹고 나면 다들 잠을 자니까요."

"그래, 그렇게 하지."

집으로 돌아오면서 예브게니는 극심한 흥분에 휩싸였다. '이제 어떻게 될까? 어떤 여자일까? 혹시 지독하게 못생겼으면 어떻게 하지? 아니, 예쁠 거야.' 그는 눈여겨보았던 마을 여자들을 떠올리며 혼잣말을 했다. '그나저나 무슨 말을 하지? 뭘 해야 하는 거야?'

예브게니는 온종일 제정신이 아니었다. 다음날 정오가 되자 그는 산림지기 집으로 갔다. 다닐라가 문가에 서서 말없이 의미심장하게 고갯짓으로 숲을 가리켰다. 예브게니는 온몸의 피가 심장으로 몰리는 듯한 느낌을 받으며 채소밭 쪽으로 갔다. 아무도 없었다. 목욕탕 쪽으로 가보았다. 역시 아무도 없었다. 목욕탕 안을 둘러보고 나오는데 나뭇가지 부러지는 소리가 들렸다. 소리 나는 쪽을 돌아다보니, 그녀가 작은 골짜기 너머 울창한 숲에 서 있었다. 예브게니는 골짜기 너머 그곳으로 서둘러 달려갔다. 골짜기 여기저기에 쐐기풀이 있었 지만 그는 알지도 못했다. 쐐기풀에 찔리고 코안경이 떨어지는데도 아랑곳하지 않고 반대편 언덕으로 뛰어 올라갔다. 맨발인 채로 적갈 색 옷 위에 수놓인 흰색 앞치마를 두르고 선명한 붉은색 머릿수건을 쓴 여자는 수줍게 미소를 지었다. 그 모습이 신선하고 강인하고 아름 다웠다.

그녀가 말했다. "저기 오솔길이 있어서 그쪽으로 돌아왔어요. 한 참 기다렸어요."

예브게니는 그녀에게 다가가 빤히 들여다보면서 몸을 만져보았다.

15분 뒤에 두 사람은 헤어졌다. 예브게니는 돌아오는 길에 안경을 찾아 쓰고 다닐라 집에 들렀다. 만족스러웠느냐고 묻는 다닐라에게 대답으로 1루블을 쥐여 주고는 집으로 왔다.

예브게니는 만족스러웠다. 수치심도 처음에만 잠깐 느꼈을 뿐 시 간이 지나자 괜찮아졌다. 모든 것이 좋았다. 무엇보다, 이제 마음이 가볍고 평온해졌으며 몸에 활기가 생긴 것이 좋았다. 예브게니는 여 자를 제대로 살펴보지 못했는데도 왠지 괜찮다는 생각이 들었다. 기 억나는 거라곤, 그녀가 깔끔하고 생기 있으며 꽤 예쁘고 소박하고 화 장을 하지 않았다는 것 정도였다. 그가 생각했다. '누구의 아내라고 했더라? 페츠니코프의 아내라고 했던가? 그런데 어떤 페츠니코프 지? 그 성을 가진 집이 두 집이잖아. 미하일 영감의 며느리일 것 같기 도 한데. 그래, 맞아! 그 영감 아들이 모스크바에 살고 있다고 했어.

언제 한번 다닐라에게 물어봐야겠군.'

이때부터는 시골 생활에서 가장 힘들었던 문제, 그러니까 '강요된 절제'라는 문제는 겪지 않아도 되었다. 마음이 홀가분해지니 일에도 더 편안하게 몰두할 수 있었다.

예브게니가 시작한 일은 그리 간단하지 않았다. 어쩌면 일을 제대로 해내지 못한 채 결국 영지를 팔아야 하고 그래서 모든 노력이 수포로 돌아갈지도 모른다는 생각이 때때로 들었다. 이런 걱정 때문에 이만저만 괴로운 게 아니었다. 한 가지 문제를 간신히 해결했다 싶으면 생각지도 못했던 다른 문제가 생겼다. 이즈음, 그때까지 까맣게 몰랐던 아버지의 부채가 새롭게 나타났다. 아버지가 말년에 여기저기서 닥치는 대로 돈을 빌려 쓴 게 분명했다. 지난 5월 유산을 정리하면서 예브게니는 아버지의 부채를 모두 파악했다고 생각했다. 그런데 한여름의 어느 날 느닷없이 예브게니에게 편지 한 통이 날아들었다. 예시포바라는 미망인이 보낸 그 편지에는 아버지 앞으로 1만 2천 루블의 부채가 남아 있다는 내용이 있었다. 변호사는 어음이 아니라 그저 영수증일 뿐이므로 사실관계를 알아봐야 한다고 말했다. 하지만 예브게니는 서류가 명확하지 않다는 이유만으로 아버지의 부채 상환을 거절할 수는 없다고 생각했다. 우선 아버지의 부채가 맞는지 확실히 알아봐야 했다.

"어머니, 예시포바 칼레리야 블라디미로브나가 누군지 아세요?"

예브게니는 평소처럼 어머니와 식사를 하면서 물었다.

"예시포바? 예전에 네 할아버지가 보살펴주었던 사람이지. 그런데 왜 그러니?"

예브게니는 어머니에게 편지에 대해 얘기했다.

"세상에, 그럴 수가! 참 양심도 없는 사람이구나. 네 아버지가 그녀에게 얼마나 많이 베풀어줬는데."

"그나저나 빚을 갚아야 할까요?"

"뭐라고 대답해야 할지 모르겠구나. 어쨌든 빚은 없단다. 네 아버지가 한없이 착한 사람이다 보니……."

"그래요, 하지만 아버지는 그걸 빚이라고 생각하셨나 봐요."

"나도 뭐라고 말을 못 하겠구나. 어떻게 해야 하는 건지 모르겠어. 네가 얼마나 힘든지 내가 다 아는데 말이다."

예브게니가 보기에 어머니도 아들에게 무슨 말을 어떻게 해야 할지 모르는 것 같았다.

예브게니가 말했다. "제 생각에는 돈을 갚아야 할 거 같아요. 내일 그 부인을 만나서 채무 상환 시기를 좀 연기해달라고 부탁해봐야겠어요."

"아, 네가 정말 딱하구나. 그래, 그러는 게 낫겠다. 가서 좀 더 기다려달라고 말해보렴." 마리야 파블로브나가 말했다. 아들의 결정을 듣고 나니 마음이 놓이고 든든해진 것 같았다.

함께 사는 어머니가 아들의 사정을 전혀 모르다 보니 안 그래도 힘든 예브게니는 더 힘들어졌다. 어머니는 평생을 여유롭게만 살아왔기 때문에 아들이 어떤 상황에 있는지 전혀 이해하지 못했으며, 당장이라도 일이 잘못되어서 아무것도 남지 않게 되면 아들인 그는 모든 걸 팔아치우고 기껏해야 2천 루블의 돈으로 어머니를 부양하며 사는 처지가 될 수도 있다는 건 상상도 못 했다. 그리고 이런 처지에서 벗어나려면 지출을 줄이는 수밖에 없다는 것도 이해하지 못했으므로, 어째서 예브게니가 소소한 씀씀이까지 그처럼 신경 쓰면서 정원사와 마부, 하녀들에게 주는 돈과 심지어 식비까지 꼼꼼히 따지는지 의아해했다. 뿐만 아니라, 대부분의 미망인이 그렇듯 파블로브나 역시 남편이 살아 있을 때 했던 생각과는 전혀 다르게 그가 잘못을 할 수도 있었다는 가정은 절대 하지 못한 채 오직 고인에 대한 공경심만을 마음에 품고 있었다.

예브게니는 정원사 두 명만 데리고 정원과 온실을 관리하고 마부 두 명과 마구간 일을 하느라 이만저만 고생하는 게 아니었다. 그런데도 마리야 파블로브나는 늙은 요리사가 식사를 준비하고, 정원의 오솔길이 말끔하게 청소되어 있지 않고, 하인들 대신 어린 소년 하나만 부려야 해도 불평하지 않는 것이 어머니로서 아들을 위해 희생하는 거라고 천진난만하게 생각했다. 그러다 보니 예브게니는 뜻밖에 나타난 부채 문제가 자신의 계획에 치명적인 타격을 줄 수도 있는 사건이라고 생각하는 반면 마리야 파블로브나는 그 일을 아들의 고상한 성품을 보여주는 일 정도로만 여겼다. 마리야 파블로브나가 어머니의 입장에서 이 상황을 별로 심각하게 받아들이지 않은 이유는, 아들이 모든 문제를 해결해줄 훌륭한 짝을 만나 결혼할 거라고 믿기 때문이기도 했다. 사실 예브게니 정도의 청년이라면 최고의 배필을 만날 수 있었다. 예브게니에게 자신의 딸을 선뜻 내주려 하는 좋은 집안이 꽤 있었는데, 마리야 파블로브나가 아는 곳만 해도 열 군데는 되었다. 그녀는 하루라도 빨리 아들의 혼사가 이루어지길 바랐다.

4

예브게니도 결혼을 꿈꾸긴 했지만 어머니가 생각하는 식으로는 아니었다. 결혼을 자신의 어려운 처지를 개선할 수단으로 이용하는 것은 도무지 내키지 않았다. 오직 사랑이 바탕이 된 결혼을 하고 싶었다. 그래서 오며 가며 마주치는 여자들을 눈여겨보면서 자신의 짝으로 어떨지 살피기도 했지만 운명의 상대는 쉽게 만나지지 않았다. 그러는 사이, 처음 생각과 달리 스테파니다와의 관계가 계속 이어졌으며 예브게니는 이를 기정사실로 받아들이는 지경에 이르렀다. 하지만 예브게니는 방탕한 생활과는 거리가 먼 사람이었으므로, 스스로 떳떳지 못하다고 느끼는 일을 남의 눈을 피해가며 하는 것이 몹시 괴로웠다. 그래서 처음 스테파니다를 만난 뒤로 좀처럼 마음이 안정되지 않았고 더는 그녀를 만나는 일이 없기를 바랐다. 그런데 얼마 지나지 않아 다시 예전과 같은 불안이 그를 엄습했다. 하지만 이번에는 대상이 없는 불안이 아니었다. 반짝이는 검은 눈동자, "한참 기다렸어요"라고 말하던 깊고 낮은 목소리, 싱그럽고 강렬한 향기, 앞치마 위로 봉곳 솟은 풍만한 젖가슴, 호두나무와 단풍나무가 우거지고 밝은 햇살이 가득 내리쬐던 그 숲에서 있었던 모든 일이 자꾸만 머릿속에 떠올랐다. 부끄럽다는 생각을 하면서도 예브게니는 다시 다닐라를 찾아가 부탁했다. 지난번처럼 정오에 숲에서 만나기로 약속이 정해졌다. 예브게니는 이번에는 좀 더 자세히 그녀를 살펴보았고, 그녀가 더 마음에 들었다. 예브게니는 여자와 이런저런 얘기를 나누다 남편에 대해 물어보았다. 아니나 다를까, 그녀의 남편은 미하일의 아들이었고 모스크바에서 마부 일을 하며 살고 있었다.

"그런데 도대체 너는 어떻게⋯⋯." 예브게니는 그녀가 어떻게 남편을 배신할 수 있는지 묻고 싶었다.

"그게 뭐 어때서요?" 여자가 되물었다. 한눈에 보기에도 영리하고 눈치가 빠른 여자였다.

"어째서 날 만나러 오는 거지?"

"어머나?" 여자가 명랑한 목소리로 대답했다. "보나 마나 남편도 그곳에서 흥청망청 놀 텐데요. 나라고 못 하란 법 있나요?"

그녀의 태도는 거침없고 당당했다. 그런 모습이 예브게니 눈에는 사랑스럽게만 보였다. 그렇다 해도 다음에 만날 약속 같은 건 하지 않았다. 그녀가 다닐라에게 감정이 좋지 않은 듯 그를 통하지 말고 만나자고 했지만 예브게니는 받아들이지 않았다. 그는 이 만남이 마지막이 되길 바랐다. 사실 예브게니는 여자가 마음에 들었다. 그런 식의 관계가 자신에게 필요하며 그리 나쁠 건 없다는 생각도 했다. 하지만 마음속 깊은 곳에 자리 잡고 있는 아주 엄격한 재판관은 이 관계를 인정하지 않았으며 이번이 마지막이길 기대했다. 설령 그 정도는 아니라 해도 적어도 예브게니가 다음 만남을 준비하는 것은 원하지 않았다.

그렇게 여름이 다 지나갔고, 그동안 두 사람은 열 번 정도 만났으며 언제나 다닐라를 통해 약속을 정했다. 한번은 여자가 남편이 집에 왔다며 약속 장소에 나오지 못했다. 그때 다닐라가 예브게니에게 다른 여자를 소개해주겠다고 제안했지만 예브게니는 진저리를 치며 거절했다. 여자의 남편이 모스크바로 떠나고 나서 두 사람의 만남은 예전처럼 계속되었고, 처음에는 다닐라를 통했지만 나중에는 예브게니가 직접 만날 시간을 정했다. 그녀는 프로호로바라는 아낙과 같이 왔는데, 여자가 혼자 다니면 좋을 게 없기 때문이었다. 한번은 두 사람이 만나기로 한 시간에 어느 가족이 마리야 파블로브나를 방문했는데, 그 가족 중에는 파블로브나가 아들의 신붓감으로 점찍어둔 아가씨가 있어서 예브게니는 도저히 빠져나올 수가 없었다. 기회를 틈타 간신히 빠져나온 예브게니는 곡식 창고에 가는 척하면서 오솔길로 빙 돌아 약속 장소인 숲 속으로 갔다. 하지만 여자는 그곳에 없었다. 두 사람이 늘 만나던 자리에서 손이 닿는 높이에 있는 나뭇가지들이 모두 부러져 있었다. 벚꽃나무, 호두나무, 심지어는 말뚝만 한 굵기의 어린 단풍나무까지 모두 부러진 채였다. 여자가 예브게니를 기다리다 화가 치밀자 짓궂게도 그에게 기억될 만한 것을 남겨놓고 간 거였다. 예브게니는 한참을 서성이다 다닐라에게 가서 다음날 여자를 불러달라고 부탁했다. 다음날 그녀는 약속 장소에 나왔고, 다시 예전처럼 예브게니를 만났다.

그렇게 여름이 지나갔다. 두 사람은 늘 숲 속에서 만났지만, 가을로 접어들기 직전의 어느 날 딱 한 번 여자 집 뒤뜰에 있는 헛간에서 만나기도 했다. 예브게니는 이런 관계가 그의 삶에 어떤 의미를 갖는다고는 생각하지 않았다. 그녀에 대해서도 별로 심각하게 생각하지 않았다. 그녀에게 돈을 주는 걸로 그만이었다. 온 마을 사람들이 둘의 관계를 알고 있으며 심지어 그녀를 부러워하고, 식구들은 여자가 가져다주는 돈 때문에 그녀를 부추기고, 돈의 영향력과 식구들의 동조 앞에서 그녀의 죄의식은 흔적도 없이 사라졌다는 것을 예브게니는 전혀 몰랐고 상상조차 하지 못했다. 여자는 사람들이 자신을 부러워한다면 그건 자신의 행동에 아무 문제가 없다는 뜻이라고 여기는 듯했다.

예브게니는 생각했다. '그저 건강을 위해 필요한 것뿐이야. 그래, 이건 옳지 못한 일이고, 입 밖에 내서 말하지 않는다 해도 다들, 아니 많은 사람이 알고 있을 거야. 스테파니다와 같이 다니던 여자도 알고 있잖아. 알고 있으니 보나 마나 다른 사람들에게도 얘기했겠지. 하지만 그렇다고 해서 뭘 어쩌겠어? 내가 추악한 짓을 하고 있다 한들, 뭘 어쩌겠어? 어쨌거나 오래가진 않을 거잖아.'

하지만 예브게니를 가장 괴롭히는 것은 그녀의 남편이었다. 처음에는 무슨 이유에서인지 그녀의 남편을 형편없는 사람으로 생각하면서 어느 정도는 자신의 행동을 정당화했다. 그러다 우연히 남편을 보고는 충격을 받았다. 그녀의 남편은 굉장히 멋지고 옷차림도 세련되어서 예브게니와 비교해도 전혀 뒤지지 않았다. 아니 오히려 더 나아 보였다. 다음에 여자를 만난 자리에서 예브게니는 그녀에게 남편을 봤는데 굉장히 멋지더라는 말을 했다.

"이 마을에서 그만한 사람 보기 힘들죠." 여자가 자랑스럽게 대답했다.

여자의 말을 듣고 예브게니는 깜짝 놀랐다. 그 뒤로 그녀의 남편을 생각하면 마음이 더 복잡해졌다. 그러던 어느 날, 예브게니가 다닐라 집에 들를 일이 있었는데, 다닐라가 이런저런 얘기를 하다가 단도직입적으로 말했다.

"얼마 전에 미하일이 저한테 묻기를, 자기 며느리하고 주인님이 만난다고 하는데 사실이냐고 하더군요. 전 모른다고 대답했지요. 그러면서 농군하고 만나는 것보다야 주인님하고 만나는 게 낫지 않겠느냐고 했고 말이지요."

"그랬더니 뭐라고 하던가?"

"다른 말은 없었습니다. 두고 보겠다고, 나중에 다 밝혀지면 며느리를 가만두지 않겠다고만 했습니다."

'남편이 돌아오면 관계를 정리하는 거야.' 예브게니는 생각했다. 하지만 그녀의 남편은 계속 모스크바에서 지냈고, 그동안 둘의 관계는 지속되었다. '때가 되면 정리할 거야. 아무것도 남기지 말고 깨끗이 끝내는 거야.'

예브게니에게 이런 생각은 의심의 여지조차 없었다. 여름 내내 해야 할 일이 너무 많아서 다른 데 신경 쓸 여유가 전혀 없었기 때문이다. 농가를 새로 짓고 수확을 하고 필요한 시설을 만들어야 했으며, 무엇보다 빚을 갚고 황무지도 팔아야 했다. 이런 일들을 처리하느라 그야말로 눈코 뜰 새가 없었다. 예브게니는 앉으나 서나 온통 이런 일들로 머릿속이 가득했다. 그가 살면서 부딪치는 문제가 이런 것들이었다. 스테파니다와의 성교—그는 둘 사이를 관계라고 부르지도 않았다—에는 별 신경을 쓰지 못했다. 사실 가끔씩 그녀가 문득 보고 싶어질 때는, 그 바람이 너무 강렬해 다른 생각을 할 수 없을 정도가 되기도 했다. 하지만 그런 상태가 오래가지는 않았다. 한 번씩 그녀를 만나면 일주일 동안, 어떤 때는 한 달 동안 또 까맣게 잊고 지냈다.

가을이 되면서 예브게니는 도시로 나가는 일이 잦아졌고, 그곳에서 안넨스키 집안과 가까워졌다. 그 집안에는 대학을 갓 졸업한 딸이 하나 있었다. 그즈음, 마리야 파블로브나에게 큰 상심을 안겨준 일이 벌어졌는데, 예브게니가 리자 안넨스카야에게 반해 청혼을 하면서 그녀의 표현을 빌리면 '자신을 헐값에 팔아버렸던' 것이다.

이후로 스테파니다와의 만남은 중단되었다.

5

한 남자가 다른 어떤 여자도 아닌 바로 그 여자를 선택하는 이유를 설명하기란 불가능하듯, 예브게니가 리자 안넨스카야를 선택한 이유를 설명하는 것 또한 불가능하다. 그의 선택에는 많은 이유가 있었으며 그중에는 긍정적인 것도 있고 부정적인 것도 있었다. 몇 가지 이유를 얘기해보면, 리자는 그의 어머니가 아들에게 소개하던 신붓감들처럼 큰 부자가 아니라는 것, 그녀가 순진하다는 것, 그의 어머니와 관계가 별로 좋지 않아 안쓰럽다는 것, 사람들의 눈길을 끌 만한 미인은 아니지만 그렇다고 못생기지도 않았다는 것 등이다. 하지만 가장 중요한 이유는, 그녀를 처음 만났을 때가 예브게니가 결혼을 진지하게 고려하던 시기였다는 것이다. 결혼을 한다는 것이 어떤 건지 알았기 때문에 그녀를 사랑하게 된 것이다.

예브게니는 리자 안넨스카야를 처음 봤을 때만 해도 그저 마음에 드는 정도였지만, 아내로 맞을 결심을 하자 그녀에 대한 감정이 부쩍 더 커졌고 이런 감정은 사랑으로 변했다.

리자 안넨스카야는 키가 크고 호리호리하며 길쭉했다. 그녀는 모든 것이 길었다. 얼굴과 코도 길었는데, 특히 코는 위로 솟지 않고 얼굴을 따라 뻗어 있었다. 손가락과 발 역시 길었다. 얼굴색은 부드럽고 환하면서 연한 홍조를 띠었고, 연갈색 부드러운 머리카락은 길고 고불거렸으며, 아름답고 맑은 두 눈은 온순해 보이면서 신뢰감을 주었다. 그 눈이 특히 예브게니의 마음에 들었다. 예브게니가 리자를 생각할 때면, 그 맑고 온순해 보이며 신뢰감을 주는 두 눈이 늘 떠올랐다.

리자의 겉모습은 이러했다. 예브게니는 그녀의 내면에 대해서는 아무것도 몰랐으므로 오직 두 눈을 통해서만 모든 걸 볼 뿐이었다. 그녀의 눈이 그가 알아야 하는 모든 걸 말해주는 듯했다. 두 눈이 말해주는 의미는 이런 것이었다.

아직 대학에 다니던 열다섯 살 때부터 리자는 그녀가 만나는 모든 매력적인 남자들과 끊임없이 사랑에 빠졌고, 오직 사랑에 빠져 있을 때만 생기가 넘치고 행복했다. 대학을 졸업한 뒤에도 여전히 만나는 모든 젊은 남자들을 사랑했고, 당연히 예브게니도 처음 보는 순간 사랑했다. 이처럼 늘 누군가를 사랑하는 그녀의 삶이 두 눈에 그대로 드러났고, 그 눈빛이 예브게니의 마음을 사로잡았다.

그해 겨울에만 해도 리자는 동시에 두 명의 청년을 사랑했는데, 그들이 집에 올 때는 물론이고 이름만 들어도 어쩔 줄 몰라 하며 얼굴을 붉힐 정도였다. 하지만 얼마 뒤 어머니에게서 예브게니 이르테네프가 진지하게 관심을 보이는 것 같다는 말을 듣자 곧바로 이르테네프를 열렬히 사랑하면서 이전의 두 청년에 대한 마음은 시들해졌다. 에브게니 이르테네프가 리자의 집에서 열리는 무도회와 파티에 참석하면서 다른 아가씨들보다 리자와 더 많이 춤을 추고 리자도 자신을 좋아하는지 알고 싶어 하는 기색을 보이자, 그에 대한 리자의 사랑은 병적이라 할 만큼 깊어졌다. 리자는 꿈에서도 예브게니를 보았고 어두운 방 안에서 홀로 깨어 있을 때도 그가 눈앞에 있는 것 같았다. 이제 다른 사람들은 그녀 마음에서 사라져버렸다. 드디어 예브게니가 청혼을 하고 두 사람이 결혼을 약속하고 키스를 나누고 약혼을 하게 되었을 때 그녀의 머릿속에는 오직 예브게니뿐이었다. 그와 함께 있으면서 그를 사랑하고 그의 사랑을 받는 것 말고는 어떤 바람도 없었다. 그녀는 예브게니를 자랑스러워했고, 그와 자기 자신 그리고 자신의 사랑에 감동했으며, 온갖 것에 정신을 차릴 수 없을 만큼 기뻐했고, 그를 향한 사랑에 황홀해했다. 예브게니도 그녀를 알면 알수록 더욱더 사랑했다. 이런 사랑을 하리라고는 한 번도 기대해보지 못했기 때문에, 그녀에 대한 사랑으로 그의 감정은 점점 더 강렬해졌다.

6

봄이 다가올 즈음 예브게니는 농장을 둘러보며 농장 운영에 필요한 일을 지시하고, 특히 결혼해서 살 집의 공사가 어떻게 되어가는지 살피기 위해 세묘놉스코예로 갔다.

마리야 파블로브나는 아들의 선택이 못마땅했는데, 며느리 집안

이 기대했던 것만큼 명문가가 아니어서이기도 했지만 아들의 장모가 될 바르바라 알렉세예브나가 마음에 들지 않아서이기도 했다. 리자의 성품이 선한지 악한지는 알지 못했고 굳이 알려고 하지도 않았지만, 그녀가 대단한 가문 출신이 아니라는 사실과 처음 봤을 때부터 마리야 파블로브나의 표현을 빌리면 우아한 귀부인으로 보이지 않았다는 사실이 마음에 걸렸다. 마리야 파블로브나는 원래 예의범절을 중요시하는 사람이었고 아들 예브게니 역시 이 문제에 굉장히 민감하다는 것을 알았기 때문에 아들이 앞으로 이 때문에 굉장히 고통을 겪을 것이 눈에 보이는 듯해서 무척 걱정이 되었다. 그래도 리자는 마음에 들었다. 무엇보다 아들이 마음에 들어하기 때문이었다. 며느리가 될 아가씨이니 좋아해야만 했다. 마리야 파블로브나는 진심을 다해 리자를 사랑으로 맞을 준비를 했다.

예브게니는 어머니가 즐거워하고 흡족해한다고 생각했다. 하지만 마리야 파블로브나는 집안일을 하나하나 정리하면서 아들이 젊은 아내를 맞아들이면 곧 떠날 준비를 했다. 예브게니는 어머니에게 함께 살자고 간청했다. 이 문제는 당분간 해결되지 않았다. 저녁때 차를 마시고 난 뒤 마리야 파블로브나는 평소처럼 혼자 카드놀이를 하고 예브게니는 옆에 앉아 어머니를 거들었다. 이 시간은 두 사람이 아주 정답게 얘기를 나누는 때이기도 했다. 한 게임을 끝내고 새로 시작하려다 말고 마리야 파블로브나는 아들을 물끄러미 바라보며 잠깐 머뭇거리다 말을 꺼냈다.

"제냐, 네게 하고 싶은 말이 있단다. 물론 나야 잘 모르지만, 다들 하는 충고를 몇 마디 하고 싶구나. 독신 시절의 모든 관계는 결혼 전

에 꼭 끝내야만 너도 그렇고 은혜를 베푸시는 주님과 네 아내도 편안
해질 거다. 내 말 알아듣겠니?"

예브게니는 마리야 파블로브나가 지난가을에 이미 끝낸 스테파니
다와의 관계를 돌려 말한다는 걸 금세 알아챘다. 예브게니가 보기에
혼자 사는 여인들이 다 그렇듯 어머니도 그 관계를 필요 이상으로 심
각하게 생각하고 있었다. 예브게니는 얼굴이 붉어졌다. 창피해서라
기보다는 착하기만 한 어머니가 제대로 알지 못하고 알 수도 없는 일
에 공연히—물론 아들에 대한 사랑 때문이겠지만—참견을 하는 것
같아 짜증이 나서였다. 그는 숨길 일 같은 건 없으며 결혼에 방해가
될 만한 행동도 전혀 한 적이 없다고 대답했다.

"얘야, 그것 참 다행이구나. 제냐, 내가 모욕감을 느낄 일은 하지
말아다오." 마리야 파블로브나가 당황해하며 말했다.

하지만 예브게니가 보기에 어머니는 뭔가 더 하고 싶은 말이 있는
데 선뜻 하지 못하는 눈치였다. 잠시 시간이 지나고 어머니가 결국
말을 꺼냈다. 예브게니가 집에 없는 동안 프첼니코프 집에서 그녀에
게 대모가 되어달라는 부탁을 해왔다는 얘기였다.

예브게니의 얼굴이 다시 붉어졌다. 이번에는 화가 나서가 아니었
고 창피해서는 더더욱 아니었다. 어머니가 하려는 말의 중요성을 의
식하면서 뭔가 이상한 기분이 들어서였는데, 자신의 판단과는 전혀
상관없이 본능적으로 이는 느낌, 드디어 올 것이 왔다는 느낌이었다.
마리야 파블로브나는 올해 태어난 아이들이 모두 사내아이인데 이
것은 곧 전쟁이 일어날 조짐이라는 얘기를 그냥 지나가는 말처럼 했
다. 바신 씨 집과 프첼니코프 씨 집 며느리들이 첫아이를 낳았는데

그 애들도 모두 아들이라고 했다. 마리야 파블로브나는 무심하게 얘기하고 싶었는데, 아들이 얼굴을 붉히고 신경질적으로 코안경을 벗어서 탁탁 두드리다가 다시 쓰는가 하면 급하게 담배를 피워대는 모습을 보고 수치심을 느꼈다. 그래서 더는 아무 말도 하지 않았다. 예브게니도 아무 말 하지 않았다. 어떤 말로 이 침묵을 깨야 하는지 알수가 없었다. 두 사람 다 서로의 마음을 알고 이해했기 때문이다.

"그래, 중요한 것은, 마을에는 정의가 있어야 하므로 네 할아버지가 그러셨듯 사랑하는 사람을 두지 말아야 한다는 것이다."

"어머니!" 예브게니가 불쑥 끼어들었다. "왜 그런 말씀을 하시는지 알겠습니다. 조금도 걱정하실 필요 없어요. 제게 미래의 가정생활은 너무도 중요하기 때문에 무슨 일이 있어도 그걸 망가뜨리진 않을 겁니다. 결혼 전 있었던 일은 모두 깨끗이 정리되었습니다. 앞으로는 어떤 관계도 갖지 않을 것이며 어느 누구도 제게 그런 관계를 요구할수 없을 겁니다."

"그 말을 들으니 마음이 놓이는구나. 네 마음이 얼마나 고결한지는 나도 잘 알고 있단다." 마리야 파블로브나가 대답했다.

예브게니는 어머니의 말을 순순히 인정하고 잠자코 받아들였다.

다음날 아침 예브게니는 스테파니다를 제외한 세상의 모든 일과 약혼녀에 대해 생각하면서 도시로 나갔다. 그리고 일부러 스스로에게 다짐시키려는 듯 교회로 향하면서 걸어가는 사람들, 마차를 타고 오가는 사람들을 보았다. 마트베이 노인과 세몬을 만났고, 남자아이들과 여자아이들도 보았다. 그리고 두 명의 여자도 보았는데, 그중한 여자는 나이가 좀 들어 보였고, 다른 여자는 화려하게 옷을 차려입고 선홍색 머릿수건을 썼는데 어딘가 낯이 익었다. 여자는 품에 아기를 안고는 가뿐하고 활기차게 걸어왔다. 예브게니가 그들에게 다가가자 나이 든 여자는 전통 예절대로 걸음을 멈추고 인사했지만 아기를 안은 젊은 여자는 고개만 약간 숙이고 말았는데, 머릿수건 아래로 낯익은 눈동자가 기분 좋은 웃음을 띠며 반짝거렸다.

'맞아, 그 여자야. 하지만 다 끝났잖아. 더는 쳐다볼 이유가 없어. 그런데 아이는…… 어쩌면 내 아이일지도 몰라.' 이런 생각이 머리를 스쳤다. '아니, 말도 안 되는 생각이야. 그녀에겐 남편이 있잖아.' 예브게니는 이제 그 생각은 떨어내려고 했다. 그저 건강을 위해 여자가 필요했고 그 대가로 돈을 지불했으며 그게 전부였다고 결론지었다. 두 사람 사이에는 다른 어떤 관계도 없고 없었으며 있을 수가 없고 있어서도 안 되었다. 그는 양심에 거리낄 것이 없었으므로 양심의 소리를 묵살할 필요도 없었다. 지난번 어머니와 얘기를 나눈 뒤로 한 번도 그녀를 떠올린 적이 없었는데 이렇게 만난 것이었다. 그리고 그날 뒤로도 다시 만나는 일은 없었다.

예브게니는 부활절 직후 첫 주간에 도시에서 결혼식을 올리고 곧바로 젊은 아내와 함께 시골 영지로 떠났다. 집은 신혼부부가 편안히 지낼 수 있도록 말끔히 정돈되어 있었다. 마리야 파블로브나는 떠나고 싶어 했지만 예브게니가 어머니를 놓아주려 하지 않았고, 특히 며느리가 자신들과 함께 살자고 간곡히 청했다. 결국 마리야 파블로브나는 별채로 거처를 옮겼다.

그렇게 해서 예브게니에게 새로운 삶이 시작되었다.

7

결혼 첫해는 예브게니에게 무척 힘든 시기였다. 혼담이 오가는 동안 간신히 미뤄두었던 일들이 결혼식이 끝나면서 한꺼번에 밀려들었기 때문이다.

부채에서 벗어나기란 불가능했다. 별장을 팔아 그 돈으로 당장 급한 빚부터 해결했지만, 여전히 갚아야 할 빚이 남았고 가진 돈은 없었다. 영지에서 나오는 수입이 그럭저럭 괜찮긴 했어도 형에게 돈을 보내야 했고 결혼식 비용으로도 꽤 많은 돈을 썼기 때문에 남은 돈이 없었다. 공장을 가동할 돈도 없어 기계를 세워둬야 했다. 이 난관에서 벗어날 방법은 아내의 돈을 쓰는 것뿐이었다. 리자는 남편의 처지를 알아채고 먼저 제안했다. 예브게니는 영지 절반을 아내 명의로 바꾼다는 조건으로 이 제안을 받아들였다. 그리고 그대로 했다.

물론 이는 아내가 아닌 장모를 위한 것이었고, 아내는 그 사실에 몹시 마음이 상했다.

이런 일들 때문에 나타난 좋거나 그렇지 못한 여러 변화는 결혼 첫해 내내 예브게니의 삶을 힘들게 만든 하나의 요인이었다. 아내의 건강이 나빠진 것 또한 예브게니를 힘들게 했다. 결혼 첫해 가을, 그러니까 결혼식을 올린 지 일곱 달이 지났을 무렵 리자에게 불행한 일이 닥쳤다. 도시에 다녀오는 남편을 맞으러 마차를 타고 가던 길에 온순하던 말이 갑자기 날뛰는 바람에 깜짝 놀라 마차에서 뛰어내린 것이다. 하마터면 마차 바퀴에 깔릴 수도 있었는데 뛰어내린 덕에 그나마 더 큰 화를 면할 수 있었다. 하지만 그때 임신 중이던 리자는 밤부터 통증에 시달리더니 결국 유산을 했고 그 뒤로 오랫동안 회복하지 못했다. 기다리던 아이를 잃은 데다 아내는 병이 들어 누워 있었으며, 게다가 딸이 아프다는 말을 듣고 장모가 곧장 달려왔는데, 이 모든 일이 한데 얽혀 그해에 예브게니는 더욱더 고통스러웠다.

하지만 상황이 이처럼 힘들어졌는데도 그해가 끝나갈 무렵 예브게니는 어쩐지 지내기가 훨씬 나아졌다는 느낌이 들었다. 첫 번째 이유는, 무너진 집안을 일으키고 할아버지 세대 삶의 모습을 새로운 방식으로 부활하겠다는 마음속 소망이 비록 더디고 힘들지라도 점차 실현되고 있기 때문이었다. 이제는 빚을 갚기 위해 영지를 팔지 않아도 되었다. 영지의 중요한 부분을 아내 명의로 바꾸긴 했지만 그래도 잃지는 않았고, 사탕수수를 수확해 좋은 가격에 판다면 이듬해에는 이 쪼들리고 긴장된 상황에서 벗어나 아무 부족함 없이 풍족해질 수 있었다. 이것이 예브게니의 상황이 한결 좋아진 한 가지 이유였다.

두 번째 이유는, 예브게니가 아내에게서 많은 것을 바라면서도 그가 정말 원하는 것을 찾을 수 있으리라는 기대는 하지 않았는데, 오히려 기대보다 훨씬 좋은 것을 발견했기 때문이었다. 그것은 바로 감동, 사랑의 환희였으며, 예브게니가 이루려고 노력했지만 이룰 수 없었거나 아주 희미하게밖에는 이룰 수 없던 것이었다. 이런 특징은 삶을 더 즐겁고 행복하게 만들어주었을 뿐 아니라 더 편안하게 해주었다. 어떻게 그렇게 되었는지는 예브게니도 알지 못했지만 아무튼 그렇게 되었다.

그렇게 된 것은, 약혼을 하고 난 직후 리자가 세상 모든 사람 중 오직 예브게니만 그 누구보다 고귀하고 현명하며 순결하고 점잖기 때문에 누구나 기꺼이 예브게니를 위해 봉사하고 일해야 한다고 판단했기 때문이었다. 하지만 다른 사람들에게 그렇게 하라고 강요할 수는 없는 일이므로 그녀 자신이라도 최선을 다해 그렇게 해야 했다.

　그래서 리자는 온 마음을 다해 남편이 좋아하는 것이 무엇인지 알아내고 짐작하려 했고, 그런 다음에는 아무리 힘이 들더라도 그 일을 했다.

　리자는 사랑하는 사람에게 기쁨을 주는 독특한 매력을 지니고 있었으며, 남편을 향한 사랑으로 그의 영혼까지 꿰뚫어 보는 통찰력도 갖고 있었다. 그녀는 남편의 마음 상태와 감정의 미묘한 변화까지 속속들이 파악했기 때문에─예브게니는 자신보다 아내가 자신을 더잘 안다고 생각할 정도였다─절대 그의 감정이 상하지 않도록 적절하게 행동했고 남편이 우울한 기분에 짓눌리지 않고 더 즐거워하도록 늘 애썼다. 그녀가 남편의 감정과 생각만 이해한 것은 아니었다. 그녀에게는 낯설기만 한 문제들, 그러니까 농장 경영이나 공장 일, 사람들에 대한 평가 등도 빠르게 파악해서 예브게니의 말상대가 되어주었을 뿐만 아니라, 예브게니가 아내에게 말했듯, 종종 유익하고 귀중한 조언자가 되어주었다. 리자는 사물과 사람, 세상의 모든 것을 오직 남편의 시각으로만 바라보았다. 자신의 어머니를 사랑하면서도, 장모가 그들 삶에 끼어드는 것을 남편이 싫어하는 걸 알고는 즉시 남편 편에 섰다. 그러고는 남편이 장모의 간섭을 제지해야 한다며 단호한 입장을 취했다.

이 모든 것 말고도 리자는 고상한 취미와 뛰어난 재치, 그리고 무엇보다 온화함까지 갖췄다. 그녀는 어떤 일이든 남의 눈에 띄지 않게 해치웠다. 사람들은 오직 그녀가 해놓은 일의 결과만을 볼 뿐이었다. 즉 어떤 일을 하든 언제나 깔끔하고 질서정연하고 우아하게 처리했다. 리자는 남편이 인생에서 추구하는 이상이 무엇인지 금세 알아차리고 그가 바라는 것을 이루기 위해 노력했으며 집안의 체계와 질서 안에서 그것을 이루었다. 두 사람 사이에 아이가 없었지만 희망을 잃지는 않았다. 겨울에 그들은 페테르부르크에 가서 산부인과 의사의 진료를 받았다. 의사는 리자가 아주 건강하므로 아기를 가질 수 있다고 자신 있게 말했다.

그들의 바람은 이루어졌다. 그해가 끝나갈 무렵 리자는 다시 임신을 했다.

그런데 그들의 행복을 무너뜨리는 정도는 아니라 해도 위협하는 한 가지가 있었으니 바로 리자의 질투심이었다. 리자는 이 질투심을 속으로 삭이고 드러내지 않으려 했지만 그래도 고통스러울 때가 많았다. 이 세상에 예브게니에게 어울릴 만큼 가치 있는 여자는 없으므로 (리자는 자신이 남편에게 어울리는 여자인지에 대해서는 단 한 번도 의문을 가져본 적이 없었다.) 그가 다른 여자를 사랑하는 일은 절대 있을 수 없고, 따라서 어떤 여자도 감히 예브게니를 사랑할 수 없었다.

8

두 사람은 이렇게 살아갔다. 예브게니는 여느 때처럼 아침 일찍 일어나 사람들이 한창 일하고 있는 농장과 공장을 둘러보았고 이따금 들판에도 가보았다. 오전 열 시경에는 커피를 마시러 집에 돌아왔다. 테라스에 앉아 어머니 마리야 파블로브나, 함께 사는 삼촌, 리자와 함께 커피를 마시며 대화를 나누었다. 그들의 대화는 종종 활기를 띠었다. 그렇게 대화를 끝내면 점심시간까지 각자 흩어져 제 볼일을 봤다. 오후 두 시에 점심 식사를 하고 나서는 산책을 하거나 마차를 타고 일을 보러 나갔다. 저녁때 예브게니가 일을 마치고 돌아오면 늦은 시간에 아내와 함께 차를 마셨고, 이따금 그는 소리 내어 책을 읽고 리자는 집안일을 했다. 손님이 찾아올 때면 함께 음악을 듣거나 얘기를 나누기도 했다. 예브게니가 일 때문에 집을 떠나 있을 때면 아내와 매일 편지를 주고받았다. 가끔 리자가 남편을 따라갈 때도 있었는데, 그럴 때면 두 사람은 무척 즐거운 시간을 보냈다. 두 사람의 명명축일이 되어 손님들이 왔을 때, 리자가 손님들이 만족하도록 모든 일을 빈틈없이 처리하는 모습을 보는 것이 예브게니는 무척 기뻤다. 손님들이 입을 모아 아내를 젊고 아름다운 안주인이라고 칭찬하는 것을 보고 들으면서 아내에 대한 사랑이 더욱 깊어졌다. 모든 것이 순탄했다. 아내는 임신 기간 동안 아무 탈도 없었고, 부부는 마음 한편으로 두렵긴 했지만 아이를 어떻게 기를 것인지를 함께 의논했다. 아이의 교육 방법에 대해서는 모두 예브게니가 결정했고, 리자는 순종하는 마음으로 모든 것이 남편 뜻대로 이루어지기만 바랄 뿐이었다.

예브게니는 의학 서적을 찾아 읽으면서 아이를 과학적 원칙에 따라 키우겠다는 계획을 세웠다. 당연히 리자도 남편 의견을 전적으로 따르면서, 아기 포대기를 따뜻한 것과 시원한 것 두 종류로 만들어 준비하고 요람도 장만했다. 그렇게 결혼 생활도 2년째에 접어들었고 또다시 봄이 왔다.

9

성령강림제의 첫날을 앞둔 무렵이었다. 리자는 임신 5개월째로 접어들어 매사에 조심하면서도 여전히 밝고 활기찼다. 양쪽 어머니들은 리자를 살피고 보호한다는 구실로 한집에 살았지만 서로 앙숙처럼 지낸 탓에 오히려 리자를 힘들게 했다. 그즈음 예브게니는 대규모 사탕무 경작 방식을 연구하는 등 어느 때보다 열심히 농장 일에 매달렸다.

성령강림제 첫날이 코앞에 다가오자 리자는 부활절 이후 하지 못했던 집안 대청소를 하기로 마음먹고는 일급을 받는 조건으로 하인들을 도와 마루와 유리창을 닦고 가구와 양탄자의 먼지를 떨고 덮개를 씌울 마을 아낙 두 사람을 불렀다. 두 아낙은 아침 일찍부터 와서 솥의 물을 데우고 일을 시작했다. 이 두 명의 아낙 중 한 명은 스테파니다였는데, 그녀는 아이의 젖을 막 떼고 그즈음 새로 만나던 서기에게 이 집의 마루 닦는 일이라도 하게 해달라고 졸랐다. 새 안주인을 가까이서 보고 싶었던 것이다. 스테파니다는 그때까지도 남편 없이 혼자 살면서 남자들을 만나고 다녔는데, 맨 처음 상대는 땔감을 지고 가는 그녀를 붙잡았던 다닐라였고, 다음은 귀족 예브게니, 지금은 젊은 서기였다. 그녀는 예브게니에게 아무 미련도 없었다. 그저 이렇게 생각했다. '그분에게는 아내가 있잖아! 그냥 마님을 가까이서 한번 보고 싶을 뿐이야. 살림 솜씨가 좋다고 다들 칭찬하니까 말이야.'

예브게니는 아이를 안고 가던 스테파니다와 한 번 마주친 뒤로 다시는 그녀를 보지 못했다. 그녀가 아이를 돌보느라 일을 다니지 않았고 예브게니 또한 마을을 다니는 일이 드물었기 때문이다. 강림제 전날 아침, 예브게니는 새벽 다섯 시에 일어나 휴경지에 비료를 뿌리러 가기 위해 집을 나섰다. 그때까지 마을에서 온 아낙들은 불을 피워 솥의 물을 데우느라 집안을 돌아다니지 않고 있었다.

예브게니는 즐겁고 흡족한 기분으로 약간의 허기를 느끼며 아침을 먹으러 집에 왔다. 쪽문 앞에서 멈춰 말에서 내린 다음 마침 그곳을 지나던 정원사에게 말고삐를 넘겨주었다. 그리고 높이 자란 풀을 채찍으로 쳐내면서 평소 습관처럼 혼잣말을 중얼거리며 집 쪽으로 걸어갔다. '비료 뿌리길 잘했어.' 계속 그렇게 중얼거리면서도 자신이 누구에게 무슨 말을 하는 건지 알지 못했고 신경도 쓰지 않았다.

여자들이 풀밭에서 양탄자를 털고 있었다. 가구들은 모두 밖에 나와 있었다.

'아하! 리자가 대청소를 시작했군! 비료를 주길 잘했어! 리자는 정말 훌륭한 주부야! 그럼, 그렇고말고!' 예브게니는 이렇게 중얼거렸다. 하얀 실내복을 입고 얼굴 한가득 환한 미소를 띤 아내의 모습이 바로 눈앞에서 보듯 생생하게 떠올랐다. 예브게니가 아내를 바라볼 때면 늘 이런 모습이었다. '장화를 갈아 신어야겠어. 비료를 준 건 잘했는데 냄새가 배어버렸어. 아내 상태가 그런데 냄새가 나면 안 되지. 왜 그런 상태가 된 거지? 아, 아내 배 속에 어린 이르테네프가 자라고 있지. 어쨌거나 비료를 준 건 잘한 일이야.' 예브게니는 이런 생각을 하며 웃음 띤 얼굴로 자신의 방문 손잡이를 잡았다.

하지만 방문을 미처 열기도 전에 문이 저절로 열리더니, 치마를 말아 올리고 소매는 바짝 걷어붙인 채 양동이를 들고 맨발로 걸어 나오는 여자와 하마터면 얼굴이 맞부딪칠 뻔했다. 예브게니는 여자가 먼저 지나가도록 옆으로 비켜섰고 여자도 젖은 손으로 비뚤어진 머릿수건을 고쳐 쓰며 옆으로 물러섰다.

"먼저 가게. 내가 비켜서 있을 테니 자네 먼저……." 예브게니는 그녀가 누구인지 알아보고 말을 멈췄다.

그녀는 눈웃음을 지으며 밝은 표정으로 예브게니를 바라보고는 말아 올린 치마를 내리며 방에서 나왔다.

'무슨 이런 어이없는 일이 있는 거지? 대체 무슨……? 이건 말도 안 돼.' 예브게니는 얼굴을 찌푸리고 파리를 쫓듯 팔을 휘저었다. 그녀를 한눈에 알아보았다는 것이 못마땅했다. 그녀를 알아봤을 뿐만 아니라 맨발로 경쾌하고 힘차게 걸을 때마다 살랑살랑 흔들리는 육체, 팔과 어깨, 예쁘게 주름진 셔츠, 하얀 종아리가 다 드러날 정도로 말려 올라간 붉은색 치마에서 눈을 떼지 못하는 자신도 못마땅하긴 마찬가지였다.

'대체 뭘 보고 있는 거야?' 그는 여자를 보지 않으려고 눈을 내리깔면서 혼잣말을 했다. '그래, 어쨌든 방에 들어가서 다른 장화로 갈아 신어야겠어!' 그는 몸을 돌려 방으로 들어갔지만, 채 다섯 걸음도 못 가서 마치 누구의 명령이라도 받은 듯 다시 한번 그녀를 보기 위해 고개를 돌렸다. 바로 그때 그녀도 막 모퉁이를 돌려다 말고 그를 돌아보았다.

'아, 지금 내가 뭘 하고 있는 거지?' 예브게니가 속으로 외쳤다. '어쩌면 그녀도 날 알아볼지 몰라. 아니 분명 알아봤을 거야.'

예브게니는 바닥이 축축하게 젖은 방으로 들어갔다. 방 안에서는 비쩍 마르고 나이가 든 여자 하나가 아직 바닥을 닦고 있었다. 그는 더러운 물에 젖은 바닥을 발끝으로 걸어 장화를 세워둔 벽 쪽으로 갔다. 그리고 장화를 들고 막 나가려는데 여자가 먼저 방을 나갔다.

'저 여자가 나갔으니 이제 스테파니다가 들어오겠군. 혼자서 말이야.' 예브게니 마음속에 있는 누군가가 불쑥 이런 생각을 했다.

'맙소사! 지금 내가 무슨 생각을 하는 거지? 대체 뭘 하자는 거야?' 예브게니는 장화를 움켜쥐고 도망치듯 복도로 뛰어나와 장화를 갈아 신은 뒤 옷을 털어내고 테라스로 갔다. 테라스에서는 두 어머니가 앉아 커피를 마시고 있었다. 바로 그때 리자도 다른 문을 통해 테라스로 들어온 걸로 보아 남편을 기다리고 있었던 게 분명했다.

'아, 세상에! 나를 이토록 정직하고 순결하고 결백하다고 믿는 아내가 이 일을 알게 된다면!' 예브게니는 이런 생각을 했다.

리자는 여느 때와 다름없이 환한 얼굴로 남편을 맞았다. 하지만 예브게니의 눈에는 아내가 그날따라 유독 창백하고 얼굴빛이 누런 데다 길쭉하고 힘이 없어 보였다.

10

흔히 그렇듯 커피를 마시는 내내 여자들 특유의 대화가 오갔는데, 논리적인 연관성이 전혀 없는데도 얘기가 그처럼 끝도 없이 이어지는 걸 보면 뭔가와 연관되어 있는 것이 분명해 보였다.

사돈지간인 두 노부인은 서로 빈정거렸고, 그 사이에서 리자는 요령 있게 분위기를 수습했다.

"당신이 돌아오기 전에 방 청소가 끝나지 않아 정말 속상해요. 방 정리를 다 끝내고 싶었거든요." 리자가 남편에게 말했다.

"그나저나, 내가 나가고 나서 잠은 좀 잔 거요?"

"그럼요. 푹 자고 났더니 기분이 한결 좋아졌어요."

"몸이 저렇게 무거운 여자가 날이 무자비하게 더운 데다 햇볕이 창문으로 내리쬐니 어떻게 편히 지낼 수 있겠나? 여기에 햇빛 가리개가 있길 하나, 차양이 있길 하나. 우리 집에는 늘 차양이 있었는데 말이야." 리자의 어머니인 바르바라 알렉세예브나가 말했다.

마리야 파블로브나가 대꾸했다. "그래도 열 시가 지나면 그늘이 진답니다."

"그래서 오한이 날 수도 있어요. 습기가 많으면 그렇게 되거든요." 바르바라 알렉세예브나는 이렇게 대답하면서, 자신이 방금 한 말과 정반대의 말을 하고 있다는 걸 눈치채지 못했다. "우리 주치의가 늘 말하길, 환자의 특성을 모르고 병을 진단하면 절대 안 된다고 하더군요. 그분은 실력이 뛰어난 의사라서 잘 아는 거죠. 그래서 우리는 그분에게 진료비로 1백 루블을 드린답니다. 돌아가신 제 남편은 의사들을 절대 믿지 않았지만, 그래도 저를 위해서라면 뭐든 아까워하지 않았죠."

"남자가 여자에게 돈 쓰는 걸 어떻게 아까워할 수 있겠어요? 아내와 아이 인생이 남편에게 달려 있다면……."

"그래요, 여자도 재산이 있으면 남편에게 의존할 필요가 없겠죠. 좋은 아내는 남편에게 순종하는 법이고요." 바르바라 알렉세예브나가 말했다. "그런데 리자가 아프고 나더니 몸이 너무 약해졌어요."

"아니에요, 어머니, 기분이 아주 좋은걸요. 왜 어머니께 끓인 크림을 가져다드리지 않은 거죠?"

"나는 필요 없단다. 생크림만 있으면 돼."

"내가 사부인께 여쭤봤는데 괜찮다고 하시더구나." 마리야 파블로브나가 변명하듯 말했다.

"그래, 맞아, 오늘은 별로 먹고 싶지 않구나." 바르바라 알렉세예브나가 너그럽게 물러서며 껄끄러운 대화를 끝내려는 듯 예브게니를 돌아보며 물었다. "그래, 비료는 다 뿌린 건가?"

리자가 크림을 가지러 급히 갔다.

"난 됐다니까. 생각 없어."

마리야 파블로브나가 말했다. "리자! 리자! 살살 걸어라. 저렇게 빨리 움직이면 리자에게 안 좋잖아요."

"사람이 마음만 편하면 안 좋을 게 아무것도 없지요." 바르바라 알렉세예브나가 마치 뭔가를 암시하는 듯 대답했지만, 그 말로 아무것도 암시하지 못한다는 걸 그녀 자신이 잘 알고 있었다.

리자가 끓인 크림을 가지고 돌아왔다. 예브게니는 커피를 마시면서 뚱한 표정으로 앉아 그들의 대화를 들었다. 이런 대화에는 익숙해졌지만, 그 무의미한 대화가 오늘따라 이상하게 거슬렸다. 자신에게 일어난 일을 곰곰이 생각해보고 싶었는데 그들의 수다가 방해가 되었다. 커피를 다 마신 바르바라 알렉세예브나가 기분이 상한 채로 나가버리고 리자와 예브게니와 마리야 파블로브나만 남았다. 세 사람은 가볍고 유쾌하게 대화를 이어갔다. 하지만 사랑하는 남편 상태에 굉장히 민감한 리자는 그가 무엇 때문인지 고통스러워하고 있다는 걸 즉각 알아채고는 혹시 안 좋은 일이 있는 건지 물었다. 예브게니는 뜻밖의 질문을 받고 잠시 머뭇거리다가 아무 일도 없다고 대답했다. 하지만 리자는 남편의 대답을 듣고 나니 더 생각이 복잡해졌다. 리자가 한눈에 보기에도 남편에게 뭔가 고통스러운 일이, 굉장히 고통스러운 일이 있는 게 분명한데, 그는 대체 무슨 일인지 말해주지 않았다.

11

아침 식사가 끝나면 모두 제각각 흩어졌다. 예브게니는 평소처럼 자신의 서재로 갔다. 하지만 책을 읽지도 편지를 쓰지도 못하고 생각에 잠겨 담배만 연달아 피워댔다. 결혼을 하면서 벗어났다고 생각했던 추악한 감정이 느닷없이 다시 나타난 것이 몹시 놀랍고 괴로웠다. 결혼한 뒤로는 아내를 제외하고 그녀에 대해서도, 그가 알고 있는 어떤 여자에 대해서도 이런 감정을 느껴본 적이 단 한 번도 없었다. 그래서 이런 해방감에 마음속으로 수도 없이 기뻐했는데, 갑자기 맞닥뜨린 사소하고 우연한 만남은 그가 아직 자유롭지 않다는 사실을 드러내는 것 같았다. 지금 예브게니가 괴로운 것은 또다시 자신의 감정을 이기지 못하고 스테파니다를 원하기 때문이 아니었다. 그녀를 원한다는 건 생각조차 하고 싶지 않았다. 그보다는 그 감정이 자신의 내면에 생생하게 살아 있으므로 그것이 고개를 들지 않도록 감시해야 한다는 사실 때문이었다. 그가 자신이 감정을 억누르고 있다는 데는 의심의 여지가 없었다.

예브게니에게는 답장을 써야 하는 편지 한 통과 작성해야 하는 서류가 있었다. 그는 책상 앞에 앉아 편지를 쓰기 시작했다. 일을 다 마치고 나자 조금 전까지 마음을 괴롭히던 일이 말끔히 잊혀졌다. 그는 서재를 나와 마구간으로 갔다. 그런데 우연인지 의도적인 건지, 불행히도 예브게니가 현관을 막 나서려는데 붉은색 치마에 붉은색 머릿수건을 쓴 여자가 모퉁이를 돌아 나오더니 두 팔을 휘젓고 몸을 흔들며 그를 지나쳐 갔다. 그냥 지나쳐 가기만 한 것이 아니라 그를 지나자마자 장난이라도 치듯 함께 일하는 동료를 쫓아 뛰어갔다.

햇살이 내리쬐는 한낮, 쐐기풀, 다닐라의 오두막집 뒷마당, 단풍나무 그늘에 서서 잎사귀를 입에 물고 웃음 짓던 그녀의 얼굴이 또다시 예브게니의 상상 속에 되살아났다.

'안 돼, 이런 생각일랑은 지워버려야 돼.' 그는 이렇게 중얼거리며 아낙들이 시야에서 사라지기를 기다렸다가 사무실로 갔다. 점심시간이긴 했지만 집사가 자리에 있었으면 했다. 다행히 집사는 그곳에 있었다. 낮잠에서 방금 깬 것 같았다. 그는 사무실에 서서 기지개를

켜고 하품을 하면서 자신에게 뭔가 얘기하는 가축지기를 바라보고
있었다.

"바실리 니콜라예비치!"

"어쩐 일이십니까?"

"자네와 할 얘기가 좀 있네."

"무슨 일이신데요?"

"일단 하던 얘기부터 끝내게나."

"그럼 데려올 수가 없단 말이야?" 바실리 니콜라예비치가 가축지
기에게 물었다.

"굉장히 무겁거든요, 바실리 니콜라예비치!"

"뭘 말인가?" 예브게니가 물었다.

"암소가 밭에서 새끼를 낳았답니다. 아무튼 알겠네, 지금 당장 마
차에 말을 매라고 지시하지. 니콜라이 리수흐에게 마차를 준비하라
고 하게."

가축지기가 사무실을 나갔다.

"저기, 할 말이 좀 있네." 예브게니는 막상 말을 하려니 수치심에
얼굴이 붉어졌다. "저기 말일세, 바실리 니콜라예비치. 내가 총각 시
절에 해서는 안 될 짓을 좀 했는데…… 어쩌면 자네도 들었는지 모
르겠지만……"

바실리 니콜라예비치가 눈웃음을 짓는 것이 주인을 딱하게 여기
는 게 분명해 보였다. 그가 입을 열었다.

"스테파니다 말씀이시죠?"

"맞아, 그렇다네. 바로 그 얘기야. 제발 부탁인데, 그 여자가 이 집

에 드나들지 못하게 좀 해주게나. 이해할지 모르겠지만, 나로서는 몹시 껄끄러운 일이어서……."

"네, 알고말고요. 보나 마나 서기로 일하는 바냐가 그렇게 처리했을 겁니다."

"그럼, 부탁하겠네……. 아, 그리고 나머지 비료는 제대로 뿌린 건가?" 예브게니가 당황한 기색을 감추려고 화제를 바꿨다.

"예, 지금 나가보려던 참이었습니다."

스테파니다 문제는 이렇게 마무리되었다. 예브게니는 그제야 마음이 놓였다. 그녀를 보지 않고 지난 1년을 살았듯 앞으로도 그럴 수 있기를 바랐다.

'이제 바실리가 바냐에게 말하고 바냐가 스테파니다에게 말하면, 그녀도 내가 원치 않는다는 걸 알게 되겠지.' 예브게니는 이렇게 중얼거렸다. 말을 꺼내기가 결코 쉽진 않았지만 그래도 용기를 내서 바실리에게 얘기하길 잘했다는 생각이 들었다. 마음이 한결 홀가분해졌다. '그래, 의심과 수치심에 싸여 지내는 것보다야 훨씬 낫지.' 자신이 저지른 죄악을 떠올리기만 해도 예브게니는 몸서리가 쳐졌다.

12

수치심을 이기고 바실리 니콜라예비치에게 얘기하는 등의 도의적인 노력을 다하고 나서 예브게니는 마음이 편안해졌다. 이제 모든 것이 끝난 것 같았다. 리자도 남편이 이제는 완전히 평온을 되찾았으며 오히려 평소보다 즐거워 보이기까지 한다는 걸 금세 알아챘다. '어머니 두 분이 늘 서로 비꼬면서 다투니까 중간에서 괴로웠던 거야. 더구나 남편은 예민하고 점잖은 사람인데 그 험악하고 심술 맞은 말을 매일 들어야 하니 얼마나 힘들었겠어.' 리자는 이렇게 생각했다.

다음날은 성령강림제였다. 날씨는 더없이 화창했고, 마을 아낙들은 화관을 만들러 숲으로 가는 길에 풍습에 따라 토지 주인의 집에 들러 노래하고 춤을 추었다. 한껏 차려입은 마리야 파블로브나와 바르바라 알렉세예브나가 양산을 들고 현관 밖으로 나와 원무를 추고 있는 아낙들에게 다가갔다. 그해 여름 예브게니의 집에서 지내며 빈둥거리던 술주정뱅 삼촌도 중국식 코트를 입고 축 늘어진 얼굴로 두 노부인을 따라 나왔다.

언제나처럼 무리의 한가운데에는 알록달록하고 화려한 색으로 치장한 젊은 아낙들과 처녀들이 빙 둘러 서 있었고, 그 주변 여기저기에는 그들에게서 떨어져 나와 함께 도는 유성이나 위성처럼 어린 소녀들이 새로 지은 사라사 염색 치마를 사각거리며 손에 손을 잡고 춤을 추고 꼬마들은 깔깔거리며 이리저리 뛰어다니고 붉은색 셔츠 위에 파란색이나 검은색 외투를 차려입고 모자를 쓴 젊은이들은 쉴 새 없이 해바라기 씨를 뱉고 있었다. 하인들과 구경꾼들은 조금 떨어진 곳에 서서 원무를 구경했다. 두 노부인은 빙빙 원을 그리며 춤을 추는 아낙들에게 다가갔고, 희고 긴 팔과 뼈가 앙상한 팔꿈치가 드러날 만큼 소매통이 넓은 하늘색 드레스를 입고 머리에 하늘색 리본을 단 리자가 그 뒤를 따라갔다.

예브게니는 밖에 나가고 싶은 마음이 없었지만 숨어 있자니 그것도 모양이 우스웠다. 그래서 담배를 물고 현관 밖으로 나와 젊은이들과 농부들에게 인사를 하고는 그들 중 한 사람과 이야기를 나눴다. 그러는 동안 아낙들은 목청껏 노래를 부르며 손뼉을 치고 춤을 췄다.

"마님들께서 부르세요." 아내가 부르는 소리를 듣지 못한 예브게니에게 한 소년이 다가와서 말했다. 리자는 예브게니에게 아낙들의 춤을 보라고 하면서 그중 마음에 드는 한 여자를 가리켰다. 바로 스테파니다였다. 노란색 치마에 소매 없는 비로드 웃옷을 입고 비단 머릿수건을 쓴 스테파니다는 얼굴이 발그스레한 것이 활달하고 기운이 넘쳤으며 무척 즐거워 보였다. 당연히 그녀는 춤을 잘 추었다. 하지만 예브게니에게는 아무것도 보이지 않았다.

"그래, 그래." 예브게니가 코안경을 벗었다 쓰며 대답했다. "그래, 그렇군." 그는 이 말을 되풀이했다. 그러면서 생각했다. '그러니까 난 저 여자에게서 절대 벗어날 수가 없는 거야.'

예브게니는 스테파니다에게 이끌리는 것이 두려워 그녀를 보지 않았는데, 바로 그 때문에 스치듯 본 그녀의 모습이 더 매력적으로 다가왔다. 뿐만 아니라, 그녀의 반짝이는 두 눈을 보면서 그녀도 자신을 보고 있음을 알았고 자신이 그녀에게 매료되었음을 깨달았다. 그는 예의에 벗어나지 않을 정도로만 서 있다가, 바르바라 알렉세예브나가 어울리지 않게 친근한 척하며 스테파니다를 "애야!"라고 부르더니 무슨 얘기를 하는 걸 보고 자리를 떠나 집으로 갔다. 스테파니다를 보지 않으려고 집 안으로 들어갔지만 위층으로 올라가서는 자신도 이유를 모르는 채 창가로 다가갔다. 그리고 여자들이 현관 앞을 떠날 때까지 줄곧 서서 넋을 잃고 스테파니다를 하염없이 바라보왔다.

보는 사람이 아무도 없을 때가 되어서야 그는 아래층으로 서둘러 내려갔다. 그리고 조용한 걸음으로 발코니로 가서 담배 한 대를 피워 문 다음 산책이라도 하듯 정원으로 나가 그녀가 사라진 방향으로 걸었다. 오솔길로 들어서고 채 두 걸음도 못 가서 나뭇가지 사이로 장밋빛 치마와 소매 없는 비로드 웃옷과 붉은색 머릿수건이 얼핏 보였다. 그녀는 어떤 아낙과 어딘가로 가고 있었다. '어디 가는 거지?'

그때 갑자기, 손으로 심장을 움켜쥔 것처럼 주체할 수 없는 욕망으로 온몸이 달아올랐다. 예브게니는 다른 사람의 손에 이끌리듯 주위를 한번 둘러본 뒤 그녀 쪽으로 다가갔다. 그때였다.

"예브게니 이바노비치, 예브게니 이바노비치! 잠깐만요!" 뒤에서 부르는 소리에 예브게니가 돌아보니 그의 집에 우물 파주는 일을 하는 사모힌 노인이 있었다. 그제야 퍼뜩 정신이 든 예브게니는 얼른 발길을 돌려 사모힌에게 갔다. 노인과 얘기를 나누면서 옆쪽을 보니 스테파니다가 다른 아낙과 함께 언덕을 내려가고 있었다. 우물에 가는 것이거나 아니면 우물에 간다는 핑계로 잠깐 그곳에 있다가 춤추는 여자들에게 가려는 것 같았다.

13

사모힌과 얘기를 나눈 뒤 예브게니는 범죄라도 저지른 사람처럼 침울해져서 집으로 돌아왔다. 스테파니다가 예브게니의 마음을 알아채고 그가 자신을 보고 싶어 한다고 믿고 있으며 그녀 또한 그걸 원하는 게 분명하다는 것이 마음에 걸렸다. 그리고 그녀와 함께 있던 아낙(그 아낙의 이름은 안나 프로호로바였다)도 분명 이 일을 알고 있을 거라는 것 역시 예브게니를 불안하게 했다.

무엇보다 중요한 것은, 그가 뭔가에 압도당한 느낌이라는 사실이었다. 자신의 의지는 없고 다른 힘에 이끌려 움직이는 것만 같았다. 오늘은 운이 좋아 살아났지만, 오늘이 아니더라도 내일 혹은 그다음 날에는 결국 파멸할 수 있을 것 같았다.

예브게니는 달리 생각할 여지가 없었다. '그래, 파멸이야. 시골의 농군 아낙과 놀아나느라 젊고 사랑스러운 아내를 배신한다면, 그건 누가 봐도 파멸이랄 수밖에 없지. 다시는 살아남을 수 없는 무시무시한 파멸이 아니고 뭐겠어? 안 돼! 무슨 방법을 써야 해.'

'아, 맙소사! 어떻게 해야 하지? 정말 이렇게 파멸할 수밖에 없는 걸까?' 그는 혼자 중얼거렸다. '아무 방법이 없는 걸까? 아니, 뭐라도 해야 돼. 다시는 그녀를 생각해서는 안 돼. 절대 생각하면 안 돼!' 그는 스스로에게 명령했다. 하지만 바로 그 순간 그녀가 생각났고 그녀의 모습이 눈앞에 떠올랐으며 단풍나무 그늘도 눈에 아른거렸다.

예브게니는 언젠가 읽은 수도사 얘기를 떠올렸다. 수도사는 한 여인을 치료하기 위해 그 몸에 손을 얹어야 했는데, 그녀를 범하고 싶은 유혹을 이기려고 다른 손을 화로에 넣어 손가락을 태웠다고 했다. 그는 이 얘기를 되새겨보았다. '그래, 파멸하느니 손가락이라도 태울 각오를 하는 편이 낫지.' 그는 방 안을 둘러보면서 아무도 없다는 걸 확인하고는 성냥에 불을 붙이고 그 불길에 손가락을 갖다 댔다. '자,

어디 한번 그 여자를 생각해봐!' 그는 빈정대듯 자신에게 말했다. 이내 견딜 수 없이 뜨거워지자 그을린 손가락을 움츠리며 성냥을 내던 졌다. 그리고 스스로를 비웃었다. '다 쓸데없는 짓이야. 이런 방법이 다 무슨 소용이야! 그녀를 만나지 않을 방법을 찾아야 돼. 내가 떠나든가 그녀를 쫓아내든가 해야지. 그래, 마을에서 쫓아내버리자! 그 여자 남편에게 돈을 좀 쥐여 주고 도시나 다른 마을로 떠나라고 하는 거야. 그런데 사람들이 알게 되면 이러쿵저러쿵 말들을 할 텐데. 어쩔 수 없지. 이 위험을 두고 보는 것보다야 훨씬 나을 테니까. 그래, 그렇게 해야 해.' 그는 이런 생각을 하면서도 시선은 여전히 스테파니다를 쫓고 있었다. '어딜 가는 걸까?' 문득 궁금해졌다. 예브게니가 보기에 스테파니다도 창가에 서 있는 그를 발견한 것 같았다. 그리고 이제 그를 쳐다보고는 어떤 아낙의 손을 잡고 활기차게 팔을 흔들며 정원 쪽으로 갔다. 그 자신도 이유를 알지 못한 채 예브게니는 그저 생각했던 대로 움직여 사무실로 갔다.

프록코트를 근사하게 차려입고 머리에는 기름을 바른 바실리 니콜라예비치가 아내와 무명 머릿수건을 쓴 손님과 앉아 차를 마시고 있었다.

"바실리 니콜라예비치, 얘기 좀 할 수 있겠나."

"그럼요, 얼마든지요. 들어오십시오. 마침 차도 다 마셨습니다."

"아니, 같이 좀 나갔으면 좋겠는데."

"그러지요. 잠시만요, 모자 좀 가져오겠습니다. 이봐요, 타냐, 찻주 전자 좀 치워요."

바실리 니콜라예비치가 아내에게 말하고는 활기차게 밖으로 나왔다.

예브게니가 보기에 바실리 니콜라예비치가 술을 꽤 마신 것 같았지만 하는 수 없었다. 아니, 술에 취해 있어서 예브게니의 처지를 더 딱하게 여겨줄 테니 오히려 잘된 일일 수도 있었다.

"바실리 니콜라예비치, 지난번 그 얘기를 또 하려고 왔네. 그 여자 말이야." 예브게니가 말했다.

"무슨 일이 있나요? 다시는 그 여자를 들이지 말라고 일러두었는데요."

"아니, 그게 말일세, 내가 이런저런 생각을 해봤거든. 그래서 자네와 의논을 좀 하고 싶은데 말이야. 그 여자네 식구들을 마을에서 쫓아내면 안 될까?"

"어디로 쫓아낸단 말씀입니까?" 이렇게 묻는 바실리의 말투가 예브게니에게는 못마땅해하고 비꼬는 것처럼 들렸다.

"저, 내가 생각해봤는데, 그 사람들한테 돈을 좀 주면 어떨까? 아니면 콜톱스코예에 있는 땅을 줘도 괜찮네. 그 여자를 쫓아낼 수만 있다면 말이야."

"하지만 어떻게 쫓아낸단 말입니까? 그 여자 남편이 고향을 떠나서 어디로 가겠습니까? 그리고 대체 왜 그러시는 겁니까? 그 여자가 주인님께 무슨 피해를 주나요?"

"여보게, 바실리 니콜라예비치, 생각 좀 해보게. 아내가 이 사실을 알면 얼마나 괴로워하겠는가."

"대체 누가 마님께 그런 얘기를 하겠습니까?"

"이런 두려움을 안고 내가 어떻게 살 수 있겠나? 이 모든 상황이 난 정말 힘겹기만 하다네."

"대체 뭘 그렇게 걱정하시는 겁니까? 누구든 옛날 일을 들춰내는 자가 있으면 제가 그자의 눈을 뽑아버리겠습니다! 하나님 앞에서 죄 없는 사람이 어디 있으며 임금님 앞에서 결백한 사람이 어디 있겠습니까?"

"어쨌든 그들을 쫓아내는 게 좋겠어. 자네가 그 남편하고 얘기해보면 안 되겠나?"

"얘기해봐야 소용없을 텐데요! 아, 주인님, 대체 뭣 때문에 그러시는 겁니까? 다 지난 일이고 다 잊힌 일인데요. 이 세상에는 온갖 일이 다 일어나는 법이지요. 이제 와서 누가 주인님 험담을 하겠습니까? 이렇게 주인님이 눈앞에 계신데요."

"그래도 자네가 얘기 좀 해보게나."

"알겠습니다, 얘기해보죠."

그렇게 한다고 해서 얻을 수 있는 게 아무것도 없다는 걸 예브게니도 잘 알고 있었지만, 그래도 바실리와 얘기를 하고 나니 조금은 마음이 편안해졌다. 중요한 것은, 그동안 초조함 때문에 위험을 과장하고 있었다는 걸 깨달았다는 사실이다.

정말 예브게니는 그녀를 만나러 그곳에 갔던 걸까? 그런 일은 불가능했다. 그는 그저 산책하러 정원에 갔을 뿐이고, 그녀가 때마침 그곳으로 뛰어갔을 뿐이다.

14

성령강림제 날, 점심 식사를 마치고 산책 삼아 정원을 거닐던 리자
는 토끼풀을 보여주겠다는 남편 손에 이끌려 초원으로 가면서 작은
도랑을 건너다 그만 발을 헛디뎌 넘어지고 말았다. 옆으로 살짝 넘어
졌지만 괴로운 듯 숨을 토했고, 예브게니가 그녀의 표정을 보니 그냥
놀라기만 한 게 아니라 꽤 고통스러운 것 같았다. 예브게니가 아내를
부축해 일으키려 했지만 리자는 팔을 뿌리쳤다.

"아니, 여보, 잠깐만요." 리자가 희미하게 미소를 지으며 꼭 죄라도
지은 사람처럼 남편을 바라보았다. "발을 좀 삐었을 뿐이에요."

그때 바르바라 알렉세예브나가 끼어들었다. "내가 항상 말하잖니.
그런 몸으로 어떻게 도랑을 뛰어넘겠다는 거니?"

"아니에요, 어머니, 별일 아니에요. 금방 일어날 거예요."

리자가 남편의 부축을 받으며 일어섰지만 금세 얼굴이 창백해지
면서 놀라는 표정을 지었다.

"어디가 잘못됐나 봐요!" 리자는 어머니에게 무슨 말인가를 속삭
였다.

"아이고, 세상에, 이게 대체 무슨 일이야! 그러니까 내가 돌아다니
면 절대 안 된다고 말했잖니." 바르바라 알렉세예브나가 소리쳤다.
"잠깐만 기다려. 사람들을 불러오마. 걸으면 안 돼. 누가 집으로 옮겨
야지!"

"리자, 겁내지 말아요. 내가 당신을 안고 가리다." 예브게니가 왼팔
로 리자를 감싸 안으며 말했다. "내 목을 안아요. 그래, 그렇게요!"

그가 허리를 숙이고 오른팔을 리자의 두 다리 아래로 넣어 그녀를 안아 올렸다. 그 순간 리자의 얼굴에 어리던 고통스러우면서도 행복해하는 표정을 예브게니는 그 뒤로 절대 잊지 못했다.

"여보, 제가 너무 무겁죠?" 리자가 미소를 지으며 말했다. "어머니가 뛰어가시네요. 그러지 말라고 얘기 좀 하세요!"

리자가 몸을 기울여 남편에게 입을 맞췄다. 남편이 자신을 안고 가는 모습을 어머니에게 보여주고 싶은 게 분명했다.

예브게니는 바르바라 알렉세예브나에게 자신이 리자를 안고 가니 서두르지 말라고 소리쳤다. 바르바라 알렉세예브나가 걸음을 멈추고 더 크게 소리쳤다.

"애를 떨어뜨리겠네. 저러다 분명 떨어뜨리고 말지. 그 아이를 죽일 작정인가? 양심도 없는 사람 같으니라고."

"제가 잘 안고 가고 있습니다."

"자네가 내 딸을 죽이는 걸 보고 싶진 않네. 그걸 두고 볼 수는 없어." 바르바라 알렉세예브나가 오솔길 모퉁이를 지나 뛰어갔다.

"괜찮아요. 아무 일 없을 거예요." 리자가 여전히 미소를 띤 얼굴로 말했다.

"지난번 같은 일은 제발 없어야 할 텐데."

"아아, 그 얘기가 아니에요. 저 말고 어머니 말이에요. 괜찮을 거라고요. 당신 힘들겠어요. 잠깐 쉬세요."

사실 예브게니는 힘들긴 했지만 그래도 뿌듯하고 즐거운 마음으로 아내를 집까지 안고 갔다. 바르바라 알렉세예브나의 재촉에 마중 나온 하녀와 요리사에게도 아내를 넘겨주지 않고 직접 침실까지 안고가 침대에 누웠다.

리자가 남편의 손을 끌어당겨 입을 맞추고 말했다. "이제 나가보세요. 안누시카와 있으면 괜찮아질 거예요."

마리야 파블로브나도 별채에서 달려왔다. 그들은 리자의 옷을 벗기고 침대에 누웠다. 예브게니는 책을 들고 응접실에 앉아 기다렸다. 바르바라 알렉세예브나가 예브게니 옆을 지나갔는데, 사위를 원망하는 듯 표정이 너무 어두워서 보고 있기가 무서울 정도였다.

"무슨 일인가요?" 예브게니가 물었다.

"무슨 일이냐고? 지금 무슨 일이냐고 물어보는 건가? 도대체 뭘 바라고 자기 아내더러 도랑을 건너라고 한 건가?"

"바르바라 알렉세예브나!" 예브게니가 소리쳤다. "도저히 참을 수가 없군요. 그렇게 사람들을 괴롭히고 인생을 망치고 싶으면……." 다른 데 가서 그러라고 말하고 싶었지만 꾹 눌러 참았다. "어떻게 아무렇지도 않게 그런 말을 하세요?"

"이제 늦었네." 바르바라 알렉세예브나는 의기양양하게 모자를 흔들며 응접실을 나갔다.

그날 사고의 후유증은 생각보다 심각했다. 다리를 심하게 삔 탓에 또다시 유산할지도 모를 위험에 처한 것이다. 꼼짝 않고 침대에 누워 있어야 한다는 건 다들 알고 있었지만, 그래도 의사를 불러오기로 했다.

예브게니는 의사에게 보내는 편지를 썼다. "존경하는 니콜라이 세묘노비치, 언제나 저희 가족을 친절하게 돌봐주셨으므로 이번에도 거절하지 마시고 제 아내를 도와주러 와주시길 바랍니다. 제 아내가……." 이런 내용의 편지를 다 쓰고 난 뒤 마구간으로 가서 말과 마차를 준비했다. 의사를 데려오고 데려다줄 말들을 준비해둬야 했다. 농장 경영이 넉넉지 않을 경우, 어떤 일들은 시간을 들여 신중하게 검토하고 결정을 내려야 했다. 모든 것을 직접 챙기고 마부를 보내고 나서 집에 돌아오니 시간이 아홉 시가 훌쩍 넘어 있었다. 아내는 침대에 누워 남편을 맞으며 기분이 아주 좋고 전혀 아프지도 않다고 말했다. 하지만 바르바라 알렉세예브나는 악보로 리자에게서 가려놓은 등잔 옆에 앉아 딸이 다쳤으니 이제 좋을 일이 뭐가 있겠느냐는 표정으로 빨간색 털실을 들고 커다란 이불을 뜨고 있었다. 그 모습은 이렇게 말하는 것 같았다. '누가 무슨 짓을 한다고 해도 어쨌든 나는 내 할 일을 다하겠어.'

예브게니는 장모가 어떤 마음인지 다 알아채고도 모르는 척하고는 애써 쾌활하고 태평한 표정으로 말을 골라 준비한 얘기며 암말인 카부시카를 곁말로 달았는데 아주 잘 달리더라는 얘기를 했다.

"그러니까, 말을 써야 할 때가 되니 그제야 말들을 훈련시키는군. 의사 선생도 도랑에 처박히는 거 아닌가 모르겠네!" 바르바라 알렉세예브나가 뜨개질감을 등잔 불빛 가까이에 대고 코안경 아래로 들여다보면서 말했다.

"의사 선생님을 모셔오려면 누구라도 보내야 하니까요. 가장 좋은 쪽으로 일을 처리한 겁니다."

"길에서 자네 말들 때문에 얼마나 곤욕을 치렀는지 지금도 똑똑히 기억하네."

바르바라 알렉세예브나는 있지도 않은 이 일을 오래전부터 되풀

이해서 얘기했고, 예브게니는 결국 참지 못하고 그런 일은 절대 없었다고 대꾸했다.

"내가 늘 입에 달고 살고 공작에게도 몇 번이나 했던 말이 있지. 정직하지 않고 진실하지 못한 사람들과 사는 것이 세상에서 제일 힘든 일이라는 거야. 내가 그러는 데는 다 이유가 있네. 다른 건 몰라도 그것만은 절대 못 참아."

"가장 괴로운 사람이 있다면 그건 분명 저일 겁니다." 예브게니가 말했다.

"그래, 당연히 그렇겠지."

"뭐라고요?"

"아무것도 아닐세. 그냥 뜨개질 코를 세고 있었네."

얘기를 나누는 동안 예브게니는 침대 옆에 서 있었다. 리자가 남편을 바라보다가 이불 위에 놓인 축축한 손으로 남편의 손을 꼭 쥐더니 눈빛으로 말했다. '저를 봐서라도 어머니를 좀 참아주세요. 어머니가 우리 사랑을 방해할 수는 없잖아요.'

"앞으로는 그러지 않으리다." 예브게니가 이렇게 속삭이고 아내의 축축하고 긴 팔과 사랑스러운 눈에 입을 맞췄다. 리자는 남편이 입을 맞출 때 두 눈을 감았다.

예브게니가 말했다. "설마 같은 일이 또 생기겠소? 기분은 어때요?"

"혹시 잘못될까 봐 말하는 것도 조심스럽지만, 제 느낌에는 아이가 무사히 잘 있고 앞으로도 그럴 것 같아요." 리자가 자신의 배를 내려다보며 말했다.

"아, 끔찍해, 생각만 해도 끔찍해."

리자가 그만 가서 자라고 간청하는데도 예브게니는 아내 곁을 지키면서 언제든 그녀를 보살필 수 있도록 거의 뜬눈으로 밤을 지새웠다. 하지만 리자는 밤새 편안했고, 의사를 부르지 않았다면 아마 자리를 털고 일어났을지도 모른다.

점심 무렵 도착한 의사는 같은 증상이 반복되어서 우려스럽긴 하지만 현재로선 솔직히 말해 긍정적인 증세도 없고 그렇다고 부정적인 증세가 있는 것도 아니므로 긍정적으로 예상해볼 수도 있고 그 반대로 예상해볼 수도 있다는 하나 마나 한 말을 했다. 그러면서 리자가 꼼짝 않고 누워 있어야 하며, 자신이 약 처방하는 걸 좋아하지는 않지만 그래도 환자는 약을 먹고 누워 있어야 한다고도 했다. 또한 의사는 바르바라 알렉세예브나에게 여성의 신체에 대해 한바탕 강의를 늘어놓았으며, 바르바라는 의미심장하게 고개를 끄덕여가며 강의를 들었다. 의사는 평소처럼 손바닥 가장 안쪽으로 진료비를 받아 들고 떠났고, 환자는 꼬박 일주일을 누워 지내야 했다.

15

예브게니는 대부분의 시간을 아내 곁을 지키며 그녀를 보살피고 같이 얘기를 나누고 책을 읽어주면서 보냈다. 그러는 동안 가장 힘든 일은 바르바라 알렉세예브나의 비난을 묵묵히 견디고 그것도 모자라 그 험한 말들을 농담으로 받아넘겨야 하는 것이었다.

하지만 예브게니가 내내 집에만 있을 수는 없었다. 무엇보다 아내가 종일 자기 곁에 있다가는 남편마저 병에 걸리겠다며 그를 내보내려 했기 때문이며, 또 한 가지 이유는 농장 일이라는 게 모든 진행 단계마다 그가 관여해야 했기 때문이다. 그러니 언제까지 집에만 있을 수는 없었고 밭이며 숲이며 마당이며 곡식 창고를 두루 살펴봐야 했다. 그런데 어디를 가든 머릿속에 스테파니다의 모습이 생생하게 떠오르면서 그를 괴롭혔고 좀처럼 사라지지 않았다. 하지만 그건 별문제가 아니었다. 그런 감정쯤은 얼마든지 이겨낼 수 있었다. 정말 걱정스러운 것은, 예전에는 그녀를 몇 달씩 보지 않고 지냈는데 요즘 들어서는 그녀와 끊임없이 마주친다는 점이었다. 분명 스테파니다는 예브게니가 관계를 다시 이어가고 싶어 한다는 걸 알아채고는 그와 마주치려고 애쓰는 것 같았다. 두 사람 모두 어떤 얘기도 하지 않았기 때문에 당연히 밀회 장소로 가는 일은 없었으며 그저 우연히 만날 기회만 엿보았다.

두 사람이 자연스레 마주칠 수 있는 장소는 아낙들이 소에게 먹일 풀을 베러 자루를 메고 다니는 숲이었다. 예브게니는 그 사실을 알고 있었기 때문에 매일 숲 주변을 지나다녔다. 숲에 가면 안 된다고 날마다 다짐하면서도 하루도 빠짐없이 숲으로 갔고, 누군가의 목소리가 들리기라도 하면 떨기나무 뒤에 숨어 가슴을 졸이며 혹시 목소리의 주인이 스테파니다가 아닐까 살펴보았다.

무슨 이유로 예브게니는 그녀가 아닌지 알아야 했을까? 그도 이유를 알지 못했다. 목소리의 주인이 스테파니다였고 그녀 혼자 그곳에 있었다 해도 아마 다가가지 못하고 도망쳤을 거라고 그는 생각했다. 그렇다 해도 그녀를 만나고 싶었다. 사실 그녀와 한 번 마주친 적이 있었다. 그가 숲으로 들어서는데 스테파니다가 다른 두 아낙과 함께 풀이 가득 들어 무거워 보이는 자루를 메고 숲에서 나오고 있었다. 예브게니가 조금만 일찍 갔더라면 그녀와 숲 속에서 마주쳤을 것이다. 다른 아낙들의 눈도 있으니 스테파니다가 예브게니를 만나러 숲으로 돌아올 리는 없었다. 이런 사정을 뻔히 알면서도 예브게니는 다른 여자들의 관심을 끌 위험까지 감수하면서 개암나무 뒤에 한참을 서 있었다. 당연히 그녀는 돌아오지 않았지만 그는 오랫동안 숲을 떠나지 못했다. 아, 맙소사, 그의 상상 속에 떠오르는 스테파니다의 모습은 얼마나 매혹적인지! 이런 일이 한 번도 아니고 대여섯 번이나 계속되었다. 그런 느낌은 매번 더 강렬해졌다. 예브게니에게 스테파니다가 그처럼 매혹적으로 느껴진 적은 한 번도 없었다. 그녀가 그처럼 예브게니를 완전히 지배했던 적도 없었다.

그는 스스로를 통제할 수 없었으며 정신을 차리기도 힘들 지경이 되었다. 자신에 대한 엄격함은 조금도 느슨해지지 않았다. 오히려 자신의 욕망과 행동이 얼마나 추한지 똑똑히 알고 있었고 따라서 숲을 배회하는 일 또한 잘못이라는 걸 알고 있었다. 어디서든 어두운 곳에서 그녀와 마주치기라도 한다면 그리고 그녀의 몸을 만지기라도 한다면 완전히 무너져버리고 말 거라는 걸 알고 있었다. 또한 사람들에게, 그녀에게, 그리고 물론 자신에게 수치스러운 일을 해서는 안 된다는 마음이 스스로를 지탱하고 있다는 것도 알았다. 그리고 그러한 수치심을 느끼지 않아도 되는 상황, 그러니까 컴컴한 곳이나 스치듯 가까이에 함께 있어서 동물적인 욕정으로 수치심을 잊을 수 있는 상황을 찾고 있다는 것 역시 알았다. 그런 이유로, 자신은 추악한 죄인이라고 생각하면서 온 마음을 다해 스스로를 경멸하고 증오했다. 여전히 미련을 버리지 못하는 자신이 혐오스러웠다. 힘을 달라고, 파멸에서 구원해달라고 매일 주님께 기도했다. 이제부터는 그녀에게 한 발자국도 다가가지 않을 것이며 눈길조차 돌리지 않고 깨끗이 잊겠다고 날마다 다짐했다. 이 유혹에서 벗어날 수 있는 방법을 매일 궁리하고 실천해보았다.

하지만 다 소용없었다.

그가 생각해낸 방법 하나는 쉬지 않고 일을 하는 것이었고, 또 하나는 힘을 많이 쓰는 육체노동이나 금식을 하는 것이었다. 세 번째 방법은, 아내와 장모, 마을 사람들이 이 일을 알게 되었을 때 그가 감당해야 할 수치심을 생생하게 떠올려보는 것이었다. 예브게니는 이 모든 방법을 써보았고, 유혹을 이겨내고 있다고 생각했다. 하지만 시간이 되면, 정오 무렵이 되면, 이전에 스테파니다를 만났던 시간이 되면, 숲에서 풀을 베고 오던 그녀와 마주쳤던 시간이 다가오면, 그는 어김없이 숲으로 향했다.

그렇게 고통스러운 닷새가 지나갔다. 그동안 예브게니는 멀찌감치 서서 그녀를 바라보기만 했을 뿐 한 번도 마주하지는 않았다.

16

리자는 조금씩 기운을 되찾아 집 안을 돌아다닐 정도가 되었지만, 어딘가 달라진 남편을 보면서 이유는 짐작도 못한 채 그저 마음만

졸여야 했다.

바르바라 알렉세예브나는 잠시 집을 떠나 있었고 객식구라고는 삼촌뿐이었다. 마리야 파블로브나는 여느 때처럼 집에 있었다.

6월이 되면 흔히 그렇듯 천둥 번개가 지나고 나서 소나기가 쏟아지는 날이 이틀째 계속되던 때 예브게니는 반쯤 정신이 나가 있었다. 폭우 때문에 모든 일이 중단되었다. 거름을 옮기는 일조차도 습기와 진창 때문에 할 수가 없었다. 농부들은 집에만 틀어박혀 있어야 했다. 목동들은 가축을 몰고 나갔다가 진이 빠져서 결국 집으로 몰고 와야 했다. 암소와 양들은 목초지를 돌아다니고 저택 마당을 뛰어다녔다. 농부의 아내들은 맨발에 머릿수건을 쓰고는 달아난 암소들을 잡으려고 흙탕물을 철벅거리며 뛰어다녔다. 여기저기 길이 파여 빗물이 흘렀고, 나뭇잎과 풀잎은 물에 흠뻑 젖었으며, 물줄기가 홈통을 따라 쉴 새 없이 소리를 내며 떨어져 내려 거품이 부글거리는 웅덩이를 만들었다. 예브게니는 그날따라 부쩍 따분해하는 아내와 함께 집에 있었다. 리자가 남편에게 요즘 우울해하는 이유를 몇 번이나 물어도 그는 아무것도 아니라며 신경질적으로 대답했다. 리자는 더 묻지 않았지만 마음은 몹시 서글펐다.

아침식사를 마치고 예브게니와 리자는 응접실에 앉아 있었다. 삼촌은 유명한 상류사회 인사들과 알고 지낸다며 허풍을 떨었는데, 그 얘기를 지금까지 수도 없이 하고 또 했다. 리자는 부인용 겉옷을 뜨개질하다 말고 한숨을 내쉬고는 날씨와 허리 통증에 대해 불평했다. 삼촌은 그런 리자에게 좀 누우라고 권하더니 술을 좀 가져다줄 수 있느냐고 물었다. 집에 있는 동안 예브게니는 끔찍할 만큼 무료했다.

모든 것이 시들하고 따분했다. 책을 읽으며 담배를 피웠지만 내용이 하나도 머릿속에 들어오지 않았다.

"가서 어제 들여온 강판을 좀 살펴봐야겠어요." 예브게니가 자리에서 일어나 나갔다

"우산 가져가세요."

"아니, 방수외투를 입으면 돼요. 난방실까지만 갈 건데 뭘."

예브게니는 장화를 신고 외투를 걸친 다음 공장 쪽으로 갔다. 그런데 스무 걸음도 채 못 갔을 때, 하얀 장딴지가 다 드러나도록 치마를 걷어 올린 여자가 그를 향해 걸어오는 게 보였다. 여자는 머리와 어깨에 두른 숄을 두 손으로 꽉 잡고 있었다.

"뭘 하는 거지?" 예브게니가 물었다. 그는 처음 잠깐 그녀를 알아보지 못했다. 그리고 알아보았지만, 때는 이미 늦어버렸다. 그녀는 걸음을 멈추고 미소를 지으며 한참 동안 예브게니를 쳐다보았다.

"송아지를 찾고 있어요. 이렇게 비가 오는데 어딜 가세요?" 그녀는 마치 매일 만나는 사이인 듯 물었다.

"막사에 가 있어." 예브게니는 자기가 무슨 말을 하는지도 모르는 채 이 말을 불쑥 내뱉었다. 그의 안에 있는 다른 누군가가 그렇게 말한 것 같았다.

스테파니다가 머릿수건을 씹으며 눈을 찡긋하더니 정원을 지나 막사 쪽으로 뛰어갔고, 예브게니는 라일락 나무를 지난 뒤 방향을 바꿔 막사로 가리라 생각하며 가던 길을 계속 갔다.

"주인님!" 뒤쪽에서 예브게니를 부르는 목소리가 들렸다. "마님이 찾으십니다. 잠시만 와주십사 하시는데요." 그는 하인 미샤였다.

'아, 하나님, 저를 또 한 번 구해주셨군요.' 예브게니는 이런 생각을 하면서 얼른 방향을 돌렸다. 아내는 그가 점심때 병든 아낙에게 약을 가져다주기로 약속한 걸 잊었느냐면서 약을 가져가라고 했다.

약을 준비하는 동안 5분이 흘렀다. 약을 가지고 나올 때만 해도 예브게니는 집에 있는 사람들에게 들키지 않게 막사로 가야 하는지 마음을 정하지 못했다. 하지만 집에서 그의 모습이 안 보일 정도가 되자 즉시 발걸음을 돌려 막사로 갔다. 그는 막사 한가운데서 환하게 미소 지으며 서 있는 그녀의 모습을 이미 상상 속에서 보았다. 하지만 그녀는 막사에 없었다. 다녀간 흔적도 없었다. 그제야 예브게니는 그녀가 막사에 오지 않았으며, 그의 말을 제대로 듣지도 않고 이해하지도 않았다는 생각이 들었다. 그는 행여 그녀가 들을까 봐 소리를 낮춰 중얼거렸다. "여기 오기 싫었던 걸까? 무슨 이유로 나는 그녀가 내게 달려올 거라고 생각했을까? 그녀에게는 남편이 있는데 말이야. 내가 제일 파렴치한 인간이야. 아내가, 그것도 그처럼 선량한 아내가 있는데도 다른 여자 뒤꽁무니를 쫓아다니다니." 예브게니가 막사에 앉아 이런 생각을 하고 있는데, 지붕 한 군데가 새는지 짚 사이로 빗물이 떨어졌다. '그녀가 와주었다면 얼마나 행복했을까. 이렇게 비가 내리는 날 이곳에 우리 둘만 있다면. 한 번 더 그녀를 품에 안을 수 있다면, 그다음 일은 어떻게든 되겠지. 그래, 맞아, 그녀가 다녀갔다면 흔적을 찾을 수 있을 거야.' 그는 막사 주변, 풀이 덮이지 않은 오솔길 바닥을 자세히 살펴보았다. 맨발이 미끄러진 자국이 아직 선명하게 남아 있었다. 그녀의 발이 분명했다. '그래, 다녀갔구나. 이젠 어쩔 수 없어. 어디서든 그녀를 보면 곧장 달려갈 거야. 밤에 그녀에게 가야겠어.' 그는 막사 안에 한참을 앉아 있다가 기진맥진해져서 그곳을 나왔다. 약을 가져다주고 집에 와서는 점심때까지 방에 누워 있었다.

17

점심 식사 전에 리자가 남편을 보러 왔다. 그녀는 남편이 불만스러워하는 이유가 무엇인지 계속 궁금해하다 말을 꺼냈다. 자신이 출산을 위해 모스크바에 가는 걸 남편이 못마땅해하는 것 같아 마음이 편치 않았으며 그래서 그냥 집에 남기로 결정했다는 얘기였다. 굳이 모스크바에 갈 필요가 없다는 뜻이었다. 예브게니는 아내가 출산 자체만이 아니라 혹시 건강치 못한 아이를 낳을까 봐도 몹시 두려워하는 걸 잘 알고 있었기 때문에, 그녀가 남편에 대한 사랑으로 모든 걸 기꺼이 희생하려 하는 모습을 보면서 감동하지 않을 수 없었다. 집 안의 모든 것이 그토록 편안하고 즐겁고 순결했건만 그의 영혼은 불결하고 혐오스럽고 끔찍했다. 자신의 약한 의지를 진심으로 혐오한다 해도, 스테파니다와의 관계를 끊겠다고 굳게 결심한다 해도, 내일이면 또 똑같은 일이 벌어질 거라는 것을 알았기 때문에 예브게니는 그날 밤 내내 괴로워했다.

"아니야, 도저히 안 될 일이야." 예브게니는 이렇게 중얼거리며 방 안을 서성였다. "뭐든 이 상황을 벗어날 방법을 찾아야 해. 아, 하나님, 전 어떻게 해야 합니까?"

그때 누군가가 외국식으로 방문을 노크했다. 예브게니는 삼촌이라는 걸 알고 있었다.

"들어오세요."

삼촌은 자처해서 리자의 사절로 온 것이었다.

삼촌이 말했다. "얘야, 내가 가만히 보니 네게 무슨 변화가 있는 것
같구나. 그것 때문에 리자가 얼마나 괴로워하는지도 잘 알겠고 말이
다. 네가 그렇게 멋지게 시작했던 일을 방치해야 한다는 게 얼마나
괴로운 것인지는 충분히 짐작이 간다. 그런데 넌 대체 뭘 어떻게 하
고 싶은 거냐? 난 두 사람에게 떠나라는 충고를 하고 싶구나. 너와 리
자 모두 마음이 편해질 거다. 크림반도에 가는 건 어떻겠니? 거기라
면 기후도 좋고 산부인과도 훌륭한 곳이 있으니 말이다. 지금 떠나면
포도가 익는 계절에 딱 맞춰 도착할 수 있을 거다."

"삼촌." 예브게니가 불쑥 말을 막았다. "제 비밀을 지켜줄 수 있어
요? 끔찍하고 수치스러운 비밀인데요."

"얘야, 설마 나를 못 믿는 거냐?"

"삼촌! 삼촌이라면 절 도와주실 수 있어요. 아니, 그보다 절 구해주
세요." 예브게니가 말했다. 존경하지도 않는 삼촌에게 자신의 비밀을
털어놓는다고 생각하니, 그리고 삼촌 앞에서 자신의 가장 추한 모습
을 드러내고 스스로를 비하한다고 생각하니 오히려 묘한 쾌감이 느
껴졌다. 자신이 비열한 죄인인 것만 같아 스스로를 벌하고 싶었던 것
이다.

"얘야, 어서 말해보거라. 내가 널 얼마나 좋아하는지 너도 잘 알잖
니?" 삼촌은 조카가 어떤 비밀을, 그것도 아주 수치스러운 비밀을 가
지고 있으며 이제 그걸 자신에게 털어놓으려 하고 자신이 도움을 줄

수도 있다는 사실이 아주 흡족하다는 표정으로 말했다.

"먼저 제가 아주 파렴치하며 아무짝에도 쓸모없는 인간이고, 비열한, 정말 비열한 인간이라는 것부터 말씀드려야 할 겁니다."

"대체 무슨 말을 하는 거냐?" 삼촌이 거드름이 잔뜩 들어간 목소리로 말했다.

"리자의 남편인 제가 그런 짓을 했으니 어찌 파렴치한이 아닐 수 있겠습니까! 그녀의 순결함과 사랑을 뻔히 알고 있으면서 말이에요. 그런 여자의 남편이면서도 농부의 아내와 놀아나느라 아내를 배신하려 하는데 말이에요."

"도대체 네가 무슨 배신을 한단 말이냐? 넌 아내를 배신한 적이 없잖니?"

"그래요, 하지만 배신을 한 거나 다름없어요. 배신을 하려고 했거든요. 그럴 기회만 있었다면 아마 배신했을 거예요. 어쩌다 보니 행동으로 옮기진 못했지만, 지금은, 어쩌면 지금이라도……. 어떻게 해야 할지 모르겠어요."

"그러지 말고 좀 더 자세히 설명해보렴."

"네, 말씀드리죠. 결혼 전에 어리석게도 이 마을 여자와 관계를 가졌어요. 그러니까, 숲이나 들에서 그 여자를 만났는데……."

"예뻤냐?" 삼촌이 물었다.

삼촌의 질문에 예브게니는 얼굴을 찌푸렸다. 하지만 누군가의 도움이 필요했기 때문에 못 들은 척하고 얘기를 계속 이어나갔다.

"그냥 잠깐 만나는 것이고 언제든 마음만 먹으면 다 끝낼 수 있을 거라고 생각했어요. 실제로 결혼 전에 관계를 끝냈고, 1년 가까이 그 여자를 본 적도 생각한 적도 없었어요." 예브게니는 자신의 처지를 설명하면서 그 얘기를 자신의 귀로 듣고 있자니 기분이 이상했다. "그러다 어느 날, 어떻게 그렇게 되었는지는 모르겠는데, 가끔 마법을 믿게 되기도 하지만, 어쨌든 그녀를 다시 보았고 벌레 한 마리가 제 심장 속으로 기어들어 왔어요. 그리고 절 갉아먹었죠. 제 행동이 얼마나 추악한지 알기에 스스로를 탓하는 겁니다. 그러니까, 전 언제든 행동을 할 수 있어요. 언제든 죄악을 저지를 수 있다고요. 지금까지 그렇게 하지 않았다면, 그건 주님이 절 구해주셨기 때문이에요. 어제도 그녀를 만나러 가고 있는데 리자가 사람을 보내 저를 찾았어요."

"아니, 그 비가 오는데 말이냐?"

"네, 삼촌, 저는 지쳤어요. 그래서 삼촌에게 다 털어놓고 도움을 구하기로 했습니다."

"그래, 당연히 그렇겠지. 어쨌든 자신의 영지에서 이런 문제를 일으키는 건 좋지 않아. 사람들이 다 알게 될 거다. 네 처가 몸이 약한 것 같더구나. 네 처를 가엾게 여겨야 한다. 그나저나 어째서 네 영지에서 그런 일을 벌인 거냐?"

이번에도 예브게니는 삼촌의 말을 애써 못 들은 체하고 얼른 본론을 꺼냈다.

"제발 저를 저 자신에게서 구해주세요. 바로 그걸 부탁드리고 싶은 거예요. 오늘은 우연히 멈췄지만, 내일은, 그리고 그다음 날에는 멈출 수 없을지도 몰라요. 이제 그 여자도 알고 있어요. 절 혼자 두지 말아주세요."

"그래, 그렇게 하자. 그나저나 너는 정말 사랑에 빠진 거냐?"

"아니, 그건 절대 아니에요. 그게 아니라, 어떤 힘이 절 붙잡고 놓아주질 않는 거예요. 저도 어떻게 해야 할지 모르겠어요. 아마도 제가 더 강해진다면, 그때는……."

"아무튼 그 상태에서 벗어나려면, 내 생각에는 크림반도로 떠나는 게 좋겠다."

"네, 그래요, 가겠어요. 하지만 떠날 때까지는 삼촌에게 모든 걸 얘기할게요."

18

혼자만 간직했던 비밀을, 더 정확히 말하면 비 오던 날 이후로 느껴야 했던 양심의 가책과 수치심을 삼촌에게 털어놓고 나자 예브게니는 정신이 번쩍 들었다. 그는 아내와 함께 일주일 뒤 얄타로 떠나기로 했다. 이 일주일 동안 예브게니는 여행 경비를 마련하러 도시에 다녀오고 집과 사무실에서 농장 경영에 관련된 일을 처리하면서 다시 쾌활해졌고 아내와도 가까워졌으며 정신적으로 활기를 되찾았다.

비 오던 날 이후로 스테파니다를 한 번도 보지 않은 채로 예브게니는 아내와 함께 크림으로 떠났다. 그리고 그곳에서 아주 행복하게 두 달을 보냈다. 하루하루 새로운 감동을 맛보는 동안 예전 일들은 기억에서 완전히 사라진 것 같았다. 크림에서 두 사람은 옛 지인들을 다시 만났고, 그들과 부쩍 가까워졌다. 또한 새로운 사람들을 사귀기도 했다. 예브게니에게 크림에서의 삶은 매일이 축제일 같았으며, 날마다 새로운 것을 배우는 유익한 시간이기도 했다. 그곳에서 예브게니 부부는 그들 도시의 전직 현지사와 가까워졌는데, 그는 현명하고 자유로운 사고방식을 지닌 사람이었으며 예브게니를 마음에 들어 해서 그에게 많은 걸 가르쳐주고 자신의 편으로 이끌었다. 8월 말에 리자는 예쁘고 건강한 딸을 낳았는데, 출산은 예상했던 것보다 훨씬 순조로웠다.

9월에 예브게니 이르테네프 부부는 집으로 돌아왔다. 리자가 아기에게 젖을 먹일 수 없어서 유모까지 데려오는 바람에 일행은 네 명이나 되었다. 예브게니는 과거의 끔찍한 기억에서 완전히 벗어나 이제 예전과 전혀 다른 행복한 사람으로 변해 있었다. 아내가 출산할 때 남편들이 경험하는 모든 것을 다 경험하고 나니 아내에 대한 사랑이 더 깊어졌다. 아이를 품에 안고 있을 때면 우습기도 하고 기분이 아주 좋기도 한 것이, 난생처음 느껴보는 기분이 들었다. 온몸이 간질간질해지는 꼭 그런 기분이었다. 예브게니 삶에 나타난 또 한 가지 새로운 변화는, 전직 현지사인 둠친과 가까워진 덕에 농장 경영 외에 지방자치회에도 새롭게 관심을 갖게 된 것이었다. 어느 정도는 공명심 때문이었고 또 어느 정도는 의무감 때문이었다. 10월에 임시 회의가 열릴 예정이었는데, 여기에서 그가 대표로 선출될 게 거의 확실했다. 예브게니는 집에 돌아온 뒤에 한 번은 도시에 다녀왔고 또 한 번은 둠친을 찾아갔다.

예브게니는 유혹과 싸우는 고통 같은 건 이제 생각도 잘 나지 않았고, 상상 속에서나 어렵사리 떠올릴 수 있을 뿐이었다. 그 모든 일이 한때 겪은 광기의 발작처럼 느껴졌다. 이제 과거의 일에서 다 벗어났다고 생각하니 어느 날 집사와 단둘이 남게 되었을 때 별 두려움 없이 스테파니다에 대해 물어볼 수 있었다. 집사와는 전에도 그 얘기를 한 적이 있기 때문에 부끄럽다는 생각 없이 물어보았다.

"그래, 프첼니코프 시도르는 아직 집에 오지 않은 건가?"

"네, 아직 도시에 살고 있습니다."

"그럼 그 아내는?"

"아, 그 정신 나간 여편네 말이군요! 지금은 지노베이와 놀아나고 있답니다. 얼마나 헤픈지 몰라요."

예브게니가 생각했다. '잘된 일이야. 그런 말을 들어도 아무렇지도 않다니! 확실히 나는 변했어.'

19

모든 것이 예브게니가 바라던 대로 이루어졌다. 영지는 그의 소유로 남았고, 공장도 잘 운영되었으며, 사탕무도 풍작이었고, 수익이 더 늘어날 전망이었다. 아내의 출산도 순조로웠고, 장모는 떠났으며, 예브게니는 지방자치회에서 만장일치로 선출되었다.

예브게니는 선거가 끝나고 도시에서 집으로 돌아가는 길이었다. 축하 인사를 보내준 이들에게 감사 인사를 해야 했다. 그는 사람들에게 점심을 대접하면서 샴페인을 다섯 잔이나 마셨다. 눈앞에 완전히 새로운 인생 계획이 펼쳐졌다. 그는 집으로 돌아오는 길에 그 계획들을 생각해보았다. 화창한 초가을이었다. 집으로 가는 길은 아름다웠고 햇살은 눈부셨다. 예브게니는 이 선거 결과로 그가 늘 꿈꾸던 지위에 오르게 될 거라는 생각을 했다. 그 지위란, 단지 일거리를 줘서 농작물을 생산하게 하는 것에 그치지 않고 더 직접적인 영향을 미치는 것으로 사람들에게 도움을 줄 수 있는 자리를 의미했다. 3년이 지난 뒤 그의 농노들과 다른 지주들의 농노들에게 어떤 평가를 받게 될지 상상해보았다. '그래, 바로 그거야.' 예브게니가 이런 생각을 하면서 마을을 지나는데, 물이 가득 든 나무통을 지고 그와 반대 방향으로 걸어가는 농부와 아낙이 눈에 들어왔다. 그들은 걸음을 멈추고 예브게니의 마차가 지나가도록 비켜주었다. 농부는 프첼니코프 노인이었고 아낙은 스테파니다였다. 예브게니는 한눈에 여자를 알아보았지만 전혀 아무렇지 않고 마음이 평온한 것이 기뻤다. 그녀가 여전히 아름답긴 했지만, 예브게니는 조금도 마음이 흔들리지 않았다. 집에 도착하니 아내가 현관에서 그를 맞아주었다. 더없이 아름다운 저녁이었다.

"자, 축하를 해도 되는 건가?" 삼촌이 물었다.

"그럼요, 당선되었어요."

"정말 잘됐구나. 축배를 들어야겠다."

다음날 아침 예브게니는 한동안 방치해놓았던 농장을 둘러보러 나갔다. 마을에서는 새 탈곡기가 돌아가고 있었다. 탈곡기를 잠시 지켜보다가 예브게니는 눈여겨보지 않으려고 애쓰면서 여자들 사이를 지나다녔다. 그런데 눈길을 돌리지 않으려고 아무리 애를 써도, 짚단을 나르고 있는 스테파니다의 검은 눈과 붉은색 머릿수건이 한두 번 눈에 띄었다. 그렇게 한두 번 그녀를 곁눈질하면서 예브게니는 다시 무슨 일인가가 벌어지고 있음을 느꼈지만, 그게 뭔지는 그 자신도 알지 못했다. 바로 다음날 예브게니는 다시 탈곡장으로 가 아무 할 일도 없이 두 시간쯤 머물면서 젊은 여자의 친숙하고 아름다운 모습을 쉴 새 없이 눈으로 더듬었다. 그리고 자신이 파멸했음을, 회복할 수 없을 만큼 철저하게 파멸했음을 직감했다. 또다시 고통이 시작되었다. 또다시 지독한 공포가 시작되었다. 구원은 없었다.

결국 예상했던 일이 그에게 일어났다. 다음날 저녁, 그는 자신도 모르게 스테파니다의 집으로 갔다. 문득 정신을 차려보니 건초를 쌓아놓은 헛간 맞은편 뜰에 그가 서 있었다. 언젠가 가을에 그녀와 밀회를 나눈 곳이었다. 그는 마치 산책이라도 나온 것처럼 그곳에 멈춰 서서 담배를 피웠다. 그러다 이웃집 여자의 눈에 띈 것을 알고 발걸음을 돌렸다. 여자가 누군가에게 하는 말이 등 뒤에서 들렸다.

"어서 가보라니까. 널 기다리잖아. 분명 그 사람이야. 이 바보야, 어서 가보라니까!"

예브게니는 그녀가, 바로 그녀가 헛간으로 뛰어가는 걸 보았지만 다시 돌아갈 수는 없었다. 농부와 마주쳤기 때문에 그냥 집으로 와야 했다.

20

예브게니가 응접실에 들어섰을 때, 모든 것이 기이하고 부자연스럽게 느껴졌다. 아침에 일어났을 때만 해도 그는 여전히 활기에 넘쳤으며 모든 걸 깨끗이 떨어내버리고 다신 생각하지 않겠다고 결심했다. 그런데 웬일인지 오전 내내 일에 도무지 흥미가 생기지 않았을 뿐 아니라 자꾸만 일에서 도망치려고 했다. 전에는 그처럼 중요하고 기쁨을 주었던 일이 이제는 하찮게만 여겨졌다. 그는 자신도 모르게 일에서 벗어나려 했다. 좀 더 깊이 생각하고 궁리해보려면 일에서 벗어나야 할 것 같았다. 그래서 일손을 놓고 혼자 남았다. 하지만 혼자 남자마자 뜰로 숲으로 헤매기 시작했다. 이 모든 장소가 기억들, 그를 사로잡은 기억들로 더럽혀져 있었다. 그는 뜰을 거닐면서 뭔가를 생각하는 척했지만 사실은 아무것도 생각하지 않고 그저 미친 듯 격렬하게 그녀를 기다리고 있다는 걸 알았다. 어떤 기적이 일어나서 그가 기다리고 있다는 걸 스테파니다가 알고서 곧장 이리로 오거나, 아무도 보는 사람이 없는 곳으로 가거나, 아니면 달도 뜨지 않아서 아무도 심지어 그녀 자신도 앞을 잘 보지 못하는 캄캄한 밤에 이리로 와서 그가 그녀의 몸을 만질 수 있기를 기다리고 있다는 걸……

'그래, 마음만 먹으면 언제든 끝낼 거라고 했지. 건강을 위해 깨끗하고 건강한 여자를 만난다고 생각했어! 아니, 이제 그런 식으로 그녀와 놀아날 수는 없어. 내가 그녀를 붙잡고 있다고 생각했는데 이제 보니 그녀가 나를 붙잡고 놓아주지 않았던 거야. 내가 자유로워졌다고 생각했는데 그게 아니었어. 결혼하면서 난 스스로를 속였던 거야. 모든 게 바보짓이고 속임수였어. 그 여자와 관계를 맺은 뒤로 나는 새로운 감정을, 남편이 느낄 수 있는 진정한 감정을 느껴보았어. 맞아, 그 여자하고 살아야 했어.

그래, 내 앞에는 두 가지 삶이 놓여 있어. 그중 하나는 리자와 함께 시작한 삶이야. 일, 농장 경영, 아이, 그리고 사람들이 보여주는 존경이지. 이 삶을 선택한다면 스테파니다는 없어져야 해. 그러려면 전에 말했듯 그녀를 어딘가로 보내든가 없애버려야만 해. 또 다른 삶은 이런 거야. 그녀 남편에게 돈을 주고 그녀를 빼앗아오는 것. 수치심과 불명예는 잊고 그녀와 사는 거야. 그러려면 리자와 내 딸 미미가 없어져야 해. 아니, 아이는 상관없어. 하지만 리자는 없어져야 해. 그녀는 떠나야 해. 모든 걸 알고 나를 저주하면서 떠나야 하는 것이지. 내가 농부의 아내 때문에 자신을 배신했다는 걸, 내가 사기꾼에 파렴치한이라는 걸 그녀가 알게 된다면. 아, 너무 끔찍한 일이야! 그래서는 안 돼. 아니, 그럴 수도 있지.' 예브게니의 생각은 끝도 없이 이어졌다. '그래, 그럴 수도 있어. 리자가 병에 걸려 죽는 거야. 그렇게만 된다면 모든 게 깨끗이 끝나는 건데.

깨끗이 끝난다고! 이 교활한 인간 같으니! 아니, 누군가 죽어야 한다면 그건 스테파니다가 되어야 해. 스테파니다가 죽는다면 얼마나 좋을까.

그래, 그렇게 남자들이 아내나 연인을 독살하거나 살해하는 거겠지. 권총을 들고 가서 그녀를 불러낸 다음 품에 안는 대신 가슴에 총을 쏘는 거야. 그럼 다 끝나는 거야.

그 여자는 악마야. 분명 그녀는 악마야. 내 의지와는 반대로 나를 자기 손아귀에 넣어버렸어. 죽여야 할까? 그래. 출구는 단 두 개야. 아내를 죽이는 것 아니면 그 여자를 죽이는 것. 계속 이렇게 살 수는 없는 거잖아. 그럴 수는 없어. 신중하게 생각하고 앞날을 내다봐야 해. 이런 상태가 계속된다면 앞으로 어떤 일이 벌어질까?

또다시 나는 그럴 마음이 없다고, 그녀를 떼어내버리겠다고 말하겠지만, 그건 그냥 말뿐이고 저녁이 되면 그녀 집 뒤뜰로 갈 테고 그녀는 그걸 알고 나를 만나러 오겠지. 어쩌면 마을 사람들이 알아채고 아내에게 일러바칠지도 모르고, 아니면 더는 거짓말을 할 수 없고 더는 이렇게 살 수 없으니 내가 내 입으로 아내에게 털어놓을지도 모르지. 더는 이렇게 있을 수 없어. 모두 알게 될 거야. 파라샤도, 대장장이도, 모두. 아, 정말 이렇게 살 수 있을까?

아니, 그럴 순 없어. 출구는 단 두 개뿐이야. 아내를 죽이든가 그 여자를 죽이든가. 그리고 또…….

아 그래, 세 번째 출구가 있구나. 날 죽이는 것.' 예브게니는 이 말을 나지막이 소리 내어 해보았다. 그 순간 온몸에 소름이 끼쳤다. '그래, 자살하는 거야. 그러면 그들을 죽이지 않아도 되잖아.' 그는 두려워졌다. 그 출구만이 가능하다는 생각이 들었기 때문이다. '권총은 있어. 그런데 정말 나를 쏠 수 있을까? 그런 생각은 한 번도 해보지 않았는데. 얼마나 이상할까.'

예브게니는 자신의 방으로 돌아가자마자 권총이 들어 있는 장롱을 열었다. 하지만 그때 아내가 들어오는 바람에 상자에서 권총을 꺼내지는 못했다.

21

그는 신문으로 권총을 덮었다.

"또 시작이군요." 리자가 놀란 표정으로 남편을 쳐다보았다.

"뭐가 또 시작이란 말이오?"

"예전에 내게 아무것도 말하지 않으려 하면서 짓던 그 끔찍한 표정 말이에요. 제발, 여보, 제발 말 좀 해봐요. 당신이 괴로워하고 있다는 걸 알아요. 다 털어놓으면 마음이 한결 가벼워질 거예요. 그게 무엇이든 지금처럼 고통스러워하는 것보다는 낫잖아요. 당신이 고통스러워하는 것보다 더 나쁜 건 없다는 걸 알아요."

"당신이 안다고? 글쎄."

"말해봐요, 제발, 말해보라고요. 말하기 전에는 놓아주지 않을 거예요."

예브게니가 서글픈 웃음을 지었다.

'말해버릴까? 아니, 그럴 수는 없어. 그리고 할 말도 없어.'

어쩌면 아내에게 얘기했을 수도 있지만, 바로 그때 유모가 들어와 산책을 해도 되느냐고 물었다. 리자는 아이에게 옷을 입히러 가야 했다.

"말해주실 거죠? 금방 올게요."

"그래, 아마도……."

남편이 이렇게 대답하며 짓던 고통스러운 미소를 리자는 절대 잊을 수 없었다. 그녀는 방을 나갔다.

예브게니는 도둑처럼 재빨리 권총을 움켜쥐고 상자에서 꺼냈다. '장전이 되어 있긴 하지만 오래전 일이야. 그리고 한 발로는 실패할 수도 있어. 자, 이제 어떻게 될까.'

그는 관자놀이에 총을 대고 잠깐 머뭇거렸지만, 스테파니다, 그녀를 다시는 보지 않겠다는 결심, 자신과의 싸움, 유혹, 추락, 또다시 시작되는 싸움을 떠올리는 순간 두려움으로 몸서리가 쳐졌다. '아니, 이게 나아.' 그리고 방아쇠를 당겼다.

그때, 발코니에서 막 내려오던 리자가 총소리를 듣고 방으로 달려와보니 남편은 마룻바닥에 엎드려 있었다. 상처에서 따뜻하고 검붉은 피가 솟구쳤고 시체는 아직 떨림을 멈추지 않았다.

이 사건에 대한 재판이 열렸다. 그 누구도 자살의 이유를 이해하지도 설명하지도 못했다. 삼촌도 자살의 원인이 두 달 전에 예브게니가 그에게 했던 고백과 관련이 있을 거라고는 짐작조차 하지 못했다.

바르바라 알렉세예브나는 자신은 이런 일이 일어날 거라는 걸 진즉에 예상하고 있었다고 주장했다. 예브게니가 말다툼할 때 보면 다 알 수 있었다고 했다. 하지만 리자와 마리야 파블로브나 모두 왜 이런 일이 일어났는지 도저히 이해하지 못했다. 그러면서도 예브게니가 정신병을 앓고 있었다는 의사의 말은 믿지 않았다. 두 사람은 그 말에 절대 동의할 수 없었는데, 예브게니는 그들이 알고 있는 수많은 사람보다 더 정신이 건강했다는 걸 알기 때문이었다.

사실, 예브게니 이르테네프가 정신병자라면 이 세상 모든 사람이 정신병자여야 했다. 진짜 정신병자는 다른 이들에게서 광기의 징후를 보면서 자신에게서는 그것을 보지 못하는 사람들이다.

1889년 11월 19일, 야스나야 폴랴나

22

또 다른 결말

……이렇게 중얼거리며 예브게니는 책상으로 다가가 리볼버 권총을 꺼낸 뒤 찬찬히 살펴보았다. 탄알이 하나 부족했다. 그는 바지 주머니에 총을 넣었다.

"아, 맙소사! 내가 지금 뭘 하는 거지?" 그가 갑자기 소리쳤다. 그리고 두 손을 모아 기도하기 시작했다. "주여, 도와주소서. 구원해주소서. 저는 죄악에 빠지는 것을 원치 않지만 제 힘으로는 어쩔 수가 없습니다. 주여, 도와주소서." 그는 기도를 마친 뒤 성상 앞에서 성호를 그었다.

'그래, 내 힘으로 이겨낼 수 있어. 나가서 산책하면서 생각해봐야겠다.'

예브게니는 현관으로 가서 외투를 걸치고 덧신을 신은 다음 밖으로 나갔다. 자신도 모르게 발길이 정원을 지나 마을 쪽 길로 들어섰다. 마을에서는 탈곡기가 낮게 윙윙거리며 돌아갔고 소를 모는 아이들의 외침 소리도 들렸다. 예브게니는 곡식 창고로 들어갔다. 그곳에 스테파니다가 있었다. 예브게니는 한눈에 그녀를 알아보았다. 그녀는 이삭을 그러모으다가 예브게니를 보고는 눈웃음을 짓더니 명랑한 표정으로 활달하게 뛰어다니며 흩어진 이삭을 빠르고 능숙하게 주워 담았다. 예브게니는 그러지 않으려 해도 자꾸만 그녀에게 눈길이 갔다. 그녀가 시야에서 사라지고 나서야 퍼뜩 제정신이 들었다.

그때 관리인이 오더니 타작이 거의 끝나가고 있다고 보고하고는 지금 타작하는 이삭이 오래 방치된 거라서 시간도 오래 걸리고 수확량도 적다고 말했다. 예브게니는 이따금 이삭 묶음이 고르게 통과하지 못할 때면 삐거덕 소리를 내는 탈곡기 원통에 다가가서 관리인에게 이런 이삭 묶음이 많은지 물었다.

"다섯 수레 정도 될 겁니다."

"그렇다면 여기 이건⋯⋯." 하지만 예브게니는 말을 끝마치지 못했다. 탈곡기 원통으로 다가와 그 아래 흩어져 있는 이삭을 긁어모으며 눈웃음을 보내는 스테파니다를 본 순간 온몸이 불에 덴 듯 놀랐기 때문이다.

그녀의 시선은 두 사람이 나누었던 사랑, 아무 근심 없이 즐겁기만 했던 사랑을 말하고 있었다. 또한 그가 자신을 원하고 있다는 것도, 그가 그녀 집 헛간까지 왔다는 것도 다 알고 있노라고 말하고 있었다. 그리고 상황이 어떻든 결과가 어떻게 되든 상관없이 자신은 그와 함께 행복하게 살 준비가 언제나 되어 있다고 말하고 있었다. 예브게니는 그녀에게 휘둘리는 기분이 들었지만 굴복하고 싶진 않았다.

그는 자신의 기도를 떠올리며 되뇌어보려 했다. 중얼거리며 기도해보았지만 아무 소용 없다는 걸 이내 깨달았다.

예브게니의 머릿속엔 오직 한 가지 생각뿐이었다. 어떻게 하면 다른 사람들에게 들키지 않고 그녀와 만날 약속을 정할 수 있을까?

"오늘 일을 끝내면 새 볏단을 시작하거나 아니면 내일 다시 시작하라고 지시하실 건가요?" 관리인이 물었다.

"그래, 그래야지."

예브게니는 대답을 하면서도 자신도 모르게 눈으로는 다른 아낙들과 함께 곡식 더미 곁에서 이삭을 줍고 있는 스테파니다를 좇았다.

그는 생각했다. '정말 난 나 자신을 이길 수 없는 걸까? 정말 나는 파멸하고 말 것인가? 오, 주여! 아니, 신은 없어. 악마만 있을 뿐이야. 그리고 악마는 바로 저 여자야. 악마가 날 사로잡고 있어! 하지만 난 지고 싶지 않아, 질 수 없어. 악마, 그래, 이 악마야!'

예브게니가 스테파니다 곁으로 다가서더니 주머니에서 권총을 꺼내 그녀의 등에 대고 한 발, 두 발, 세 발을 쏘았다. 그녀는 몇 걸음 달아나지도 못하고 곡식 더미에 쓰러졌다.

"아, 세상에, 이게 무슨 일이야!" 아낙들이 비명을 질렀다.

"아니, 이건 사고가 아니야. 고의로 저 여자를 죽인 거야. 그러니 가서 경찰서장을 데려와." 예브게니가 소리쳤다.

예브게니는 집으로 돌아와 아내에게 아무 말 않고 방으로 들어가서 꼼짝도 하지 않았다.

"나 혼자 있게 해줘요. 곧 다 알게 될 거요." 예브게니는 방문 밖에 있는 아내에게 큰 소리로 말했다.

한 시간 뒤 그는 종을 울렸고, 그 소리를 듣고 달려온 하인에게 명령했다.

"가서 스테파니다가 살아 있는지 보고 오게."

이미 모든 것을 알고 있던 하인은 그녀가 한 시간 전에 죽었다고 말했다.

"그래, 잘됐군. 이제 그만 가보게. 그리고 경찰서장이나 예심판사가 오면 알려줘."

다음날 아침 경찰서장과 예심판사가 예브게니를 데리러 왔다. 예브게니는 아내와 딸아이에게 작별 인사를 한 뒤 감옥에 갇혔다.

예브게니 사건이 며칠에 걸쳐 배심재판으로 진행되었다. 법원에서는 예브게니가 일시적 정신착란을 일으켰다고 판단하고 교회에서 참회하도록 판결을 내렸다.

예브게니는 감옥에서 9개월을 보낸 뒤 다음 한 달간은 수도원에 있었다.

그는 감옥에 있는 동안 술을 마시기 시작했고 수도원에서도 그 버릇을 버리지 못했다. 그러다 보니 집에 돌아올 즈음에는 몸이 몹시 쇠약해졌고 어느새 알코올중독자가 되어 있었다.

바르바라 알렉세예브나는 자신은 이런 일이 일어날 거라는 걸 진즉에 예상하고 있었다고 주장했다. 예브게니가 말다툼할 때 보면 다 알 수 있었다고 했다. 하지만 리자와 마리야 파블로브나 모두 왜 이런 일이 일어났는지 도저히 이해하지 못했다. 그러면서도 예브게니가 정신병을 앓는 정신병자였다는 의사의 말은 믿지 않았다. 두 사람은 그 말에 절대 동의할 수 없었는데, 예브게니는 그들이 알고 있는 수많은 사람보다 더 정신이 건강했다는 걸 알기 때문이었다.

사실, 예브게니 이르테네프가 범죄를 저지를 당시 정신병자였다면, 이 세상 모든 사람이 정신병자여야 했다. 진짜 정신병자는 다른 이들에게서 광기의 징후를 보면서 자신에게서는 그것을 보지 못하는 사람들이다.

신부 세르게이

1

1840년대 페테르부르크에서는 모두가 깜짝 놀랄 만한 사건이 일어났다. 궁정 소속 기병중대 중기병 부대의 대장이면서 장차 황제 니콜라이 1세의 시종무관이 되어 화려한 경력을 쌓아갈 인물로 모든 이의 기대를 한몸에 받던 미남 공작이 황후의 총애를 받는 아름다운 여관(女官)과의 결혼을 한 달 앞두고 퇴역하더니 약혼녀와 파혼하고 얼마 안 되는 영지마저 누이에게 넘기고는 수도사가 되겠다며 수도원으로 들어가버렸던 것이다. 그의 내면의 동기를 알지 못하는 사람들이 보기에 이 일은 도저히 이해할 수 없는 기이한 사건이었지만, 스테판 카사츠키 공작에게는 달리 행동하는 것은 상상조차 할 수 없을 만큼 이 모든 일이 너무도 자연스러웠다.

스테판 카사츠키의 아버지는 근위대 퇴역 대령이었으며 아들이 열두 살 때 세상을 떠났다. 어머니는 아들과 떨어져 지내야 하는 것이 몹시 마음 아팠지만, 자신이 죽고 나면 아들을 집에 두지 말고 사관학교에 보내라는 유언을 남기고 떠난 남편의 뜻을 따르기로 했다.

그리고 미망인이 된 자신은 아들과 가까운 곳에서 지내면서 휴일에 아들을 만나기 위해 딸 바르바라와 함께 페테르부르크로 이사했다.

스테판은 재능이 뛰어나고 자존감이 강해 학문, 특히 그가 유독 좋아했던 수학뿐만 아니라 군사훈련과 승마에서도 늘 선두를 차지했다. 평균보다 키가 컸는데도 아름답고 민첩했다. 발끈하는 성격만 아니라면 품행까지 바른 모범적인 생도였다. 술을 마시거나 방탕한 생활에 빠지는 일 없이 늘 올바르고 성실했다. 이처럼 모범적인 그에게 단 한 가지 오점이 있었으니, 때때로 폭발하는 분노였다. 그럴 때면 완전히 자제력을 잃고 야수로 돌변했다. 한번은 자신이 수집한 광물을 보고 놀린다는 이유로 다른 생도를 창문 밖으로 던져버릴 뻔한 일이 있었다. 그런가 하면 약속을 어기고 면전에서 거짓말을 했다는 이유로 취사 담당 장교에게 커틀릿 접시를 통째로 던지고 달려들어 겨우 죽지 않을 만큼 두들겨 팬 일도 있었다. 사관학교 교장이 이 모든 일을 덮고 취사 담당 장교를 해임하지 않았다면 스테판은 사병으로 강등되고 말았을 것이다.

열여덟 살 되던 해에 스테판은 귀족 근위대 장교로 부임했다. 황제 니콜라이 파블로비치는 사관학교 시절부터 스테판을 알고 있었으며 그가 근위대로 간 뒤에도 눈여겨보았다. 그런 이유로 사람들은 그가 시종무관이 될 거라고 예상했다. 카사츠키 자신도 그렇게 되길 간절하게 원했는데, 그건 단순히 공명심 때문이라기보다는 사관생도 시절부터 열렬히, 정말 열렬히 니콜라이 황제를 흠모했기 때문이었다. 니콜라이 황제는 사관학교를 자주 방문했는데, 매부리코 아래 콧수염을 기르고 구레나룻을 다듬고 큰 키에 군복을 입은 황제가 가슴을 쭉 펴고 경쾌한 걸음으로 들어와 우렁찬 목소리로 사관생도들과 인사하는 모습을 볼 때마다 카사츠키는 훗날 사랑하는 사람을 만났을 때 느꼈던 것과 똑같은 황홀감을 느꼈다. 니콜라이 파블로비치 황제를 향한 사랑의 열정은 시간이 갈수록 더 강렬해졌다. 그는 황제에게 자신의 무한한 충성심을 증명할 수만 있다면 그 무엇이라도, 자신의 전부라도 바치고 싶었다. 니콜라이 황제 또한 자신이 그런 열정을 불러일으킨다는 것을 의식했고 의도적으로 그것을 자극하기도 했다. 그는 생도들에게 둘러싸여 함께 어울렸는데, 때로는 그들을 어린아이처럼 순수하게 대했고 때로는 친구처럼 대했으며 어떤 때는 진지하고 근엄하게 대하기도 했다. 장교와 문제가 있었을 때 니콜라이 황제는 카사츠키에게 아무 말도 하지 않았지만, 나중에 가까이 있을 기회가 생기자 과장된 손짓으로 그를 피하더니 얼굴을 찌푸리며 손가락을 흔들었다. 그리고 자리를 떠나면서 말했다.

"내가 모든 걸 알고 있다는 사실을 명심하게. 알고 싶지 않은 일들도 있지. 하지만 그 일들도 여기에 남아 있네."

황제는 자신의 심장을 가리켰다.

졸업하는 생도들을 맞는 자리에서 황제는 카사츠키 일을 더는 언급하지 않았다. 다만, 늘 그랬듯, 생도들에게 필요할 때면 언제든 자신을 찾아와도 좋다고 말하고는 자신과 조국을 위해 마음을 다해 충성해달라고 당부하면서 자신은 언제나 그들에게 가장 가까운 친구로 남겠다고 약속했다. 언제나처럼 모든 생도가 감동했다. 카사츠키는 지난 일을 떠올리며 눈물을 흘렸고 사랑하는 황제를 위해 온 힘을 다해 충성하겠다고 맹세했다.

카사츠키가 졸업 후 부대로 들어가자 그의 어머니는 딸과 함께 처음에는 모스크바로, 다음에는 시골로 이사했다. 카사츠키는 재산의 절반을 누이에게 주었다. 그가 복무하는 호화로운 부대에서 생활을 유지하는 데는 남은 재산으로 그럭저럭 넉넉했다.

겉으로 보면 카사츠키는 근위대에서 경력을 쌓아가는 평범한 젊은 장교였지만, 그의 내면에서는 복잡하고 치열한 과정이 이어지고 있었다. 어린 시절부터 그는 여러 다양한 분야에서 노력하는 듯 보였지만, 본질적으로 이 모든 노력은 오직 하나를 위한 것이었다. 어떤 일을 하든 그가 목표로 하는 한 가지는 완벽한 성공을 거두어서 사람들을 놀래고 그들의 칭찬을 받는 것이었다. 훈련이든 공부든, 일단 시작하면 사람들이 그를 칭찬하고 다른 이들의 귀감으로 삼을 때까지 매달렸다. 하나를 이루고 나면 또 다른 일을 시작했다. 그런 식으로 학업에서 최고 자리를 차지했다. 사관학교 시절 자신이 프랑스어 회화에 서툴다는 사실을 깨닫고는 모국어처럼 능숙해질 때까지 연습했는가 하면, 그다음에는 체스에 몰두해 사관학교를 졸업하기 전에 뛰어난 실력을 갖췄다.

황제와 조국에 충성하는 것을 인생의 가장 중요한 소명으로 삼으면서도 그는 언제나 자신을 위한 목표를 세웠으며, 목표가 아무리 하찮다 해도 그것을 이루기 위해 모든 노력을 다 쏟았다. 한 가지 목표를 이루고 나면 즉시 다음 목표가 의식 속에 떠오르며 이전 목표를 대신했다. 그의 삶은 이처럼 돋보이고자 하는 노력, 돋보이기 위해 주어진 목표를 이루려는 노력으로 가득 찼다. 장교로 임관된 뒤에도, 예전처럼 욱하는 성격을 다스리지 못해 성공에 지장을 줄 적절치 못한 행동을 하기도 했지만, 업무를 최대한 완벽하게 익히겠다는 목표를 세우고 불과 얼마 지나지 않아 모범적인 장교가 되었다. 한번은 사교계에 나가 사람들과 대화를 나누다가 자신에게 교양이 부족함을 느끼고는 이를 채우기 위해 열심히 책을 읽었고 결국 원하는 바를 이루었다. 그러고 나서는 최고 상류사회에서 빛나는 존재가 되겠다는 목표를 세우고 멋지게 춤추는 법을 배웠고 얼마 안 가 상류층 무도회와 몇몇 파티에 초대받는 수준에 이르렀다. 하지만 그는 이 정도에 만족하지 않았다. 카사츠키는 최고가 되는 데 익숙한 사람이었고, 상류사회에서 그의 위치는 최고와 거리가 멀었다.

당시 상류사회는 네 부류의 사람들로 이루어졌는데, 내 생각에는 언제 어디서든 늘 그랬던 것 같다. 첫째, 부유한 귀족들, 둘째, 부자는 아니지만 귀족 가문에서 태어나고 자란 사람들, 셋째, 귀족들에게 아첨하는 부자들, 넷째, 부자도 아니고 귀족도 아니면서 첫 번째와 두 번째 부류에게 아부하는 사람들이었다. 카사츠키는 앞의 두 부류에는 속할 수 없었다. 하지만 뒤의 두 부류 사람들은 그를 기꺼이 받아주었다. 사교계에 나가면서 그는 상류사회 여자와 사귀겠다는 목표를 세웠는데, 이 목표는 그 자신도 놀랄 만큼 빨리 이루어졌다. 하지만 자신이 어울리는 사람들은 신분이 낮은 계층이며 더 높은 신분층이 있다는 걸 이내 깨달았다. 그리고 최상류층 사람들이 그를 받아주긴 해도 일원으로 인정하지는 않는다는 것도 깨달았다. 최상류층 사람들은 그를 예의 바르게 대하면서도 어떤 상황에서든 자신들과 구분했다. 카사츠키는 최상류층의 일원이 되고 싶었다. 그러려면 시종무관이 되거나—그는 그렇게 되고 싶었다—아니면 그 계층의 여성과 결혼해야 했다. 그는 그렇게 하기로 마음먹었다. 그리고 아름다운 귀족 아가씨를 골랐다. 그녀는 그가 들어가고 싶어 하는 계층에 속했을 뿐만 아니라, 상류사회에서 확고한 자리를 차지한 사람들이 어떻게든 가까워지고 싶어 하는 그런 아가씨였다. 그녀는 바로 백작 영애인 코로트코바 양이었다. 카사츠키가 꼭 사회적 성공을 위해서만 코로트코바에게 구애한 것은 아니었다. 그녀는 무척이나 매력적인 여성이었고, 카사츠키는 이내 그녀를 사랑하게 되었다. 그녀는 처음엔 꽤나 냉정하게 굴더니 어느 순간 태도를 바꿔 상냥해졌고, 그녀의 어머니는 더 적극적으로 나서면서 그를 몇 번씩이나 집에 초대했다.

카사츠키는 그녀에게 청혼해 허락을 받았다. 그는 행운이 그처럼 쉽게 찾아온 것이 놀라우면서도 한편으로는 자신을 대하는 모녀의 태도가 굉장히 이상하다는 걸 느꼈다. 하지만 이미 사랑에 빠져 눈이 멀었으므로 그 도시의 사람들 거의 전부가 알고 있던 사실, 그러니까 그의 약혼녀가 지난해까지 니콜라이 파블로비치의 정부였다는 사실을 알아채지 못했다.

2

결혼식 날짜가 2주 정도 남았을 즈음 카사츠키는 차르스코예 셀로에 있는 약혼녀의 별장에 있었다. 5월의 어느 무더운 날이었다. 그는 약혼녀와 정원을 거닐다가 보리수나무 그늘이 드리워진 오솔길의 벤치에 앉았다. 하얀 모슬린 드레스를 입은 메리는 그날따라 유난히 아름다웠다. 그 모습은 순수와 사랑의 화신 같았다. 그녀는 고개를 숙인 채 앉아 있다가 눈을 들어 키가 크고 잘생긴 약혼자를 바라보았다. 카사츠키는 자신의 몸짓 하나, 말 한마디가 혹여 약혼녀의 천사 같은 순결함을 모욕하거나 더럽히지 않을까 걱정하면서 아주 다정하고 조심스럽게 그녀와 얘기를 나누었다. 카사츠키는 요즘은 찾아볼 수 없는 1840년대 남자들의 성향을 그대로 지녔는데, 그들은 스스로에게는 불결한 관계를 당연히 허용하고 아무런 양심의 가책도 받지 않으면서 아내에게는 이상적이고 천사 같은 순결을 요구하는 사람들이었다. 그리고 자신이 속한 사회의 여자들 모두가 그처럼 순결하다고 여기면서 그들을 대했다. 남자들이 스스로에게 방탕함을 허용하는 이런 시각에는 분명 부당하고 해로운 요소가 많이 있지만, 모든 여자를 짝을 찾는 암컷으로 보는 요즘 젊은이들의 시각과는 분명히 구분되는 이런 시각이 여자들과 관련지어 보면 유용한 면이 있다고 나는 생각한다. 여자들이 그런 식의 신격화를 인식하고 나면 여신과 비슷한 존재가 되려고 애쓰기 때문이다. 카사츠키도 그런 시각으로 여성을 대하는 사람이었고 자신의 약혼녀도 그렇게 바라보았다. 그는 그날따라 약혼녀에게 더 깊은 사랑을 느꼈지만 그 감정에 육체적 욕망은 조금도 없었다. 오히려 감히 다가갈 수 없는 대상을 보듯 찬미의 눈길로 그녀를 바라보았다.

카사츠키는 커다란 몸을 쭉 펴고 일어나더니 두 손을 군도에 대고 그녀 앞에 섰다.

"나는 이제야 한 인간이 느낄 수 있는 최고의 행복이 어떤 건지 알았소. 그대가, 아니 당신이 그 행복을 내게 준 거요!" 그는 수줍게 웃으며 말했다.

그때까지 카사츠키는 약혼녀를 '당신'이라고 부르는 것이 익숙하지 않았는데, 그녀가 도덕적으로 자신보다 더 고결하다고 생각했으므로 그 천사를 '당신'이라고 부르기가 두려웠던 것이다.

"나는…… 당신 덕분에 나 자신을 알게 되었소. 내가 생각했던 것보다 더 괜찮은 사람이라는 걸 말이오."

"난 오래전부터 그 사실을 알고 있었어요. 그래서 당신을 사랑하게 되었죠."

바로 옆에서 꾀꼬리가 울어댔고 새파란 나뭇잎이 불어오는 산들바람에 이리저리 흔들렸다.

카사츠키는 그녀의 손을 잡고 입을 맞췄다. 그의 두 눈에 눈물이 맺혔다. 자신을 사랑한다는 말이 고마워서 보인 눈물임을 그녀는 알 수 있었다. 그는 말없이 잠시 서성이다 다시 그녀 옆에 앉았다.

"그대는, 아니 당신은, 아, 뭐라고 부르든 마찬가지겠지요. 혹시 알고 있나요? 당신에게 접근할 때 내겐 다른 목적이 있었소. 상류사회에 들어가고 싶었지요. 하지만…… 당신을 알고 나서는 이 모든 것이 당신에 비해 얼마나 하찮은지 깨달았소. 그런 내게 화나지 않소?"

그녀는 아무 대답 없이 그의 손을 가만히 만지기만 했다.

카사츠키는 그 행동이 "아뇨, 화나지 않아요"라는 뜻임을 알았다.

"그런데 조금 전 당신이……." 그는 너무 무례한 말을 하는 것 같아 잠시 망설였다. "나를 사랑하게 되었다고 말했는데, 아니, 난 그 말을 믿지만, 그렇지만, 무엇인가가 당신을 불안하게 하고 괴롭히고 있어요. 그게 무엇이오?"

그녀는 생각했다. '그래, 지금 말하지 않으면 다시는 기회가 없을 거야. 어차피 그도 알게 될 일이야. 이제 그는 날 떠나지 않을 거야. 아, 그가 떠나버린다면 얼마나 끔찍할까!'

그녀는 두 눈에 사랑을 가득 담고 큰 키에 우아하고 힘이 넘치는 그의 모습을 바라보았다. 이제 그녀는 니콜라이 황제보다 그를 더 사랑했고, 황제라는 지위만 아니라면 그를 황제와 절대 바꾸고 싶지 않았다.

"말할게요. 난 당신을 속일 수가 없어요. 다 말할게요. 그게 뭐냐고 물으셨죠? 한때 누군가를 사랑한 적이 있어요."

그녀는 애원하듯 그의 손 위에 자신의 손을 포갰다.

그는 잠자코 듣기만 했다.

"그가 누구인지 알고 싶나요? 그래요, 바로, 황제 폐하예요."

"우리 모두 그분을 사랑하오. 내 생각에는 여학생 시절에……."

"아니, 그 이후였어요. 그에게 반해버렸죠. 하지만 다 지나간 일이에요. 그래도 당신에게 꼭 말해야만……."

"그래, 뭐가 어쨌다는 거요?"

"그러니까, 그냥 단순한 사이가 아니었어요."

그녀는 두 손으로 얼굴을 감쌌다.

"무슨 말이오? 그에게 몸이라도 허락했다는 거요?"

그녀는 아무 말도 하지 않았다.

"황제의 정부였소?"

여전히 그녀는 대답하지 않았다.

그는 자리에서 벌떡 일어났다. 그녀 앞에 선 그는 죽은 사람처럼 얼굴이 하얗게 질렸고 두 뺨이 덜덜 떨렸다. 그 순간, 넵스키 거리에서 만났을 때 다정하게 축하 인사를 건네던 니콜라이 황제의 모습이 떠올랐다.

"아 세상에, 내가 무슨 짓을 한 건가요, 스티바!"

"손대지 마시오! 손대지 말라니까! 아, 이보다 더 큰 고통이 존재할까!"

그는 돌아서서 집으로 갔다. 그곳에서 그녀의 어머니와 마주쳤다.

"무슨 일인가요, 공작님? 내가······." 그녀는 그의 얼굴을 보고는 입을 다물었다. 그의 얼굴로 한꺼번에 피가 쏠렸다.

"당신은 다 알고 있었으면서 나를 이용해 모든 걸 덮으려고 했군요. 당신이 여자만 아니라면······." 그는 이렇게 소리치며 그녀를 향해 커다란 주먹을 치켜들었다가 몸을 돌려 뛰쳐나갔다.

약혼녀의 정부가 평민이었다면 아마 그는 그를 죽여버렸을 것이다. 하지만 상대는 그가 사랑하는 황제였다.

다음날 그는 휴가를 내고 퇴역을 신청한 뒤 아무도 만나고 싶지 않은 마음에 아프다는 핑계를 대고 시골로 갔다.

그는 자신의 영지에서 이런저런 일을 처리하며 여름을 보냈다. 그리고 여름이 끝나자 페테르부르크로 돌아가는 대신 수도원으로 들어가 수도사가 되었다.

어머니는 그에게 극단적인 행동을 해서는 안 된다는 편지를 썼다. 하지만 그는 어머니에게 보내는 답장에서, 신의 부르심은 다른 모든 판단 위에 존재하며 자신은 그것을 느끼고 있다고 썼다. 단 한 사람, 그 못지않게 자존심이 강하고 야심이 큰 누이만이 그를 이해했다.

그녀는 그가 수도사가 된 것이 자신에게 우월감을 과시하고 싶어하는 사람들보다 높은 위치에 서고 싶어서라는 걸 알았다. 그녀는 그를 정확하게 이해했다. 수도사가 됨으로써 그는 군복무 시절 자신과 다른 모든 이가 그처럼 중요하게 생각했던 것들을 이제 얼마나 하찮게 여기는지 보여주었으며, 예전에는 부러워했던 사람들을 내려다볼 수 있는 위치에 올라섰다. 하지만 누이 바르바라의 생각처럼 이런 감정만이 그를 움직인 것은 아니었다. 그의 내면에는 바르바라가 알지 못하는 다른 감정, 즉 진실한 신앙심도 있었다. 이 신앙심이 자존심 그리고 최고가 되고 싶다는 욕망과 서로 얽혀 그를 움직인 것이다. 천사라고 믿었던 약혼녀 메리에 대한 환멸과 모욕감이 너무도 커서 그는 절망에 이르렀다. 이 절망에서 그가 향한 곳은 어디였을까? 어린 시절부터 그의 내면에 고스란히 간직되어 있던 믿음, 바로 신이었다.

3

성모제 날에 카사츠키는 수도원에 들어갔다.

수도원장은 귀족 가문에서 태어난 박학한 작가이자 영적 지도자였으며, 지도자이자 스승을 선출하고 그들에게 무조건 순종하는 발라히야 출신 수도사들의 계보를 이었다. 수도원장은 유명한 영적 지도자 암브로시의 제자였으며, 암브로시는 마카리의 제자였고, 마카리는 레오니드의 제자였고, 레오니드는 파이시 벨리치콥스키의 제자였다. 카사츠키는 이 수도원장을 지도자로 삼고 순종했다.

수도원에서 카사츠키는 다른 사람들에 대한 우월감을 느끼기도 했지만, 어떤 일을 하든 외면적으로나 내면적으로나 최대한 완벽하게 이루는 것의 기쁨을 그곳에서도 경험했다. 군대에서 그가 나무랄 데 없는 장교에 머물지 않고 주어진 일 이상을 하면서 완벽함의 범위를 넓혔듯 수도사로서도 완벽해지려고 노력했다. 일에서뿐만 아니라 생각에서도 늘 근면하고 절제하고 겸손하고 온유하며 순결하고 순종하려고 했다. 특히 마지막 덕목, 즉 순종으로 그의 삶은 한결 편안해졌다. 수도원이 도시 가까이에 있어 사람들의 발길이 잦은 탓에 엄격하게 지켜야 할 규율이 많았고 그래서 불만스럽거나 유혹을 느낄 때도 있었지만, 순종으로 이 모든 어려움을 이겨냈다. '이유를 따지는 것은 나의 임무가 아니야. 성인의 유골 옆에 서 있는 것이든 성가대에서 노래하는 것이든 수도원에 온 사람들의 수를 세는 것이든 내게 맡겨진 일에 순종하는 것이 나의 임무야.' 어떤 식으로든 의심이 생길 때마다 스승에게 순종하는 마음으로 해결했다. 순종하는 마음이 없었더라면 끝도 없이 지루하게 이어지는 예배와 부산스러운 방문객들, 다른 수도사들의 악한 본성이 고역스러웠을 테지만, 이제 그는 이 모든 것을 기쁘게 감당할 뿐만 아니라 그 속에서 위안과 살아갈 힘을 얻었다. '똑같은 기도문을 하루에도 몇 번씩 들어야 하는 이유는 모르지만, 그래야만 한다는 것은 알고 있다. 그래야만 한다는 것을 알기에 나는 기도문을 들으며 기쁨을 얻는다.' 스승은 육신의 생명을 유지하는 데 물질의 음식이 필요하듯 영혼의 생명을 유지하기 위해서는 정신의 음식, 그러니까 기도문이 필요하다고 말했다. 그는 이 말을 진심으로 믿었고, 때때로 새벽 예배를 드리기 위해 아침 일찍 일어나는 것이 힘들기도 했지만 그 의식을 치르면서 확실한 평온과 기쁨을 느꼈다. 이 기쁨으로 겸손한 마음을 가질 수 있었고 스승이 정해놓은 모든 행동을 더 분명하게 인식했다. 그의 관심사는 자신의 의지를 더 강하게 누르고 더 겸손해지는 것에 그치지 않았으며, 처음에는 다가가기 쉬워 보였던 그리스도의 모든 덕목을 실천하는 것에도 있었다. 카사츠키는 재산 전부를 수도원에 바치고도 전혀 아쉬워하지 않았으며 나태해지지도 않았다. 자신보다 낮은 사람들 앞에서 아무렇지 않게 스스로를 낮췄을 뿐 아니라 그러면서 오히려 기쁨을 느꼈다. 탐욕과 음란 같은 육욕의 죄도 어렵지 않게 이겨냈다. 스승은 특히 육욕의 죄를 경고했지만, 카사츠키는 그 죄에서 벗어났다고 생각하며 기뻐했다.

그를 괴롭히는 단 한 가지는 약혼녀에 대한 기억이었다. 그냥 기억만 나는 것이 아니라 그 뒤에 일어날 수도 있었을 일이 생생하게 머릿속에 그려졌다. 그가 알던, 한때 황제의 정부였던 여자가 다른 남자와 결혼해서 아름다운 아내가 되고 한 가정의 어머니가 되는 모습이 자신도 모르는 사이에 머릿속에 떠올랐다. 남편은 중요한 직책에 오르고 권력과 명예, 참회하는 선한 아내를 차지한다.

기분이 좋을 때는 이런 생각이 들어도 그리 괴롭지 않았다. 그럴 때 이런 생각이 떠오르면 유혹에서 벗어났다는 사실이 기쁠 뿐이었다. 하지만 눈앞의 삶이 갑자기 어두워 보일 때면, 그동안 삶을 지탱했던 믿음과 확신이 흔들리면서 과거의 기억에 사로잡혔고, 말하기 끔찍하지만 자신이 선택한 삶에 대한 후회가 밀려들었다.

이럴 때 그를 구원해준 것은 오직 순종이었다. 일을 하며 하루를 기도로 채우는 것뿐이었다. 평소처럼 기도하고 절하고, 심지어는 평소보다 더 열심히 기도하기도 했지만, 그저 몸으로만 하는 기도일 뿐 거기에 영혼은 없었다. 이렇게 하루가 지나면, 어떤 때는 이틀이 지나면 절로 괜찮아졌다. 하지만 그 하루나 이틀 동안이 정말 끔찍했다. 카사츠키는 그가 자신이나 신의 영역에서 벗어나 전혀 낯선 힘에 이끌리는 듯한 느낌이 들었다. 이럴 때 그가 할 수 있는 일은 스승의 가르침대로 스스로를 절제하면서 아무것도 하지 않고 기다리는 것뿐이었다. 이 기간 내내 카사츠키는 대체로 자신의 의지가 아닌 스승의 의지대로 살았고, 이렇게 순종하면서 특별한 평안을 얻었다.

그렇게 카사츠키는 처음 들어간 수도원에서 7년을 보냈다. 3년째가 끝나갈 무렵 그는 삭발례를 치르고 세르게이라는 세례명을 받았다. 삭발례는 세르게이의 내면에 중요한 영향을 미쳤다. 그는 이전에도 성찬식이 거행될 때면 커다란 위안과 영혼의 고양을 경험했다. 그리고 이제 직접 미사를 집전하고 봉헌 기도를 올리게 되자 더 큰 환희와 감동을 느꼈다. 하지만 시간이 지나면서 이런 감정도 점점 무뎌졌으며, 한번은 침울한 기분으로 미사를 집전하는데 이런 감동이 결국은 사라져버릴 거라는 느낌이 들었다. 실제로 이 감정은 점차 희미해지더니 나중에는 그저 습관으로만 남았다.

수도원 생활이 7년째에 접어들자 세르게이는 무료해졌다. 배워야 할 것을 다 배웠고 이뤄야 할 것도 다 이루어서 더는 할 것이 없었다.

그러면서 그의 영혼은 외부의 자극에 점점 더 무감각해졌다. 이 시기에 어머니의 죽음과 누이 메리의 결혼 소식을 들었지만, 이 두 소식 모두 그는 덤덤하게 받아들였다. 그리고 내면의 삶에 모든 관심과 흥미를 집중했다.

신부가 된 지 4년째 되던 해, 세르게이는 주교의 특별한 총애를 받았다. 그런 세르게이에게 스승은 더 높은 직책이 주어지더라도 거절해서는 안 된다고 말했다. 이전까지 다른 수도사들에게서 발견할 때마다 그토록 혐오스러웠던 야심이 이제 그의 마음속에서도 모습을 드러냈다. 세르게이는 대도시 근처 수도원에 임명받았다. 세르게이는 거절하고 싶었지만 스승은 그 결정을 받아들이라고 명했다. 그는 임무를 받아들였고 스승과 헤어져 다른 수도원으로 떠났다.

대도시 근교 수도원으로 옮긴 것은 세르게이의 인생에서 중요한 사건이 되었다. 그곳에서 그는 온갖 유혹을 만났고 온 힘을 다해 이를 물리쳐야 했다.

예전 수도원에서는 여자가 세르게이에게 별다른 유혹이 되지 않았는데, 새 수도원에서는 무시무시한 유혹으로 다가왔고 급기야는 명확한 형태를 띠기까지 했다. 행실이 안 좋기로 소문난 어떤 부인이 세르게이를 유혹하기 시작한 것이다. 그녀는 세르게이에게 말을 걸기도 하고 집으로 초대도 했다. 세르게이는 단호하게 거절했지만, 자신의 욕망이 눈에 보이는 것 같아 너무도 두려웠다. 그는 두려움을 이기지 못하고 스승에게 편지를 썼고, 또 한편으로는 스스로를 다잡기 위해 부끄러움을 무릅쓰고 젊은 도제 수도사에게 자신의 약점을 털어놓으면서 자신을 감시해주고 미사와 수도원 업무 말고는 어디에도 가지 못하게 해달라고 부탁했다.

이외에도 새 수도원의 수도원장에게 지독하리만큼 반감이 생기는 것도 세르게이에게는 또 다른 시련이었다. 수도원장은 세속적이고 교활하며 성직자로서 꽤 성공을 거둔 사람이었다. 세르게이는 아무리 애를 써봐도 그에 대한 반감을 다스릴 수가 없었다. 겉으로는 순종하면서도 마음 깊은 곳에서는 끊임없이 그를 비난했다. 수도원장에 대한 이 불만은 결국 폭발하고 말았다.

세르게이가 새 수도원에서 지낸 지 어느새 2년이 되었을 무렵, 이런 사건이 벌어졌다. 성모제 날 대성당에서 저녁 예배가 거행되었다. 여러 지방에서 많은 사람이 찾아왔다. 예배는 수도원장이 집전했다. 세르게이 신부는 늘 서던 자리에서 기도를 하고 있었는데, 예배 시간, 특히 대성당에서 수도원장이 집전하는 예배 시간이면 늘 벌어지곤 하는 자신과의 싸움이 그날도 어김없이 시작되었다. 그 싸움은 세르게이를 자극하는 방문객들, 특히 부인들 때문이었다. 그는 그들이 누구든, 어떤 일이 벌어지든 보지 않고 신경 쓰지 않으려고 애썼다. 병사 하나가 여자들을 안내한다며 사람들을 밀치는 모습이나 부인들이 수도사들, 특히 잘생긴 수도사로 유명한 세르게이를 서로에게 가리키는 모습을 그는 애써 외면했다. 그리고 마치 마음에 눈가리개를 두른 듯 제막 위의 촛불, 성상화, 미사를 보는 사람들 말고는 아무것도 보지 않으려 했다. 찬송가와 기도 소리 말고는 아무것도 듣지 않으려 했으며, 수없이 들었던 기도문을 듣다가 다음 구절을 암송할 때면 늘 느끼던 감정, 그러니까 의무를 완수했음을 자각할 때 느끼는 몰아의 감정 말고는 어떤 감정도 느끼지 않으려 했다.

그렇게 세르게이는 제자리에 서서 필요할 때마다 절을 하고 성호를 그었으며, 어느새 마음이 냉담해져 누군가를 비난하고 싶어질라치면 생각과 감정을 의식적으로 마비시키기도 하면서 자신과 싸웠

198

다. 그때 성구를 관리하는 니코딤 신부가 다가오더니 허리를 깊숙이 굽혀 절을 하고는 수도원장이 그를 제단으로 부른다고 전했다. 니코딤 신부 역시 세르게이에게는 커다란 시험이었는데, 수도원장에게 거짓과 아부를 일삼는 그를 볼 때면 어쩔 수 없이 역겨움이 일었다. 세르게이 신부는 망토의 매무새를 고치고 두건을 쓴 뒤 조심스럽게 사람들을 헤치며 걸어갔다.

"리자, 오른쪽 좀 봐요. 그 사람이에요." 여자의 목소리가 들렸다.

"어디요? 어디요? 별로 잘생기지는 않았는데요."

세르게이는 여자들이 자기 얘기를 하고 있다는 걸 알았다. 그 소리를 듣자 세르게이는 시험이 닥치는 순간마다 그랬듯 이 기도문을 몇 번이고 되풀이했다. "우리를 시험에 들지 말게 하옵소서." 그는 고개를 숙이고 눈을 내리깐 채 설교단을 지났고, 때마침 사제복을 입고 제막 앞을 지나가던 수사신부들을 피해 북쪽 문으로 들어갔다. 성단소로 들어가서는 늘 하던 대로 성상 앞에 서서 성호를 그으며 몸을 깊숙이 숙여 절을 한 다음 고개를 들어 수도원장을 바라보았다. 그리고 번쩍이는 옷을 입고 수도원장 옆에 서 있는 사람을 고개는 돌리지 않은 채 곁눈질로 쳐다보았다.

수도원장은 제의를 입고 벽 옆에 서 있었는데, 뚱뚱한 몸과 불룩 나온 배에 걸친 제의 밖으로 짤막하고 통통한 손을 꺼내 옷에 달린 끈을 문지르며 장군 제복을 입은 군인과 미소 띤 얼굴로 무슨 얘기인가를 나누고 있었다. 한때 군대에 있었던 세르게이 신부는 그 훈장과 어깨 장식을 한눈에 알아보았다. 그 장군은 예전에 세르게이가 복무했던 연대의 장군이었다. 그는 한눈에 보기에도 이제 요직을 차지한 것 같았는데, 수도원장이 이 사실을 의식하고 그 불그레하고 이마가 벗겨지고 살찐 얼굴을 빛내며 기뻐하고 있다는 걸 세르게이는 대번에 알아챘다. 그 사실에 세르게이는 참기 힘든 모욕감을 느꼈고, 수도원장이 자신을 부른 이유가 다름 아닌, 그의 표현을 빌리면 예전 동료를 보고 싶어 하는 장군의 호기심을 채워주기 위해서라는 얘기를 듣자 분노는 더 커졌다.

"천사 같은 자네 모습을 보니 정말 기쁘군." 장군이 손을 내밀며 말했다. "옛 동료를 잊진 않았겠지."

장군이 하는 말에 맞장구라도 치듯 불그레한 얼굴 가득 미소를 짓는 백발이 성성한 수도원장, 입에서는 포도주 냄새를 풍기고 구레나룻에서는 담배 냄새를 풍기며 어려움이라고는 모르는 얼굴로 만족스러운 웃음을 짓는 장군, 이 모든 것을 보며 세르게이 신부는 화가 치밀었다. 그는 수도원장에게 다시 한번 절을 하고 말했다.

"수도원장님, 절 부르셨습니까?" 세르게이는 이렇게만 말했지만, 표정과 몸짓 전체로 그 이유를 묻고 있었다.

"그래. 장군님을 만나보라고 불렀네." 수도원장이 대답했다.

"수도원장님, 저는 세상의 유혹으로부터 구원받기 위해 속세를 떠났습니다." 세르게이의 얼굴에서 핏기가 가시고 입술이 떨렸다. "그런데 어째서 저를 다시 세상에 내놓으시는 겁니까? 그것도 주님의 성전에서 기도를 하고 있는 때에 말입니다."

"알았네, 가보게! 어서 가보게!" 수도원장이 벌겋게 달아오른 얼굴을 찌푸리며 말했다.

다음날 세르게이는 수도원장과 동료 수도사들에게 자신의 교만함에 대해 용서를 구했지만, 바로 그날 밤새 기도를 하고 나서는 수도원을 떠나겠다고 결심했다. 그는 스승에게 편지를 써서 스승이 있는 수도원으로 돌아갈 수 있게 허락해달라고 간청했다. 자신은 나약하고 무능해서 스승의 도움 없이 혼자서는 유혹에 맞서 싸울 수가 없다고 했다. 그리고 교만했던 죄를 고백했다. 얼마 뒤에 보낸 답장에서 스승은 모든 일이 세르게이의 교만에서 비롯된 거라고 썼다. 그가 분노를 참지 못하는 것은 영혼의 고귀함을 거부하며 주님을 위해서가 아닌 자신의 교만함을 위해 스스로를 낮추기 때문이라고 설명했다. 즉 '나는 아무것도 원하지 않으므로 훌륭한 사람이야'라고 생각한다는 것이다. 그래서 수도원장의 행동을 참지 못하는 것이라고 했다. "저는 주님을 위해 모든 걸 버렸는데, 절 짐승처럼 사람들 앞에 내보였습니다"라는 세르게이의 말에 스승은 이렇게 대답했다. "자네가 주님을 위해 명예를 버렸다면 아마도 견딜 수 있었을 거야. 하지만 자네의 마음속에서 세속적 교만이 아직 사라지지 않았어. 내 영혼의 아들 세르게이, 난 자네를 생각하며 기도했네. 그러자 주님께서 자네에 대해 계시를 주셨지. '예전처럼 살라. 그리고 순종하라.' 얼마 전 수도원 암자에서 수도 생활을 하던 은자 일라리온이 세상을 떠났다는 소식을 들었네. 그는 그 암자에서 18년을 살았지. 탐비노의 수도원장이 그곳에서 지낼 사람이 없는지 물어왔다네. 바로 그때 자네 편지를 받았지. 내가 탐비노 수도원의 파이시 신부에게 편지를 보내 놓을 테니 그를 찾아가서 일라리온의 방을 쓰게 해달라고 부탁해보게. 자네가 일라리온을 대신할 수 있어서가 아니라 교만을 없애기 위해서는 고독이 필요하기 때문이네. 주님의 은총이 함께하길 비네."

세르게이는 스승의 말에 따르기로 하고 그 편지를 수도원장에게 보여주며 수도원을 떠나도 좋다는 허락을 구했다. 그리고 자신의 방과 소지품 전부를 수도원에 두고 탐비노 수도원으로 떠났다.

상인 출신으로 수도원을 훌륭하게 관리해온 탐비노 수도원장은 소박하고 조용하게 세르게이를 맞아들이며 일라리온의 방을 내주었다. 그리고 세르게이 일을 도와줄 평수도사를 같이 있게 했지만 나중에는 세르게이의 청을 받아들여 그를 혼자 지내게 했다. 암자는 산속에 파놓은 동굴이었다. 그 안에 일라리온이 묻혀 있었다. 동굴 깊숙이에 일라리온의 무덤이 있었고, 출입문 가까이에는 짚을 깔아 잠을 잘 수 있게 만든 좁은 공간과 작은 책상, 성상과 책이 놓인 선반이 있었다. 굳게 잠긴 바깥문에도 선반이 매달려 있어서, 하루에 한 번 수사가 수도원에서 가져온 음식을 이곳에 놓아두었다.

이렇게 해서 세르게이는 은자가 되었다.

4

세르게이가 은둔 생활을 시작한 지 6년째 되던 해 사육제 기간에 이웃 도시의 부유하고 시끌벅적한 남녀 무리가 팬케이크와 포도주를 먹고 나서 삼두마차를 타려고 몰려들었다. 이 일행에는 변호사 두 명과 부유한 지주 한 명, 장교 한 명 그리고 여자 네 명이 있었다. 여자 넷 중 한 사람은 장교의 아내였고 다른 한 명은 지주의 아내, 또 한 명은 아직 결혼하지 않은 지주의 여동생이었다. 그리고 나머지 한 명은 아름답고 부유하지만 엉뚱한 행동으로 도시 사람들을 놀래고 혼란스럽게 하는 괴짜 이혼녀였다.

날씨는 화창했고 길은 마룻바닥처럼 매끄러웠다. 그들은 도시 외곽을 10베르스타 정도 달리다가 멈춰 서서 돌아갈지 더 갈지 의논했다.

"이 길로 계속 가면 뭐가 나오죠?" 아름다운 이혼녀 마코프키나가 물었다.

"여기서 12베르스타를 가면 탐비노가 있습니다." 마코프키나에게 아부하는 변호사가 대답했다.

"그다음에는요?"

"그다음에는 L이 나옵니다. 중간에 수도원을 지나죠."

"세르게이 신부가 사는 곳 말인가요?"

"네, 맞습니다."

"카사츠키라고 했나요? 그 잘생긴 은자 말이에요."

"네, 그렇습니다."

"자, 신사 숙녀 여러분! 우리 카사츠키를 만나러 갑시다. 탐비노에서 쉬면서 뭘 좀 먹고요."

"그럼 오늘 안에 집에 못 갈 수도 있는데요."

"상관없어요. 카사츠키 집에서 묵으면 되죠."

"그보다는, 수도원에 숙소가 있습니다. 아주 좋죠. 예전에 마힌을 변호할 때 그곳에서 묵은 적이 있어요."

"아뇨, 난 카사츠키 집에서 묵을 거예요."

"글쎄요, 부인이 아무리 대단하신 분이라도 그건 안 될 겁니다."

"안 된다고요? 내기할까요?"

"좋습니다. 부인이 그 집에서 묵게 된다면, 뭐든 원하시는 대로 하겠습니다."

"그 말 꼭 지키세요."

"부인도요!"

"자, 좋아요. 출발하죠."

일행은 마부들에게 술을 건넸다. 그리고 자신들이 먹을 파이와 술과 사탕이 든 상자도 꺼냈다. 부인들은 하얀 개가죽 모피를 몸에 둘렀다. 마부들이 어느 마차가 앞에서 갈지를 두고 잠깐 말다툼을 하고 나서 젊은 마부 하나가 거침없이 몸을 돌려 앉더니 긴 채찍을 휘두르며 고함을 쳤다. 그러자 방울 소리가 울려 퍼지고 썰매가 끼익 소리를 내며 앞으로 나갔다.

썰매는 별로 흔들림 없이 앞으로 나갔다. 마부가 거침없이 고삐를 흔들자 엉덩이 띠 아래 꼬리를 단단히 잡아맨 말이 부드럽고도 경쾌하게 달려나갔고 평평하고 매끄럽게 뻗은 길이 획획 뒤로 밀려났다. 변호사와 장교는 서로 마주 보고 앉아 마코프키나 옆에 앉은 여자와 실없는 농담을 주고받았고, 마코프키나는 모피 외투를 단단히 여며 입고 꼼짝도 않고 앉아 생각에 잠겨 있었다. '다 똑같아, 모두 다 추할 뿐이야. 술과 담배 냄새를 풍기는 기름기 낀 벌건 얼굴들, 똑같은 얘기, 똑같은 생각. 어디를 봐도 온통 역겨운 것뿐이야. 그런데도 모두들 아무 불만도 없이 당연히 그렇게 사는 거라 믿고 있지. 죽을 때까지 그렇게 살 테지. 난 그럴 수 없어. 지긋지긋해. 이 모든 걸 뒤집고 바꿀 뭔가가 필요해. 사라토프 사람이었던가, 그들처럼 달리다가 얼어 죽는다면 어떨까? 그렇게 되면 우리는 어떻게 할까? 어떻게 행동할까? 보나 마나 비겁해지겠지. 다들 자기만 살려고 할 거야. 그래, 나도 비겁해질 거야. 하지만 적어도 난 아름답잖아. 저들도 다 알고 있어. 그런데 그 수도사는 어떨까? 정말 아무 관심 없을까? 그럴 리가 없지. 남자들이 관심 갖는 건 오직 그거 하나잖아. 지난가을에 만났던 그 생도처럼 말이야. 어쩌면 그렇게 멍청한지……'

"이반 니콜라이치!" 그녀가 불렀다.

"무슨 일입니까?"

"그 사람은 나이가 몇인가요?"

"누구 말입니까?"

"카사츠키 말이에요."

"아마 마흔은 넘었을 겁니다."

"그런데 그 사람은 찾아오는 사람들을 다 받아주나요?"

"다 받아주죠. 하지만 항상 그런 건 아니에요."

"내 발 좀 덮어주세요. 그렇게 말고요. 당신 정말 서툴군요! 아, 조금 더, 조금 더요. 바로 거기예요. 발을 누르지는 말고요."

어느덧 그들은 암자가 있는 숲에 이르렀다.

그녀는 썰매에서 내리더니 일행들에게 그만 가보라고 했다. 사람들이 그녀를 말려보았지만 그녀는 화를 내며 어서 가라고만 했다. 결국 썰매가 떠났고, 그녀는 하얀 개가죽 모피를 입고 오솔길을 걸어갔다. 변호사가 썰매에서 내리더니 한동안 제자리에 서서 그녀를 지켜보았다.

5

세르게이 신부가 은둔 생활을 한 지 6년이 지났다. 어느덧 그의 나이도 마흔아홉이 되었다. 그의 삶은 힘겨웠다. 금식과 기도는 그리 힘들지 않았지만 전혀 예상치 못했던 내면의 갈등은 견디기 힘들었다. 갈등의 원천은 의심과 욕정, 이 두 가지였다. 이 두 적은 언제나 함께 나타났다. 세르게이는 이 두 가지가 서로 다른 적이라고 생각했지만 사실은 하나였다. 의심이 사라지는 순간 욕정도 사라졌다. 하지만 그는 이 두 가지가 서로 다른 악마라고 생각했으므로 각기 다른 방식으로 싸웠다.

그는 생각했다. '아, 주여! 나의 주여! 어째서 주님은 제게 믿음을 주시지 않습니까? 성인 안토니오*와 다른 이들 역시 욕정과 싸우긴 했지만, 그들에게는 믿음이 있었습니다. 그들에겐 믿음이 있었지만, 제게는 믿음이 없는 순간과 시간과 날들이 있습니다. 온 세상이 죄악으로 가득하고 그래서 그런 세상을 멀리해야 한다면, 이 매혹적인 세상은 왜 존재하는 겁니까? 어째서 주님은 이 유혹을 만드셨습니까? 이런 유혹을요! 제가 세상의 쾌락을 버리고 아무것도 없는 곳에서 뭔가를 준비하려 한다면 그것 또한 유혹이 아닌가요?' 이런 생각을 하면서 세르게이는 스스로에게 공포와 혐오를 느꼈다. '이 비열한 인간! 이 추악한 인간! 그런 인간이 성인이 되고 싶어 하다니.' 그는 스

---

* 포르투갈의 로마 가톨릭 교회 성직자(1195~1231)

스로를 꾸짖었다. 그리고 기도를 하기 시작했다. 하지만 기도를 시작하자마자 수도원에서 지내던 자신의 모습이 생생하게 떠올랐다. 두건을 쓰고 망토를 입은 당당한 모습이었다. 그는 고개를 저었다. '안돼, 이건 아니야. 이건 기만이야. 다른 사람을 기만할 수는 있어도 나 자신과 신을 기만할 수는 없어. 나는 대단한 사람이 아니야. 그저 불쌍하고 우스운 인간일 뿐이야.' 그는 사제복 자락을 걷어 올리고 속옷 밑으로 드러난 초라한 다리를 바라보았다. 그리고 미소를 지었다.

그런 다음 세르게이는 옷자락을 다시 내리고 기도문을 읽으며 성호를 긋고 절을 했다. '정말 이 침상이 내 관이 되는 것일까?' 그는 기도문을 읽었다. 바로 그때 악마가 그에게 속삭이는 소리가 들리는 듯했다. '홀로 지내는 침상이 바로 관이지. 다 거짓일 뿐이야.' 예전에 함께 지냈던 과부의 어깨가 그의 상상 속에서 보였다. 그는 고개를 흔들고 기도문을 다시 읽었다. 계명을 다 읽고 나서 복음서를 집어 책장을 펼쳤다. 마침 그가 자주 읽어서 이제 외우는 부분이 나왔다. '주여, 믿습니다. 불신에 빠지지 않게 도우소서.' 그는 모습을 드러낸 모든 의심을 떨어내버렸다. 균형을 잃고 흔들리는 물체를 다시 세워놓는 것처럼, 흔들리는 받침대 위에 자신의 믿음을 다시 올려놓고 그것이 흔들리거나 뒤집히지 않도록 조심스럽게 물러섰다. 눈앞의 의혹이 다시 걷히자 마음이 평온해졌다. 어린 시절 하던 기도를 되뇌어보았다. "주여, 저를 받아주소서, 저를 받아주소서." 그러자 마음이 가벼워졌을 뿐만 아니라 기쁘고 감격스럽기까지 했다. 그는 성호를 그은 다음 베개 대신 여름용 사제복을 머리 아래 밀어 넣고 좁은 의자에 마련한 잠자리에 누웠다. 그리고 설핏 잠이 들었다. 꿈에서 방울 소리를 들은 것 같았다. 그 소리를 실제로 들은 건지 꿈에서 들은 건지 분간이 되지 않았다. 그러다 문을 두드리는 소리에 잠에서 깼다. 그는 정말 소리를 들은 건지 확신하지 못하는 채 몸을 일으켰다. 하지만 다시 문 두드리는 소리가 들렸다. 분명 그건 가까이에서, 그의 방문에서 나는 소리였다. 이어서 여자의 목소리가 들렸다.

'아, 맙소사! 악마는 여자의 모습을 하고 나타난다고 성자전에 나와 있던데, 그게 사실이란 말인가……. 맞아, 여자 목소리야. 부드럽고 수줍고 상냥한 목소리야! 퉤!' 그는 침을 뱉었다. '아니야, 그저 내 상상일 뿐이야.' 그는 이렇게 중얼거리고는 성서대가 있는 구석으로 가서 평소 습관대로 무릎을 꿇고 앉았는데, 이렇게 하면 늘 위안이 되고 마음이 편안해졌다. 고개를 숙이자 머리카락이 얼굴로 흘러내렸다. 그는 서늘한 바닥에 깔린 축축하고 차가운 줄무늬 깔개에 이미 벗겨지기 시작한 이마를 댔다.

세르게이는 늙은 피멘 신부가 유혹에서 벗어나는 데 도움이 되었다고 했던 〈시편〉을 읽었다. 그는 잔뜩 긴장한 강한 두 다리로 가볍고 깡마른 몸을 가뿐하게 일으켰다. 그리고 〈시편〉을 계속 읽으려고 했지만, 밖에서 나는 소리에 자신도 모르게 자꾸만 귀를 기울이게 되는 통에 글자가 눈에 들어오지 않았다. 무슨 소리인지 듣고 싶었다. 하지만 사방이 고요했다. 한구석에 놓은 작은 통으로 지붕에서 물방울이 떨어지는 소리만 들릴 뿐이었다. 문밖에서는 부연 안개가 눈 위로 내려앉았다. 사방이 더할 나위 없이 고요했다. 그때 갑자기 창가에서 바스락거리는 소리가 나더니 여인의 목소리가 똑똑히 들렸다. 아까의 그 부드럽고 수줍은 목소리, 매력적인 여인만이 낼 수 있는 목소리였다.

"제발 들어가게 해주세요, 제발요……."

온몸의 피가 심장으로 몰려들어 그대로 멈춘 것만 같았다. 그는 숨조차 쉴 수 없었다. "주여, 다시 오셔서 악마를 물리쳐주소서……."

"전 악마가 아니에요……." 이 말을 하는 입술이 웃고 있는 것처럼 들렸다. "전 악마가 아니에요. 그저 길을 잃고 헤매는 죄 많은 여인일 뿐이에요. 비유해서 그렇다는 게 아니라 정말 그래요." 그녀는 웃음을 터뜨렸다. "몸이 꽁꽁 얼어서 쉴 곳을 찾고 있는 거예요."

세르게이는 유리창에 얼굴을 갖다 댔다. 작은 등불이 창에 반사되어 창문 전체가 빛을 냈다. 그는 두 손을 얼굴 양옆에 대고 밖을 내다보았다. 안개, 구름, 나무, 그리고 그 오른쪽에 여자가 있었다. 그녀, 기다란 흰색 모피 외투를 입고 모자를 쓴 그녀가 아주 사랑스럽고 선량한 얼굴에 놀란 표정을 담고 불과 몇 센티미터 앞에서 그를 향해 몸을 기울이고 서 있었다. 두 사람의 눈이 마주친 순간 그들은 서로를 알아보았다. 언젠가 만난 적이 있어서가 아니었다. 한 번도 만난 적이 없었지만, 서로 주고받은 시선에서 두 사람은(특히 세르게이는) 서로를 알고 있으며 서로를 이해하고 있다고 느꼈다. 세르게이가 그녀의 두 눈을 바라본 순간, 그녀가 악마일지도 모른다는 의심은 사라졌다. 그처럼 평범하고 선량하고 사랑스럽고 수줍어하는 여인이 악마일 리가 없었다.

세르게이가 물었다. "누구십니까? 어떻게 이곳까지 온 겁니까?"

"제발 문 좀 열어주세요." 그녀가 조금 전보다 더 다급하게 말했다. "얼어 죽을 것 같아요. 길을 잃었다니까요."

"하지만 전 수도사입니다. 그리고 은자입니다."

"아, 제발 문 좀 열어주세요. 당신이 기도하는 동안 제가 이 창문 아래서 얼어 죽기를 바라시나요?"

"그런데 어떻게……."

"잡아먹지 않을게요. 제발 들어가게 해주세요. 온몸이 꽁꽁 얼었다고요."

그녀는 겁에 질려 금방이라도 울음을 터뜨릴 듯한 목소리였다.

그는 창가에서 물러나 가시면류관을 쓰고 있는 예수의 성상을 바라보았다. "주여, 저를 도우소서. 주여, 저를 도우소서." 그는 이렇게 기도하고 몸을 깊숙이 숙이며 성호를 그었다. 그런 다음 좁은 현관 안쪽 문으로 가다가 문을 열었다. 그리고 현관에 서서 바깥문 걸쇠를 잡고 들어 올리려 했다. 그때 문 바깥쪽에서 발소리가 들렸다. 창가에 서 있던 여자가 문 쪽으로 다가왔다. 그녀가 갑자기 소리를 내질렀다. "아!" 문지방 앞에 고인 물웅덩이에 발이 빠진 것 같았다. 그는 손이 떨려 문에 단단히 고정되어 있는 걸쇠를 들어 올릴 수가 없었다.

"아, 뭘 하는 거예요? 어서 문을 열어달라니까요. 몸이 다 젖었어요. 꽁꽁 얼었다고요. 신부님은 영혼의 구원을 생각하느라 절 얼어 죽게 만들 셈이군요."

세르게이가 문을 잡아당기면서 걸쇠를 들어 올렸는데, 미처 반동을 생각하지 못한 탓에 문이 밖으로 벌컥 튕겨나가면서 그녀를 밀쳤다.

"아, 미안합니다!" 당황한 나머지 세르게이 입에서 예전 귀부인들을 대할 때의 말투가 튀어나왔다.

그녀는 "미안합니다!"라는 말을 듣고 미소를 지었다. 이런 생각이

들었다. '흠, 그렇게 무서운 사람은 아니군.'

"아니, 아니에요. 용서를 구할 사람은 저인걸요." 그녀는 이렇게 말하며 세르게이를 지나쳐 갔다. "이러면 절대 안 되는 거 알아요. 하지만 지금은 상황이 특별하니까요."

"들어가시죠." 세르게이는 그녀가 안으로 들어가도록 한쪽으로 비켜서며 말했다. 아주 오래전에 맡아보았던 고급 향수의 진한 향기가 그에게 훅 끼쳐왔다. 그녀는 현관을 지나 방으로 갔다. 그는 바깥문을 닫고 걸쇠는 걸지 않은 채 방으로 들어갔다.

"아, 주여, 예수그리스도여, 하나님의 아들이시여, 이 죄인을 불쌍히 여기소서. 주여, 이 죄인을 불쌍히 여기소서." 세르게이는 기도를 멈추지 않았다. 그저 속으로만 기도하는 게 아니라 자신도 모르게 입술을 움직이며 기도했다.

"자, 들어가세요." 세르게이가 말했다.

그녀는 방 한가운데 서서 웃는 눈으로 세르게이를 바라보았다. 그녀의 몸에서 바닥으로 물이 뚝뚝 떨어졌다.

"신부님의 고독을 방해해서 미안해요. 하지만 보시다시피 제 처지가 이래서요. 사정 얘기를 하자면, 사람들하고 도시에서 썰매를 타고 왔는데, 제가 보로비요프카에서 도시까지 혼자 걸어갈 수 있다고 내기를 한 거예요. 그러다 그만 길을 잃었죠. 이 암자를 발견하지 못했다면……." 그녀는 거짓말을 했다. 그러다 세르게이의 얼굴을 본 순간 더는 아무 말도 못 하고 입을 다물었다. 세르게이의 모습은 그녀가 예상했던 것과 완전히 달랐다. 그는 그녀가 예상했던 것만큼 잘생기지 않았지만, 그런데도 그녀의 눈에는 너무도 매력적으로 보였다.

희끗희끗한 곱슬머리와 수염, 곧게 뻗은 또렷한 콧날, 그녀를 똑바로 바라볼 때면 석탄처럼 이글거리는 눈동자는 그녀에게 강렬한 인상을 남겼다.

세르게이는 그녀가 거짓말을 하고 있다는 걸 알고 있었다.

"아, 그렇군요." 세르게이는 그녀를 보며 이렇게 말하고는 다시 두 눈을 내리깔았다. "저는 저쪽으로 갈 테니 부인은 여기서 묵으십시오."

그리고 세르게이는 등잔을 들어 불을 붙이고 그녀에게 깊숙이 몸을 숙여 인사한 다음 칸막이 뒤쪽에 있는 작은 방으로 갔다. 그가 거기에서 뭔가를 옮기는 소리가 들려왔다. '내가 못 들어가게 뭔가로 막아놓은 거겠지.' 그녀는 이렇게 생각하며 빙긋 웃었다. 그러고는 흰 모피 외투를 벗고 머리카락이 엉겨 붙은 모자도 벗은 다음 모자 아래 매고 있던 스카프를 풀었다. 사실 창문 아래 서 있을 때만 해도 그녀는 전혀 젖지 않았으며 그저 암자로 들어오기 위해 그렇게 둘러댄 것뿐이었다. 하지만 문가에서 물웅덩이에 완전히 빠지는 바람에 왼발이 복숭아뼈까지 젖었고 신발과 덧신에도 물이 가득 찼다. 그녀는 널빤지에 양탄자를 깔아놓은 것이 전부인 세르게이의 침상에 앉아 신을 벗었다. 그녀에게는 그 작은 방이 매력적으로 보였다. 폭 2미터, 길이 3미터 남짓 되는 방은 유리처럼 깨끗했다. 그녀가 앉은 침상, 그 위쪽에 놓인 책이 꽂힌 선반이 방에 있는 가구의 전부였다. 방 한구석에는 성서대가 있었고, 문 옆의 못에는 외투와 사제복이 걸려 있었다. 성서대 위에는 가시 면류관을 쓴 그리스도의 성상과 등잔이 있었다. 방에서 이상한 냄새가 났다. 기름 냄새와 흙 냄새였다. 그녀는 방 안의 모든 것이 마음에 들었다. 심지어 냄새까지 마음에 들었다.

젖은 왼쪽 발이 불편해서 그녀는 서둘러 신을 벗기 시작했다. 그러면서도 얼굴에 미소가 가시지 않았는데, 목적을 이루었다는 사실보다는 그 매력적이고 신비롭고 이상하게 마음을 끄는 남자가 자신 때문에 당황하는 모습을 본 것이 기분 좋았다. '그래, 무슨 반응을 보여준 건 아니지만, 아무렴 어때?' 그녀는 중얼거렸다.

"세르게이 신부님! 세르게이 신부님! 이렇게 부르는 게 맞나요?"

"무슨 일인가요?" 그가 나직한 목소리로 물었다.

"신부님의 고독을 방해해서 정말 미안해요. 그렇지만 정말이지 어쩔 수가 없었어요. 그냥 밖에 있었다면 분명 병에 걸렸을 거예요. 아니, 지금 병에 걸릴지도 몰라요. 온몸이 젖은 데다 발도 얼음처럼 차갑거든요."

세르게이가 여전히 조용한 목소리로 대답했다. "미안합니다. 저는 아무것도 도와드릴 수가 없습니다."

"불편 끼치지 않도록 애써볼게요. 날이 밝을 때까지만 있을게요."

그는 아무 대답도 하지 않았다. 뭔가 중얼거리는 소리가 그녀의 귀에 들렸다. 기도문인 것 같았다.

"이쪽에 오시진 않을 거지요?" 그녀가 미소를 지으며 물었다. "옷을 벗어서 말려야 하거든요."

그는 역시 아무 대답도 하지 않고 벽 저쪽에서 차분한 목소리로 기도문만 계속 읽었다.

그녀는 물이 뚝뚝 떨어지는 신발을 벗으려고 낑낑대며 생각했다. '그래, 정말 대단한 사람이야.' 신을 잡아당겼지만 잘 벗겨지지 않았다. 그녀는 이 상황이 우스꽝스럽다는 생각이 들어 소리 나지 않게 피식 웃었다. 하지만 다음 순간, 그가 웃음소리를 듣는다면 그녀가 원했던 것처럼 마음이 움직일 거라는 생각이 들었고 그래서 더 크게 소리 내어 웃었다. 그 명랑하고 자연스러우며 선량한 웃음소리는 정말 그녀가 바라던 그대로 세르게이의 마음을 움직였다. 그녀는 생각했다. '그래, 저런 남자라면 사랑할 수 있어. 그 두 눈을 좀 봐. 정직하고 고결해 보이며 기도문을 중얼거리고 있을 때도 열정이 그대로 드러나는 얼굴을 봐! 우리 여자들 눈은 못 속이지. 유리창에 얼굴을 대고 날 보았을 때, 그는 모든 것을 이해하고 알았던 거야. 뭔가가 번쩍 빛을 내며 그의 두 눈에 들어왔던 거야. 그는 사랑에 빠졌고 날 원했어. 맞아, 날 원했어.' 그녀는 이렇게 중얼거리며 마침내 덧신과 신을 벗고 이제 양말을 벗기 시작했다. 고무줄이 달린 긴 양말을 벗으려면 치마를 걷어 올려야 했다. 그녀는 부끄러워져서 말했다.

"이쪽으로 오시면 안 돼요."

하지만 벽 뒤에서는 아무 대답도 없었다. 차분하게 중얼거리는 소리가 이어졌고 몸을 움직이는 소리도 났다. 그녀는 생각했다. '땅에 엎드려 기도를 하고 있는 거야. 고개를 들지도 않고 말이야. 그도 나를 생각하고 있어. 내가 그를 생각하는 것처럼 그렇게. 바로 그런 감정으로 그는 이 다리를 생각하고 있는 거야.' 그녀는 젖은 양말을 벗고 맨발로 침상에 앉아 무릎을 끌어당겨 안았다. 그렇게 잠시 동안 두 팔로 무릎을 감싸고 앉아 앞을 바라보며 생각에 잠겼다. '그래, 여긴 아무도 찾지 않는 한적하고 외진 곳이야. 아무도 모를 거야 절대로……'

그녀는 침상에서 일어나서 양말을 난로 쪽으로 가져가 통풍구에

널었다. 통풍구의 모양새가 어딘가 특이해 보였다. 그녀는 통풍구를 돌려보고는 맨발로 사뿐사뿐 걸어서 다시 침상으로 돌아와 그 위에 올라앉았다. 벽 뒤에서는 아무 소리도 나지 않았다. 목에 걸린 작은 시계를 들여다보았다. 두 시였다. '세 시쯤이면 일행이 올 텐데.' 이제 한 시간도 채 남지 않았다.

'이게 뭐야, 이렇게 혼자서 시간을 다 보내는 건가? 대체 이게 뭐야! 내가 원한 건 이게 아니야. 당장 그를 불러야겠어.'

"세르게이 신부님! 세르게이 신부님! 세르게이 드미트리치! 카사츠키 공작님!"

문 뒤에서는 여전히 아무 소리도 나지 않았다.

"제 말 좀 들어보세요. 이건 너무 가혹해요. 아무 이유 없이 제가 왜 신부님을 부르겠어요? 지금 몸이 아파요. 내 몸이 왜 이런지 모르겠어요." 그녀는 고통스러운 목소리로 말했다. "아, 아!" 그녀는 앓는 소리를 내며 침상에 쓰러졌다. 그런데 정말 이상하게도, 침상에 눕는 순간 정말 온몸에서 힘이 빠지고 정신이 아득해지면서 아프다는 느낌이 들었으며 열이 오르고 오한이 나서 몸이 덜덜 떨렸다.

"제발요, 저 좀 도와주세요. 몸이 왜 이런지 모르겠어요. 아! 아!" 그녀는 드레스 단추를 풀어 가슴을 드러내고 소매를 팔꿈치까지 걷어 올렸다.

그러는 내내 세르게이는 문 뒤편에 서서 기도했다. 저녁 기도문을 다 읽고 나서는 꼼짝도 않고 서서 코끝에 시선을 고정한 채 온 영혼을 다해 마음속으로 기도를 하고 또 했다. '주여, 예수그리스도여, 하나님의 아들이여, 저를 불쌍히 여기소서.'

하지만 그는 모든 소리를 다 듣고 있었다. 그녀가 바스락대며 옷을 벗는 소리, 맨발로 바닥을 걷는 소리, 손으로 발을 비비는 소리까지 다 들었다. 그러면서 자신은 나약하기 때문에 당장이라도 파멸할 수 있을 것 같아 멈추지 않고 기도했다. 주위를 돌아보지 않고 앞으로만 나가야 하는 동화 속 영웅이 된 기분이었다. 세르게이는 그 소리를 들으면서 파멸의 위험이 바로 머리 위에, 바로 곁에 있으므로 절대 그녀를 돌아보지 말아야만 구원받을 수 있음을 직감했다. 하지만 돌아보고 싶다는 충동이 어느 순간 그를 사로잡았다. 바로 그때 그녀가 말했다.

"정말 인정이라고는 조금도 없군요. 저는 죽을지도 몰라요."

'그래, 가보자. 하지만 한 손은 타락한 여인에게, 또 한 손은 화로에 집어넣은 성자처럼 하는 거야. 아, 그런데 이곳에는 화로가 없어.' 그는 주위를 둘러보았다. 등잔이 보였다. 그는 손가락을 들어 불 위에 놓고 고통을 참기 위해 얼굴을 찡그렸다. 그에게는 꽤 길게 느껴진 시간 동안 아무 느낌이 없었다. 그러다 갑자기, 손이 아픈 건지 혹은 얼마나 아픈 건지 제대로 생각하지도 못하는 채 손을 떼고 흔들며 얼굴을 잔뜩 찌푸렸다. '아냐, 난 못 하겠어.'

"제발요! 아, 이리 좀 와주세요! 전 정말 죽을지도 몰라요!"

'아, 난 이렇게 파멸하고 마는 걸까? 아니, 그럴 수는 없어.'

"곧 가겠습니다." 세르게이는 이렇게 대답하고는 문을 열고 그녀 쪽은 쳐다보지도 않고 지나쳐 그가 장작을 패곤 하는 현관으로 갔다. 그리고 장작을 팰 때 받쳐놓는 통나무와 벽에 기대놓은 도끼에 손을 뻗었다.

"지금이야!" 그는 오른손으로 도끼를 쥐고 왼손 검지를 통나무 위에 올린 다음 도끼를 번쩍 들었다가 두 번째 마디 아랫부분을 내리쳤다. 손가락은 비슷한 굵기의 장작보다도 가볍게 튀어 올랐다가 한번 돌더니 통나무 가장자리에 부딪치고는 바닥으로 떨어졌다.

손가락이 떨어지는 소리가 들릴 때까지도 세르게이는 통증을 느끼지 못했다. 하지만 통증이 없다는 것에 미처 놀라기도 전에 불에 타는 듯한 아픔이 느껴지면서 뜨뜻한 피가 흘러내렸다. 그는 잘린 마디를 얼른 사제복 자락으로 감싼 다음 넓적다리에 대고 힘껏 눌렀다. 그리고 방으로 들어가 여자 앞에 서서 눈을 내리깔고 조용히 물었다.

"무슨 일입니까?"

그녀는 세르게이의 창백해진 얼굴과 떨리는 왼쪽 뺨을 바라보다가 갑자기 부끄러워졌다. 그래서 자리에서 벌떡 일어나 모피 외투를 집어 몸에 두르고는 옷깃을 여몄다.

"저, 제가 아파서……. 감기에 걸렸는데…… 제가…… 세르게이 신부님…… 저는……."

세르게이는 잔잔한 기쁨으로 빛나는 눈을 들어 그녀를 바라보며 말했다.

"사랑하는 자매여, 어째서 자신의 꺼지지 않을 영혼을 파멸시키려 합니까? 이 세상에 분명 유혹이 있다 해도, 유혹에 굴복하는 자는 불행해지고 마는 것을……. 우리를 용서해달라고 주님께 기도하세요."

그녀는 이 말을 듣고 세르게이를 쳐다보았다. 바로 그때 뭔가가 뚝뚝 떨어지는 소리가 들렸다. 자세히 보니 세르게이의 손에서 사제복을 타고 피가 흐르는 것이 눈에 들어왔다.

"손이 왜 그렇게 된 거예요?" 그녀는 조금 전 들었던 소리가 생각
나 등잔을 집어 들고 현관으로 뛰어나갔다. 그곳 바닥에 피에 흥건히
젖은 손가락이 있었다. 그녀는 세르게이보다 더 창백해진 얼굴로 돌
아왔다. 무슨 말인가를 하려고 했지만 세르게이는 조용히 뒷방으로
들어가더니 문을 잠갔다.

"용서해주세요. 어떻게 해야 저의 죄를 용서받을 수 있을까요?" 그
녀가 말했다.

"가십시오."

"제가 상처를 싸매드릴게요."

"어서 가라니까요."

그녀는 서둘러 조용히 옷을 입었다. 모피 외투를 입고 떠날 채비를
한 다음 자리에 앉아 기다렸다. 밖에서 방울 소리가 들렸다.

"세르게이 신부님, 저를 용서해주세요."

"가십시오. 주님께서 용서하실 겁니다."

"세르게이 신부님, 이제부터는 다른 삶을 살겠어요. 저를 버리지
말아주세요."

"가십시오."

"절 용서해주세요. 그리고 제게 축복을 내려주세요."

"성부와 성자와 성령의 이름으로!" 칸막이 뒤에서 세르게이의 목
소리가 들려왔다. "자, 어서 가십시오."

그녀는 흐느껴 울면서 암자를 나왔다. 변호사가 그녀 쪽으로 다가
왔다.

"아, 제가 진 것 같군요. 어쩔 수 없죠. 어디에 앉으시겠습니까?"

"어디든 상관없어요."

그녀는 집에 도착할 때까지 한마디도 하지 않았다.

1년 뒤 그녀는 삭발례를 올리고 수녀원에 들어갔으며, 가끔 그녀
에게 편지를 보내주던 은자 아르세니 밑에서 엄격한 수도 생활을 시
작했다.

6

세르게이 신부는 그로부터 7년 더 은둔 생활을 했다. 처음에 그는
차, 설탕, 흰 빵, 우유, 옷, 장작 등 사람들이 가져다주는 물건 대부분
을 받아들였다. 하지만 시간이 갈수록 더욱 금욕적인 삶을 살게 되면
서 불필요한 물건은 거절했으며 나중에는 일주일에 한 번 흑빵을 받
는 것 말고는 아무것도 받지 않았다. 다른 물건들은 그를 찾아오는
가난한 사람들에게 모두 나눠 주었다.

세르게이 신부는 암자에서 기도를 하거나 점점 그 수가 늘어나는
방문자들과 대화를 하며 대부분의 시간을 보냈다. 1년에 세 번 정도
만 교회에 갔고, 그 외에는 물과 장작이 떨어질 때만 밖에 나갔다.

마코프키나 사건이 일어난 것은 세르게이 신부가 은둔 생활을 시
작한 지 5년이 지났을 무렵이었다. 한밤중에 마코프키나가 암자로
찾아온 일과 그 후 그녀가 다른 삶을 살기로 하고 수녀원에 들어간
일은 순식간에 사람들에게 알려졌다. 그때부터 세르게이 신부의 명

성은 점점 더 높아졌다. 그를 찾아오는 사람들의 숫자도 늘어났고, 수도사들이 그의 암자 근처로 옮겨왔으며, 교회와 여관이 세워졌다. 늘 그렇듯, 세르게이에 관한 명성도 한껏 부풀려져 사방으로 번져나갔다. 멀리에서부터 사람들이 그에게 몰려들었고, 어떤 사람들은 그가 치료해줄 거라고 굳게 믿으며 병자를 데려오기도 했다.

세르게이 신부가 처음 병자를 치료한 것은 은둔 생활을 한 지 8년째 되던 해였다. 그가 치료한 사람은 열네 살짜리 남자아이였는데, 그 어머니가 아이를 세르게이에게 데려와 안수를 해달라고 졸랐다. 세르게이 신부는 자신이 병자를 고칠 수 있다는 생각을 한 번도 해본 적이 없었다. 그런 생각을 한다는 것은 교만이라는 큰 죄를 짓는 거라고 믿었다. 하지만 소년을 데려온 어머니는 세르게이의 발아래 엎드려 끈질기게 애원했다. 어째서 다른 사람들은 치료하면서 자신의 아들은 치료해주지 않느냐면서 그리스도의 이름으로 간청했다. 세르게이 신부가 오직 주님만이 병자를 고칠 수 있다고 분명하게 말하자 그녀는 아이의 머리에 손을 얹고 기도만이라도 해달라고 했다. 세르게이 신부는 이마저도 거절하고 암자로 돌아갔다. 하지만 다음날 (계절이 가을로 접어들어 밤이면 제법 쌀쌀했다) 물을 길러 암자 밖으로 나왔을 때 그는 창백하고 깡마른 열네 살 소년과 그 어머니를 다시 보았고 전날과 같은 간청을 들었다. 그 순간 세르게이 신부는 불의한 재판장의 비유가 생각났다. 그전까지는 거절해야 한다는 사실에 조금의 의심도 없었지만 이날은 그렇지 않았고, 의심이 생겼으므로 마음이 결정될 때까지 기도하고 또 기도해야 했다. 그렇게 해서 내린 결정은 여인의 청을 들어주어야 하며 그녀의 믿음이 아들을 구원할

수도 있다는 것이었다. 이때 세르게이 자신은 주님이 택하신 보잘것
없는 도구에 지나지 않았다.

세르게이 신부는 어머니에게 가서 그녀가 청한 대로 소년의 머리
에 손을 얹고 기도했다.

어머니는 아들을 데리고 떠났고, 한 달 뒤에 소년은 완치되었다.
이제 사람들은 세르게이를 장로라고 불렀고, 그의 신성한 치유 능력
에 관한 소문이 그 일대에 퍼졌다. 그때부터 일주일이 멀다 하고 병
자들이 걸어서 혹은 마차를 타고 세르게이를 찾아왔다. 어떤 청은 받
아주고 어떤 청은 거절할 수가 없어서 세르게이는 찾아오는 모든 사
람에게 안수기도를 했고 수많은 사람의 병을 고쳤다. 그에 관한 이야
기는 점점 더 멀리 퍼져나갔다.

그렇게 수도원에서의 9년과 외딴 암자에서의 13년이 흘렀다. 세
르게이 신부는 이제 장로의 모습을 띠었다. 길게 자란 턱수염이 하얗
게 셌지만 머리카락은 숱이 별로 없긴 해도 여전히 검고 고불거렸다.

7

벌써 몇 주째 세르게이 신부는 머릿속을 떠나지 않는 한 가지 생
각에 사로잡혀 지냈다. 스스로 이룬 것이 아닌 대수도원장이나 수도
원장이 정해준 지위를 받아들이는 것이 과연 옳은 일인가 하는 것이
었다. 그가 이런 상황에 놓이게 된 것은 열네 살 소년이 회복되고 나
서부터였다. 그때부터 세르게이는 내면의 삶이 사라지고 외면의 삶

이 그 자리를 대신한다는 느낌이 매달, 매주, 매일 들었다. 마치 안과 밖이 뒤바뀐 것 같았다.

세르게이는 자신이 방문자와 기부자들을 수도원으로 끌어들이는 수단이 되었으며, 그런 이유로 수도원의 권력자들이 그를 최대한 이용할 수 있는 위치에 두려 한다는 걸 알았다. 예를 들면, 그는 노동할 기회가 전혀 없었다. 그에게 필요한 것은 뭐든 수도원에서 준비해주었고, 그는 자신을 찾아오는 방문자들을 흔쾌히 축복해주기만 하면 되었다. 수도원에서는 그의 편의를 위해 방문자를 만나는 날까지 정해주었다.

세르게이가 남자들을 만나는 공간인 응접실이 마련되었으며, 몰려드는 여성 방문객들에게 떠밀려 넘어지지 않고 축복을 내릴 수 있도록 난간이 있는 공간도 준비되었다. 그가 사람들에게 필요한 존재이며 사람들을 만나는 것이 그리스도의 사랑의 계율을 실천하는 길이라고 한다면 세르게이는 자신을 보러 온 사람들을 거절할 수 없었을 것이며 그들을 피하는 건 가혹한 일이라는 점에 기꺼이 동의했을 것이다. 하지만 이런 생활에 빠져들수록 내면의 삶이 외면의 삶으로 바뀌고 그의 안에 있던 생명수의 원천이 고갈되며 날이 갈수록 주님이 아닌 사람들을 위해 일한다는 느낌이 들었다.

그가 사람들에게 가르침을 주든, 그저 축복을 내리든, 병자들을 위해 기도를 하든, 혹은 삶의 진로에 대해 조언을 하든, 그의 도움으로 병이 나았다고 하는 사람들이나 그에게서 가르침을 받은 사람들에게서 감사하다는 말을 들을 때면 어쩔 수 없이 기쁜 마음이 들면서 자신의 행동의 결과와 그것이 사람들에게 미치는 영향에 신경이 쓰였다. 세르게이는 자신을 불이 타오르는 등잔이라고 생각했으며, 그렇게 느낄수록 내면에서 타고 있는 진리의 신성한 불길이 서서히 약해지다가 꺼져간다는 느낌 또한 강해졌다. '내가 하는 일 중에서 어느 정도가 주님을 위한 것이며 어느 정도가 사람들을 위한 것일까?' 이 질문은 끊임없이 그를 괴롭혔지만, 그는 도무지 명확한 답을 얻을 수가 없었다. 그가 주님을 위해 했던 모든 행동을 악마가 사람을 위한 행동으로 바꾸어놓았음을 그는 영혼 깊은 곳에서 느꼈다. 그가 이렇게 느낀 것은, 예전에는 고독에서 멀어지는 것이 힘들었지만 이제는 고독 그 자체가 힘들어졌기 때문이다. 방문객들이 버겁고 그들 때문에 지치기도 했지만, 영혼 깊은 곳에서는 그들이 찾아와주는 것이 반가웠고 자신에게 쏟아지는 찬사가 기뻤다.

어딘가로 떠나 숨어버리려고 한 적도 있었다. 구체적인 실천 계획까지 궁리하기도 했다. 필요한 사람에게 줄 거라고 둘러대면서 농부가 입는 셔츠와 바지, 외투, 모자를 준비했다. 언젠가 이 옷을 입고 머리를 깎고 떠나리라고 생각하면서 옷들을 방에 보관해놓았다. 일단 기차를 타고 3백 베르스타쯤 간 뒤 이 마을 저 마을을 다녀볼 작정이었다. 그는 한때 군인이었던 늙은 떠돌이 남자에게 어떻게 돌아다니는지, 먹을 것과 잠자리는 어떻게 얻는지 등을 자세히 캐물었다. 군인은 어느 마을 사람들이 음식과 잠자리 인심이 가장 후한지 얘기해주었고, 세르게이 신부는 자신도 꼭 그렇게 해보고 싶었다. 어느 날은 한밤중에 옷을 입고 떠나려고도 했지만, 그대로 있는 게 좋을지 떠나는 게 좋을지 판단을 할 수 없었다. 처음에는 이처럼 망설였지만, 시간이 지나자 망설임도 사라지고 눈앞의 삶에 익숙해지면서 악마에게 굴복하고 말았다. 농부의 옷은 한때 그가 간직했던 생각과 느낌을 떠올리는 물건일 뿐이었다.

세르게이 신부를 찾아오는 사람들이 나날이 늘어나면서 영혼을 강건하게 단련하고 기도하는 시간은 점점 줄어들었다. 가끔, 의식이 명료해질 때면, 그는 자신이 한때 샘이었던 장소와 비슷하다는 생각을 했다. '내게서, 그리고 나를 통해 생명수가 조금씩 조용히 흘러나오던 샘이 있었지. 그녀(이제는 아그니야 수녀가 된 그녀와 그날 밤을 떠올릴 때면 언제나 희열을 느꼈다)가 나를 유혹했던 그때 난 가장 진실한 삶을 살았던 거야. 그녀는 그 맑은 물을 마셨지. 하지만 그 뒤로는 사람들이 먼저 물을 먹으려고 서로 밀치며 몰려드는 탓에 물이 미처 고일 틈이 없어졌어. 그들이 온통 짓밟아놓아서 이제 진흙탕만 남았어.' 아주 가끔 의식이 명료해질 때면 이런 생각이 들었다. 하지만 대부분의 시간에는 그저 피곤하기만 할 뿐이었고 그런 자신이 안쓰럽기도 했다.

부활제 제4주를 하루 앞둔 어느 봄날이었다. 세르게이 신부는 자신의 동굴 예배당에서 저녁 예배를 드리고 있었다. 예배당에는 스무 명쯤 되는 사람들이 꽉 들어차 있어 발 디딜 틈조차 없었다. 이들은 모두 부유한 지주나 상인이었다. 세르게이 신부는 누구나 들어올 수 있게 했지만, 그의 시중을 드는 수도사와 수도원에서 그의 거처로 매일 보내는 당직자가 사람들을 선별했다. 밖에서는 여든 명 정도 되는 순례자들이 모여서 세르게이 신부가 나와 자신들을 축복해주길 기다렸다. 그들 중 대부분이 여자였다. 그런데 예배 중에 세르게이 신부가 전임자의 무덤으로 가다가 그만 중심을 잃고 비틀거렸다. 뒤에 서 있던 상인과 부제 일을 하는 수도사가 그를 부축하지 않았더라면 넘어졌을지도 몰랐다.

"무슨 일인가요, 신부님! 세르게이 신부님! 아, 우리 신부님! 오, 주여! 얼굴이 종잇장처럼 하얘졌어." 여자들이 목소리를 높였다.

하지만 세르게이 신부는 이내 몸을 추스르더니 아직 얼굴이 굉장히 창백한데도 상인과 부제를 물리치고 계속 찬송가를 불렀다. 세라피온 신부, 부제, 하급 성직자들, 그리고 늘 암자 주변에 머물면서 세르게이 신부의 시중을 들던 소피야 이바노브나 부인은 세르게이 신부에게 예배를 중단하라고 간청했다.

"괜찮아요, 별일 아니에요. 예배를 중단하지 마세요." 세르게이 신부는 콧수염 아래로 희미하게 미소를 지으며 말했다.

그는 생각했다. '그래, 성인들은 이렇게 하는 거야.'

"성인이여! 주님의 천사여!" 그때 등 뒤에서 소피야 이바노브나와 세르게이 신부를 부축했던 상인의 목소리가 들렸다. 세르게이 신부는 그들의 청을 듣지 않고 예배를 계속했다. 다시 사람들이 좁은 복도를 지나 작은 예배당으로 몰려들었고, 세르게이 신부는 조금 단축하긴 했어도 저녁 예배를 끝마쳤다.

예배를 마친 다음 세르게이 신부는 그곳에 있던 사람들을 축복하고 나서 동굴 입구에 있는 느릅나무 아래 의자로 갔다. 잠시 쉬면서 신선한 공기를 마시고 싶었다. 잠깐의 휴식이 꼭 필요하다고 생각했다. 하지만 예배당을 나서는 순간 사람들의 무리가 밀려들면서 축복을 해달라고 간청했고 조언과 도움을 구했다. 그 사람들 중에는 늘 성지에서 성지로, 장로에게서 장로에게로 다니면서 모든 성지와 모든 장로에 늘 감동하는 여성 순례자들이 있었다. 세르게이 신부는 그런 유형의 사람들, 그러니까 평범하고 전혀 종교적이지 않으며 냉담하고 까다로운 사람들을 잘 알고 있었다. 또 남자 순례자들도 있었는데, 대부분이 이리저리 떠돌며 궁핍하게 사는 퇴역 군인들이었고 또 대부분이 오로지 끼니를 해결하기 위해 이 수도원에서 저 수도원으로 떠도는 술주정뱅이 노인들이었다. 그런가 하면, 병을 고쳐달라거나 혹은 아주 실제적인 문제, 그러니까 딸을 시집보내거나 가게를 얻거나 땅을 사거나 혹은 아이를 깔고 누워 죽이거나 사생아를 낳은 것에 대해 속죄를 구하는 등의 문제에 관한 의혹을 풀어달라는 것처럼 굉장히 이기적인 요구를 하는 무지한 남녀 농부들도 있었다. 세르게이 신부는 이미 오래전에 이 모든 상황에 익숙해졌으므로 아무런 흥미도 느끼지 못했다. 그들에게서 어떤 새로운 것도 얻을 수 없으며 종교적 영감도 전혀 느낄 수 없다는 걸 알고 있었지만, 그 자신과 그의 축복과 그의 말을 필요로 하고 귀하게 여기는 사람들을 보는 것이 좋았기 때문에 몰려드는 인파에 힘겨워하면서 동시에 기쁨도 느꼈다. 세라피온 신부가 세르게이 신부는 지금 몹시 지쳤다며 사람들을 물리치려 했지만, 세르게이 신부는 "그들(아이들)이 내게 오는 것을 막지 말라"는 복음서 구절을 떠올렸다. 그리고 그런 자신을 대견하게 여기며 사람들을 막지 말라고 일렀다.

그는 일어나서 사람들이 모여 있는 난간으로 다가가 그들을 축복하고 질문에 답했는데, 목소리에 힘이 하나도 없어서 스스로가 측은하게 느껴질 정도였다. 마음 같아서는 모든 이를 맞고 싶었지만 그럴 수가 없었다. 다시 눈앞이 캄캄해지는 바람에 그는 비틀거리며 난간을 움켜잡았다. 다시 머리로 피가 몰리는 느낌이 들면서 그의 얼굴이 창백해지는가 싶더니 이내 벌겋게 달아올랐다.

"내일로 미뤄야 할 것 같군요. 오늘은 더 못 하겠어요." 세르게이 신부는 이렇게 말하고 모두를 향해 한꺼번에 축복을 내린 다음 의자로 갔다. 상인이 다시 그를 부축하면서 팔을 잡고 의자에 데려가 앉혔다.

"신부님!" 무리 속에서 누군가가 소리쳤다. "신부님! 우리를 버리지 마세요. 신부님이 없으면 우리는 제대로 살아갈 수가 없습니다!"

상인은 세르게이 신부를 느릅나무 아래 의자에 앉히더니 경관 역을 자처하면서 아주 매몰차게 사람들을 내몰았다. 그가 소리를 낮췄기 때문에 세르게이 신부는 잘 알아들을 수 없었지만, 사람들을 사납고 거칠게 대하는 것은 분명했다.

"다들 물러나요. 어서 가라니까. 그만큼 축복을 받았으면 됐지 뭘 더 바라는 거요? 당장 가지 않으면 목을 비틀어버리겠소. 어이, 거기! 검은 각반을 맨 아주머니, 가요, 어서 가라니까. 당신은 또 어딜 가는 거요? 오늘은 끝났다고 말했잖소. 내일이 또 있잖아요. 오늘은 다 끝났다니까."

노파 하나가 말했다. "여보세요, 신부님 얼굴을 딱 한 번만 보게 해주세요."

"말도 안 되는 소리 마시오! 어딜 가는 거요?"

세르게이 신부는 상인이 사람들을 거칠게 대한다는 걸 눈치채고는 힘없는 목소리로 수도원의 심부름꾼을 불러 상인이 그렇게 못 하도록 하라고 일렀다. 그렇게 말한다 해도 상인은 사람들을 쫓아낼 거라는 걸 알았고 혼자 남아 쉬고 싶은 마음이 간절했지만 그곳에 모인 이들에게 감동을 주고 싶어 심부름꾼을 보낸 것이다.

상인이 대답했다. "알았어요, 알았어. 사람들을 쫓아내는 게 아니라 그냥 훈계를 하는 겁니다. 이 사람들은 아무렇지 않게 사람을 짓밟거든요. 동정심이라고는 조금도 없고 그저 자기만 안다니까요. 안 된다고 했잖소. 가요. 내일 오라니까!"

상인은 그렇게 모두를 내쫓았다.

상인이 그렇게 열심히 사람들을 쫓아낸 것은 질서를 좋아하고 사람들을 괴롭히고 몰아내는 걸 재미있어해서이기도 했지만 더 큰 이유는 그에게 세르게이 신부가 필요했기 때문이었다. 홀아비인 그에게는 시집 안 간 병든 외동딸이 있었다. 그는 세르게이 신부에게 딸의 치료를 부탁하려고 1천 4백 베르스타나 되는 길을 왔던 것이다. 그는 딸의 병을 고치려고 2년 동안 이곳저곳을 찾아다녔다. 처음에는 현청 소재지에 있는 대학병원에 가보았지만 별 효과를 보지 못했다. 다음에는 사마라 현에 사는 농부에게 딸을 데리고 갔고 약간 효과를 봤을 뿐이다. 그다음에는 모스크바의 의사에게 데리고 가서 큰돈을 썼지만 전혀 차도가 없었다. 그러다 세르게이 신부가 병을 고친다는 얘기를 듣고 이곳으로 딸을 데려온 것이다. 이제 사람들을 다 내쫓고 나서 상인은 세르게이 신부에게 다가가 다짜고짜 무릎을 꿇더니 쩌렁쩌렁한 목소리로 말했다.

"거룩하신 신부님, 제 병든 딸을 축복해주셔서 고통스러운 병을 치유받게 해주십시오. 감히 신부님의 성스러운 발 앞에 엎드려 간청

합니다." 상인은 이렇게 말하고 두 손을 포갰다. 그는 마치 자신이 법규와 관습으로 명료하고 정확하게 정해진 바를 따르는 것이며 그 밖에 다른 방식으로는 딸의 치료를 간청할 수 없는 것처럼 이 모든 말과 행동을 했다. 그가 어찌나 확신에 차서 말하고 행동하던지 세르게이 신부조차도 상인이 그렇게 하는 것이 마땅하다고 느낄 정도였다. 세르게이 신부는 상인에게 그만 일어나서 어떤 사정인지 얘기해보라고 했다. 상인은 자기 딸이 스물두 살 처녀인데 2년 전 어머니가 갑작스럽게 세상을 떠나자 병이 들었다고 했다. 상인의 표현을 빌리면 어머니가 죽고 나서 몹시 슬퍼하다가 정신이 이상해졌다는 것이다. 그래서 딸을 데리고 1천 4백 베르스타나 되는 길을 왔으며, 딸은 여인숙에서 세르게이 신부가 부르기만을 기다리고 있다고 했다. 딸은 빛을 무서워하기 때문에 낮에는 다니지 않고 해가 진 다음에만 밖으로 나올 수 있다고도 했다.

"몸이 많이 약한 건가요?" 세르게이 신부가 물었다.

"아니요, 특별히 약한 건 아닙니다. 꽤 통통한 편이죠. 의사 말로는 신경쇠약이라고 합니다만. 신부님이 오늘 제 딸을 데려오라는 분부만 내리시면 제가 당장 가서 데려오겠습니다. 거룩한 신부님, 부모의 마음을 헤아려주셔서 다시 대를 잇게 해주십시오. 신부님의 기도로 제 아픈 딸을 구원해주세요."

상인은 다시 한번 털썩 무릎을 꿇고 앉더니 두 손을 모아 쥐고 머리를 숙인 채 꼼짝도 하지 않았다. 세르게이 신부는 이번에도 상인에게 일어나라고 일렀다. 그리고 자신의 일이 얼마나 힘들었는지, 그럼에도 얼마나 묵묵히 그 일을 수행했는지 생각해보다가 크게 한숨을 내쉬고는 잠깐 동안 잠자코 있다가 말했다.

"좋아요. 오늘 밤에 딸을 데려오세요. 당신의 딸을 위해 기도하겠습니다. 하지만 지금은 내가 몹시 지쳤어요." 세르게이 신부는 눈을 감았다. "나중에 사람을 보내지요."

상인은 발끝으로 걸어 물러났는데, 그 때문에 장화에서 더 크게 삐걱 소리가 났다. 상인이 가고 세르게이 신부 혼자 남았다.

세르게이 신부의 하루하루는 늘 예배와 방문객들로 채워졌지만 오늘은 유난히 힘든 날이었다. 오전에는 고위 관리가 찾아와 오랫동안 얘기를 나누었다. 그다음에는 어느 귀부인이 아들을 데리고 찾아왔다. 어머니는 열렬한 신자로 세르게이 신부를 따랐지만 젊은 교수였던 아들은 신을 믿지 않았다. 그래서 어머니는 아들을 세르게이 신부에게 데려와서는 아들과 얘기를 해봐달라고 부탁했다. 대화는 몹시 고역스러웠다. 젊은이는 수도사와 논쟁할 마음이 없어 보였고, 그래서인지 자신보다 열등한 사람을 대하듯 세르게이가 하는 말마다 모두 동의했다. 하지만 세르게이 신부는 젊은이가 아무것도 믿지 않으며 그런데도 전혀 불만 없이 평온하고 편안해한다는 것을 알았다. 이제 와 그 대화를 다시 떠올리자 세르게이는 마음이 불편해졌다.

"신부님, 뭘 좀 드셔야지요." 수도원장의 심부름꾼이 말했다.

"그래야지, 뭐라도 좀 가져다주게."

심부름꾼은 동굴 입구에서 열 걸음 정도 떨어진 곳에 지어놓은 승방으로 갔고, 세르게이 신부는 다시 혼자 남았다.

세르게이 신부가 혼자 살면서 모든 일을 스스로 해결하고 성병(聖餠)과 빵만 먹으며 살던 시절은 이제 오래전 일이 되었다. 이미 오래

전부터 그는 자신의 건강을 소홀히 할 권리가 없었으며 기름기 없고 영양이 풍부한 음식을 먹어야 했다. 그는 여전히 적게 먹긴 했어도 예전에 비해서는 식사량이 훨씬 늘었고, 예전처럼 혐오감과 죄의식을 느끼는 일 없이 대개는 굉장히 만족스럽게 식사를 했다. 지금도 그랬다. 그는 죽을 먹고 차를 마시고 흰 빵 반 덩이를 먹었다.

심부름꾼이 가고 나자 세르게이 신부는 느릅나무 아래 의자에 혼자 남았다.

더없이 아름다운 5월의 저녁이었다. 자작나무, 사시나무, 느릅나무, 벚나무, 참나무의 잎사귀들이 막 돋아난 뒤였다. 느릅나무 뒤 벚나무에는 꽃이 활짝 피었고 아직 질 기미가 보이지 않았다. 꾀꼬리 한 마리는 바로 옆에서, 다른 두세 마리는 강가의 덤불 아래에서 지저귀며 노래했다. 농부들이 일을 끝내고 돌아오는지 멀리 강가에서 노랫소리가 희미하게 들려왔다. 해가 숲 뒤로 지면서 나뭇잎들 사이로 빛을 흩뿌렸다. 햇살을 받는 쪽은 환한 녹색으로 빛났으며 느릅나무 쪽은 어두침침했다. 딱정벌레들이 이리저리 날아다니다 어딘가에 부딪치더니 땅으로 떨어졌다.

저녁 식사를 하고 나서 세르게이 신부는 마음속으로 기도를 하고 또 했다. '예수 그리스도여, 하나님의 아들이여, 우리를 불쌍히 여기소서.' 기도를 마치고 나서 〈시편〉을 펼쳐 들었다. 한창 〈시편〉을 읽고 있는데, 갑자기 참새 한 마리가 떨기나무에서 땅으로 내려오더니 쩍쩍거리며 그를 향해 총총 다가오다가 뭔가에 놀라 날아가버렸다. 그는 세속을 떠난 자신의 처지에 관해 기도했지만, 사람을 보내 상인과 아픈 딸을 데려오게 할 생각에 서둘러 마쳤다. 그는 상인의 딸이 궁금하고 신경 쓰였다. 그에게 그녀는 잠시나마 일상에서 벗어나게 해줄 새로운 얼굴이었으며, 그들 부녀가 세르게이를 성인으로 여기면서 그의 기도에 능력이 있다고 믿었기 때문이다. 세르게이는 겉으로는 그런 생각을 부인했지만 마음 깊은 곳에서는 자신이 그렇다고 믿고 있었다.

세르게이 신부는 스테판 카사츠키가 비범한 성자이자 기적을 행하는 자가 된 과정을 생각할 때마다 종종 놀라면서도 그 사실을 조금도 의심하지 않았다. 병든 소년에서부터 얼마 전 그의 기도로 시력을 회복한 노파에 이르기까지, 그의 눈으로 직접 기적을 보았으므로 믿을 수밖에 없었다.

이상한 일이었지만, 엄연히 일어난 일이었다. 세르게이가 상인의 딸에게 관심을 갖는 것도, 그녀가 새로운 얼굴이고 그를 믿고 있는 데다가 그녀를 통해 자신이 지닌 치료의 능력과 명성을 다시 한번 확인할 수 있기 때문이었다. 그는 이런 생각을 했다. '1천 베르스타나 떨어진 곳에서 찾아왔다는 얘기가 신문에 실리고, 황제가 알게 되고, 유럽, 믿지 않는 사람들이 사는 유럽에서도 나를 알게 되겠지.' 그러다 문득 자신의 허영심이 부끄러워져서 다시 주님께 기도했다. '하나님, 하늘에 계신 주여, 위안을 주시는 이여, 진리의 영혼이여. 제게 오셔서 저의 죄를 씻어주시고 영혼을 구원하시며 축복해주소서. 저를 뒤흔드는 세상의 추악한 명예를 벗어버리게 하옵소서.' 그는 기도를 하고 또 했다. 지금까지 이런 기도를 얼마나 많이 했으며 또 이런 기도가 얼마나 헛되었는지 생각했다. 그는 기도로 다른 이들에게 기적을 행했으면서 정작 자신은 하찮은 욕망에서 벗어나질 못했다.

그는 처음 은둔 생활을 시작하던 때, 순결과 겸손과 사랑을 달라고 기도하던 때를 떠올려보았다. 그때 주님은 그의 기도를 들어주신 것 같았다. 그는 손가락을 잘라 순결을 지켰던 것이다. 손에서 잘려나간 채 잘게 주름진 그 손가락을 들어 입을 맞추었다. 생각해보면, 죄 많은 자신을 끊임없이 탓하던 그때 그는 겸손했으며, 그를 찾아온 노인, 돈을 구걸하던 술 취한 병사, 여자를 성심껏 맞았던 그때 그는 사랑을 간직하고 있었던 것 같았다. 그런데 지금은 어떤가? 그는 스스로에게 물었다. 다른 이를 사랑하는가? 소피야 이바노브나를 사랑하는가? 아니면 세라피온 신부를 사랑하는가? 오늘 그를 찾아왔던 모든 사람에게 사랑을 느꼈는가? 그 젊은 학자를 사랑으로 대했는가? 그저 자신의 지성과 시대에 뒤떨어지지 않는 지식을 과시하고 싶어 훈계조로 이야기를 나눴을 뿐이다. 그는 사람들의 사랑을 원하고 필요로 하면서도 그들을 사랑하는 마음은 없었다. 이제 그에게는 사랑도, 겸손도, 순결도 남아 있지 않았다.

그는 상인의 딸이 스물두 살이라는 말을 듣고 기분이 좋았으며 그녀가 아름다운지 어떤지 궁금했다. 그녀가 몸이 약하냐고 물어보면서 사실은 여성적인 매력이 있는지 알고 싶었다.

'내가 이렇게까지 타락했던가?' 그는 생각했다. '주님, 도와주소서. 저를 회복시켜주소서. 주님, 나의 하나님.' 그는 두 손을 모으고 기도했다. 꾀꼬리가 울었다. 딱정벌레가 그에게 날아들더니 목덜미를 기어 다녔다. 그는 딱정벌레를 떼어냈다. '그런데 정말 신이 존재하는 걸까? 혹시 내가 잠긴 문밖에 서서 그 문을 두드리고 있는 건 아닐까? 문에 달린 자물쇠를 내가 볼 수 있을지도 몰라. 그 자물쇠는 바

로 꾀꼬리, 딱정벌레, 자연인 거야. 그 젊은이 말이 맞을지도 몰라.'
그는 크게 소리 내어 기도하기 시작했다. 이런 생각이 사라지고 다시
마음이 평온해지고 확신이 생길 때까지 오랫동안 기도했다. 기도를
마치고 종을 흔들어 심부름꾼을 불렀다. 그리고 지금 가서 상인더러
딸을 데려오게 하라고 일렀다.

　상인은 딸을 부축해 암자에 데려다놓고는 곧 자리를 떠났다.

　상인의 딸은 머리가 금발이었고 얼굴이 무척 희고 창백했다. 키가
굉장히 작고 통통했으며 어린아이처럼 겁먹은 표정을 하고 있었지
만 몸은 성숙할 대로 성숙한 여인과 같았다. 세르게이 신부는 출입문
옆 의자에 그대로 앉아 있었다. 처녀가 그의 곁에 멈춰 서서 축복을
받을 때, 그는 여자의 몸을 쳐다보는 스스로에게 두려움을 느꼈다.
그녀가 곁을 지나가는 순간 그는 뭔가에 찔리는 느낌을 받았다. 그녀
가 음란하고 아둔하다는 걸 그 얼굴을 보고 알 수 있었다. 그는 자리
에서 일어나 암자로 들어갔다. 여자는 의자에 앉아 그를 기다리고 있
었다.

　세르게이가 들어서는 걸 보고 여자가 일어섰다.

　"아버지에게 가고 싶어요." 그녀가 말했다.

　그가 말했다. "두려워 말거라. 어디가 아픈 것이냐?"

　"전부 다 아파요." 그녀가 이렇게 말하더니 갑자기 환한 미소를 지
었다.

　"너는 건강해질 거야. 기도하거라."

　"기도는 해서 뭐해요? 기도해봤지만 아무 소용 없던걸요." 그녀는
여전히 생글거리며 말했다. "신부님이 제게 손을 얹고 기도해주세요.

234

꿈속에서 신부님을 봤어요."

"날 어떻게 봤다는 말이냐?"

"신부님이 이렇게 제 가슴에 손을 얹고 있는 걸 봤어요." 그녀는 그의 손을 잡아 자신의 가슴에 놓았다. "바로 여기예요."

그는 그녀에게 오른손을 맡긴 채 그대로 있었다.

"네 이름이 뭐지?" 그는 이렇게 물었다. 이제 자신은 무너졌으며 욕정을 억제하지 못한다는 걸 느끼면서 온몸이 떨렸다.

"마리야예요. 왜요?"

그녀는 세르게이의 손을 잡고 입을 맞추더니 한 손으로 그의 허리를 감아 자기 쪽으로 끌어당겼다.

"지금 뭘 하는 거냐? 마리야, 넌 악마구나." 그가 말했다.

"그럴지도 모르죠. 그게 뭐 어때서요?"

그녀는 세르게이를 껴안고 침대에 앉았다.

동이 틀 무렵 세르게이는 현관으로 나왔다.

'이 모든 일이 정말 일어난 건가? 여자의 아버지가 올 텐데. 그러면 그녀는 다 얘기하겠지. 그녀는 악마야. 이제 난 어떻게 해야 하지? 아, 여기에 내가 손가락을 잘랐던 도끼가 있군.' 그는 도끼를 쥐고 암자로 갔다.

심부름꾼이 나와 그를 맞았다.

"장작을 팰까요? 도끼를 이리 주세요."

그는 도끼를 건네주고 암자로 들어갔다. 그녀는 자고 있었다. 그는 겁에 질려 여자를 보았다. 잠시 뒤에 농부의 옷을 꺼내 입고 가위로 머리를 자른 다음 산 아래 난 길을 따라 강까지 갔다. 지난 4년 동안 가보지 못했던 길이었다.

강을 따라 길이 나 있었다. 그는 점심시간이 될 때까지 그 길을 걷고 또 걸었다. 점심때가 되자 호밀밭에 들어가 누웠다. 저녁 무렵 강가의 마을에 이르렀다. 하지만 마을로 들어가지 않고 강가에 있는 벼랑 쪽으로 갔다.

이른 아침이었다. 해가 뜨려면 아직 30분은 더 기다려야 했다. 사방은 온통 어둑어둑한 회색빛이었고 새벽 공기를 담은 서늘한 바람이 서쪽에서 불어왔다. '그래, 끝내야 해. 신은 없어. 그런데 어떻게 끝내야 하지? 강에 뛰어들까? 하지만 헤엄을 칠 줄 아니 빠져 죽지는 않겠지. 목을 맬까? 그래, 이 허리띠를 나뭇가지에 거는 거야.' 이 방법은 너무도 그럴듯하고 손쉽게 느껴져 그는 오히려 두려웠다. 절망의 순간이면 대개 그랬듯 기도를 하고 싶었다. 하지만 기도를 드릴 대상이 없었다. 신은 없었다. 그는 팔꿈치를 괴고 누웠다. 그때 갑자기 잠이 쏟아지는 바람에 더는 손에 머리를 베고 있기가 힘들어 팔을 쭉 뻗고 그 위에 머리를 대고는 금세 잠이 들었다. 하지만 잠을 잔 것은 아주 잠깐이었다. 그는 곧바로 깨어났고 꿈을 꾸는 것도 아니고 회상을 하는 것도 아닌 상태가 되었다.

그의 눈앞에 어린아이가 된 자신이 시골 어머니 집에 있는 모습이 보였다. 마차 한 대가 집 앞에 서더니 검은 수염을 널찍하게 기른 니콜라이 세르게예비치 아저씨가 몸이 여윈 여자아이 파셴카와 함께 내렸다. 눈망울이 커다랗고 온순해 보이는 파셴카의 얼굴은 어쩐지 애처로워 보였으며 수줍음을 타는 것 같았다. 파셴카는 그곳 남자아이들 무리와 섞였다. 남자아이들은 파셴카와 놀아야 했지만 꽤나 따분해했다. 그녀는 어수룩했다. 그러다 보니 마지막에는 언제나 아이들의 놀림감이 되곤 했다. 한번은 아이들이 파셴카더러 헤엄을 칠 줄 아는지 보여달라고 했다. 그녀는 바닥에 엎드려 헤엄치는 흉내를 냈다. 아이들 모두 웃음을 터뜨리며 그녀를 놀려댔다. 그녀는 얼굴이 울긋불긋해졌는데, 그 모습이 너무도 가엾어 보여 세르게이는 부끄러워졌다. 그리고 입술을 일그러뜨리며 착하고 순하게 웃는 그녀의 모습을 결코 잊지 못했다. 세르게이는 다시 그녀를 봤던 때를 기억했다. 그 일이 있고 나서 오랜 세월이 지난 뒤, 그가 수도사가 되기 전이었다. 그녀는 어느 지주에게 시집을 갔는데, 남편은 그녀의 재산을 모두 탕진한 것도 모자라 그녀를 때리기까지 했다. 그녀에게는 아들 하나 딸 하나가 있었는데 아들은 어려서 죽었다.

세르게이가 기억하기로 그녀는 불행해 보였다. 그리고 또 세월이 흘렀고, 과부가 된 그녀를 수도원에서 다시 보았다. 그녀는 예전과 똑같았다. 예전처럼 어수룩하진 않다 해도 볼품없고 초라하고 처량했다. 그녀는 딸과 딸의 약혼자를 데리고 수도원에 왔다. 그 당시에도 그들은 가난했다. 세르게이가 나중에 듣기로는 그녀가 어느 지방 도시에서 아주 궁핍하게 살고 있다고 했다. '내가 왜 그녀 생각을 하는 거지?' 그는 스스로에게 물었다. 하지만 그러지 않으려 해도 자꾸만 그녀 생각이 났다. '어디에서 살고 있을까? 어떻게 지내고 있을까? 바닥에서 헤엄치는 모습을 보여주었을 때처럼 지금도 불행하게 지내는 걸까? 도대체 왜 내가 그녀 생각을 하는 거지? 대체 뭘 하는 거야? 그만둬야 해.'

하지만 그 순간 다시 두려워졌고, 죽음에 대한 생각에서 벗어나기 위해 다시 파셴카를 기억했다.

그렇게 피할 수 없는 죽음을 생각했다가 다시 파셴카를 떠올렸다가 하며 한참을 누워 있었다. 그에게 파셴카는 구원처럼 느껴졌다. 그러다 어느새 잠이 들었다. 꿈에서 그는 천사를 보았다. 천사가 그에게 와서 말했다. "파셴카에게 가서 네가 무엇을 해야 하며 너의 죄가 무엇이고 너의 구원이 어디에 있는지 알아보아라."

잠에서 깬 그는 이 꿈이 신의 계시라고 생각하고 기뻐하면서 천사의 말을 따르기로 했다. 파셴카가 어느 도시에 살고 있는지 알았으므로(3백 베르스타 정도 떨어진 곳이었다) 그리로 갔다.

8

파셴카는 이미 오래전부터 예전 파셴카가 아니었으며, 이제는 그저 늙고 비쩍 마른 주름투성이 프라스코비야 미하일로브나, 실패한 관리였던 술주정뱅이 마브리키예프의 장모였다. 그녀는 사위가 마지막으로 일했던 지방 도시에서 살면서 딸과 신경쇠약 환자인 사위, 다섯 손자를 먹여 살렸다. 상인의 딸들에게 음악을 가르치고 시간당 50코페이카를 받아 집 안을 꾸렸다. 하루에 네다섯 시간 수업을 하면 한 달에 60루블 정도를 받았다. 그녀는 사위가 다시 일자리를 얻길 기다리면서 그 돈으로 하루하루 살았다. 프라스코비야 미하일로브나는 사위의 자리를 부탁하는 편지를 모든 친척과 지인에게 보냈는데 그중에는 세르게이도 있었다. 하지만 편지는 세르게이에게 전달되지 않았다.

어느 토요일, 프라스코비야 미하일로브나는 옛날 아버지가 살아 계실 때 농부 요리사가 맛있게 만들어주던 건포도 빵을 만들기 위해 밀가루를 반죽하고 있었다. 다음날 축제일에 손자들에게 그 빵을 먹이고 싶었다.

그녀의 딸인 마샤는 막내를 돌보고 있었고 위의 손자와 손녀는 학교에 가 있었다. 사위는 밤새 뜬눈으로 새우고 이제야 잠들었다. 프라스코비야 미하일로브나도 남편에게 화를 내는 딸을 달래느라 지난밤에 잠을 설쳤다.

그녀가 보기에 사위는 유약한 사람이어서 그렇게밖에 살아갈 수 없으며 따라서 아내가 아무리 잔소리를 해봐야 소용없었다. 그래서 딸이 화를 누그러뜨리고 남편에게 잔소리나 비난을 못 하게 하려고 온 힘을 다해 노력했다. 그녀는 사람들끼리 불편하게 지내는 걸 체질적으로 참지 못했다. 그래 봐야 뭐 하나 좋아지는 것이 없으며 오히려 모든 게 나빠지기만 할 뿐이라고 믿었다. 아니, 그녀는 그런 생각조차 하지 않았다. 그저 누군가 화를 내는 모습을 보면 고약한 냄새를 맡거나 날카로운 소리를 듣거나 몸을 뭔가로 얻어맞을 때처럼 고통스러울 뿐이었다.

그녀는 루케리야에게 밀가루 반죽하는 법을 가르치고 있었다. 이 정도면 됐다 싶었을 때 앞치마를 입고 굽은 다리에 기운 양말을 신은 여섯 살짜리 손자 미샤가 놀란 표정으로 부엌에 뛰어 들어왔다.

"할머니, 무섭게 생긴 할아버지가 할머니를 찾아요."

루케리야가 문밖을 내다보았다.

"할머니, 순례자인 것 같아요."

프라스코비야 미하일로브나는 야윈 양쪽 팔꿈치를 서로 비비고 두 손을 앞치마에 닦은 뒤 지갑을 가지러 위층으로 갔다. 순례자에게 5코페이카를 줄 생각이었다. 하지만 지갑에는 10코페이카 동전밖에 없다는 사실을 떠올리고는 돈 대신 빵을 주기로 하고 찬장으로 발걸음을 돌렸다. 그 순간 자신이 10코페이카를 아까워하고 있다는 생각이 들면서 얼굴이 화끈거렸다. 그녀는 루케리야에게 빵을 한 덩이 자르라고 이르고 자신은 10코페이카를 가지러 다시 위층으로 갔다. 그러면서 생각했다. '벌받은 거야. 두 배로 주게 됐으니.'

그녀는 미안한 마음으로 순례자에게 빵과 돈을 건넸다. 순례자들에게 뭔가를 줄 때 그녀는 자신의 너그러움을 자랑하기는커녕 오히려 너무 적게 주는 것을 부끄러워했다. 더구나 이 순례자의 모습에는 함부로 대할 수 없는 뭔가가 있었다.

음식을 얻어먹으며 3백 베르스타나 되는 길을 걸어오고 옷이 다 해지고 몸이 여위고 얼굴이 검게 그을었어도, 머리를 짧게 자르고 농부의 모자를 쓰고 신을 신었어도, 겸손하게 고개를 숙였어도, 세르게이의 모습은 여전히 사람들의 마음을 끌어당겼다. 하지만 프라스코비야 미하일로브나는 그를 알아보지 못했다. 30년 가까이 그를 보지 못했으니 그러는 것도 당연했다.

"영감님, 변변치는 않지만 뭘 좀 드시겠어요?"

그는 빵과 돈을 받았다. 프라스코비야 미하일로브나는 그 노인이 자리를 떠나지 않고 계속 자신을 쳐다보자 몹시 당황했다.

"파셴카, 너를 만나러 왔어. 날 좀 들여보내줘."

간절히 애원하듯 그녀를 바라보는 세르게이의 검고 아름다운 두 눈에 눈물이 맺히면서 반짝 빛이 났다. 희끗한 수염 아래 입술이 애처롭게 떨렸다.

프라스코비야 미하일로브나는 비쩍 마른 가슴을 두 손으로 누르고는 입을 벌린 채 꼼짝도 못 하고 서서 순례자의 얼굴만 쳐다보았다.

"아, 이럴 수가! 스테판! 세르게이! 세르게이 신부님!"

"그래, 바로 나야." 세르게이가 나직하게 말했다. "다만 세르게이나 세르게이 신부가 아니라 대죄인 스테판 카사츠키야. 타락한 죄인이지. 날 받아줘. 그리고 도와줘."

"그게 다 무슨 말이에요? 그렇게 자신을 낮추다니요! 자, 어서 들어가세요."

그녀가 손을 내밀었다. 하지만 세르게이는 그녀의 손을 잡지 않고 뒤를 따라 들어갔다.

그런데 세르게이를 마땅히 데려갈 곳이 없었다. 집은 무척 비좁았다. 처음에는 창고나 다름없는 아주 작은 방을 그녀가 썼지만 그것마저도 딸에게 내주었다. 지금 그 방에서 딸 마샤가 젖먹이를 재우고 있었다.

"우선 여기 앉으세요." 그녀가 부엌에 있는 의자를 가리키며 세르게이에게 말했다.

세르게이는 자리에 앉자마자 이제는 익숙해진 듯 먼저 한쪽 어깨에서 다음에는 다른 쪽 어깨에서 자루의 끈을 빼냈다.

"아, 세상에, 어떻게 이렇게 초라해지신 거예요? 그처럼 명성이 높던 분이 어떻게 갑자기……."

세르게이는 아무 대답 없이 그저 온화하게 미소만 지으며 옆에 자루를 놓았다.

"마샤, 이분이 누군지 아니?"

프라스코비야 미하일로브나는 딸에게 귀엣말로 세르게이가 누구인지 얘기해주었다. 그리고 모녀는 작은 방을 세르게이에게 내주기 위해 거기에 있던 침구와 요람을 꺼냈다.

프라스코비야 미하일로브나가 방으로 세르게이를 데려갔다.

"여기서 좀 쉬세요. 누추하긴 하지만요. 저는 나가봐야 해요."

"어딜 가는데?"

"수업을 해야 해서요. 이런 말 하기 부끄럽지만, 음악을 가르치고 있어요."

"음악이라, 그것 참 좋군. 그건 그렇고, 프라스코비야 미하일로브나, 당신과 할 얘기가 있어서 이렇게 찾아왔어. 언제 얘기를 좀 나눌 수 있을까?"

"저야 아주 좋죠. 오늘 저녁이라도 괜찮을까요?"

"그렇고말고. 그리고 한 가지 부탁이 더 있어. 나에 대해서, 그러니까 내가 누구인지에 대해 아무한테도 얘기하지 말아줘. 당신만 알고 있어야 해. 내가 어디에 있는지 아무도 몰라. 아무도 알아서는 안 돼."

"어쩌지, 벌써 딸에게 말했는데요."

"그럼 딸에게 아무한테도 얘기하지 말라고 해줘."

세르게이는 신을 벗고 자리에 누웠다. 밤새 한잠도 못 자고 40베르스타나 걸었던 탓에 금세 잠이 들었다.

프라스코비야 미하일로브나가 돌아왔을 때 세르게이는 방에 앉아 그녀를 기다리고 있었다. 그는 식사 시간이 되어도 나오지 않고 루케리야가 방으로 가져다준 수프와 죽을 먹었다.

"어떻게 이렇게 일찍 왔어?" 세르게이가 물었다. "지금 얘기를 할 수 있는 건가?"

"당신 같은 손님이 찾아오시다니 어쩌나 기쁘던지요. 그래서 수업을 빼먹었죠. 다음에 하면 되니까……. 줄곧 신부님을 찾아갈 생각을 하고 있었어요. 편지도 썼고요. 그런데 갑자기 이런 행운이 찾아온 거예요."

"파셴카, 지금부터 내가 당신에게 하는 말을 임종의 순간 주님 앞에 드리는 참회의 말로 받아줘. 파셴카! 난 성인이 아닐 뿐더러 평범한 사람조차도 못 돼. 난 추하고 흉악하고 타락하고 교만한 죄인이야. 세상에서 가장 악한 건 아닐지 몰라도 아주 악한 죄인이지."

파셴카는 눈을 크게 뜨고 한동안 세르게이를 쳐다보기만 했다. 그녀는 그가 하는 말을 믿었다. 그리고 이내 그 말을 완전히 알아듣고는 그의 손을 잡고 애처로운 듯 미소를 지으며 말했다.

"스티바, 너무 심하게 말하는 것 아닌가요?"

"아냐, 파셴카. 난 음탕한 자이자 살인자야. 신을 모독하고 기만한 자야."

"아, 세상에! 그게 다 무슨 말이에요?"

"그렇다 해도 난 살아가야만 해. 내가 모든 걸 알고 있다고 생각하고는 사람들에게 어떻게 살아야 하는지 가르쳤지. 그런데 난 아무것도 모르고 있었어. 그래서 당신에게 가르쳐달라고 부탁하는 거야."

"스티바, 그게 무슨 소리예요? 날 놀리는군요. 당신은 왜 언제나 날 놀리는 건가요?"

"그래, 좋아, 놀린다고 하지. 그러니 지금 어떻게 살고 있으며 어떻게 살아왔는지 얘기해줘."

"나 말인가요? 아주 끔찍하고 구차하게 살았지요. 지금 하나님에게 벌을 받고 있어요. 그럴 만해요. 그래서 이렇게 힘들게 살고 있답니다. 아주 힘들게……."

"결혼은 어떻게 한 거지? 남편과는 어떻게 살았어?"

"하나부터 열까지 다 엉망이었어요. 말도 안 되는 사랑에 빠져 결혼했죠. 아버지는 결혼을 반대했어요. 하지만 그러거나 말거나 내 맘대로 결혼해버렸죠. 결혼하고 나서는 남편을 도울 생각은 않고 질투나 하면서 괴롭혔어요. 질투심을 억누를 수가 없었어요."

"남편이 주정뱅이였다고 들었는데."

"그래요. 그렇다 해도 내가 그 사람을 달래주지 못했어요. 그저 비난만 했죠. 그건 병이었는데 말이에요. 그도 참을 수가 없었던 거예요. 그 사람이 술을 못 마시게 하려고 내가 얼마나 애썼는지 지금도 생각이 나요. 그러다 보니 사는 게 꼭 전쟁 같았죠."

그녀는 지난 기억 때문에 고통이 어린 아름다운 두 눈으로 카사츠키를 바라보았다.

카사츠키는 남편이 파셴카를 때린다는 얘기를 들었던 기억이 났다. 그녀의 비쩍 마른 목과 귀 뒤로 불거져 나온 힘줄, 반은 희끗희끗해진 적갈색 성긴 머리카락을 한데 묶은 모습을 보니 그간의 일이 눈앞에 그려지는 듯했다.

"그리고 재산 한 푼 없이 두 아이하고만 남게 되었어요."

"영지가 있지 않았나?"

"그건 바샤가 살아 있을 때 팔아서 전부…… 써버렸지요. 먹고살기는 해야겠는데, 우리 같은 젊은 여자들이 다 그렇듯 할 줄 아는 게 아무것도 없었어요. 나는 특히나 아무 대책이 없었고 도움받을 곳도 없었지요. 그래서 수중에 있는 걸 다 써버리고 나서 아이들을 가르치기 시작했어요. 그 덕에 나도 조금 배우고 말이에요. 그런데 미탸가 4학년 때 병이 났고, 결국 하나님이 데려가셨어요. 마샤는 지금 사위가 된 바냐와 사랑에 빠졌어요. 사위는, 뭐랄까, 좋은 사람이긴 한데 운이 없어요. 몸이 아프거든요."

"엄마!" 딸이 부르는 소리에 그녀가 이야기를 멈췄다. "미샤 좀 데려가주세요. 아이 때문에 아무것도 할 수가 없어요."

프라스코비야 미하일로브나가 몸을 한 번 부르르 떨고는 자리에서 일어나 낡은 신발을 대충 걸쳐 신고 문밖으로 나가더니 두 살짜리 사내아이를 품에 안고 이내 돌아왔다. 아이는 몸을 뒤로 젖히고 제 할머니의 머릿수건을 두 손으로 꼭 쥐었다.

"아, 내가 어디까지 얘기했죠? 그래요, 사위는 좋은 직장에 다녔어요. 상사도 친절한 사람이었죠. 하지만 사위는 버티지 못하고 그만두었어요."

"어디가 아픈 거지?"

"신경쇠약이에요. 무서운 병이죠. 여기저기 알아보니 요양을 가야 한다더군요. 하지만 돈이 있어야지요. 그저 병이 낫기만 바랄 뿐이에요. 어디가 특별히 아픈 건 아니지만……."

"루케리야!" 약하지만 짜증이 잔뜩 섞인 사위의 목소리가 들렸다. "찾을 때마다 안 보인단 말이야. 장모님……!"

"지금 가네." 프라스코비야 미하일로브나의 얘기는 또 중단되었다. "사위가 아직 식사를 못 했어요. 우리하고 같이 먹질 못하거든요."

그녀는 나가서 뭔가를 차리고는 햇볕에 그을린 앙상한 손을 닦으며 돌아왔다.

"저는 이렇게 살아요. 늘 불평하고 늘 불만스럽지만, 참 감사하게도 손자들 모두 착하고 건강하답니다. 그래서 또 이렇게 살 수 있는 거지요. 그런데 제 얘기만 하고 있잖아요."

"어떻게 먹고사는 거지?"

"제가 일해서 조금씩 벌어요. 음악이라면 따분해했는데 지금은 그 덕을 보네요."

그녀는 옆에 있는 서랍장에 작은 손을 올리더니 피아노 연습을 하듯 야윈 손가락을 움직였다.

"수업을 해서 얼마나 받지?"

"1루블을 받기도 하고 50코페이카를 받기도 해요. 30코페이카를 받을 때도 있고요. 모두들 제게 잘해줘요."

"학생들은 잘 따라오던가?" 카사츠키가 눈웃음을 지으며 물었다.

프라스코비야 미하일로브나는 처음에는 그가 장난으로 묻는 줄 알고 미심쩍은 표정으로 그의 눈을 쳐다보았다.

"어떤 아이들은 잘 따라와요. 특히 뛰어난 아이가 하나 있어요. 푸

줏간집 딸이죠. 착하고 똑똑한 아이예요. 내가 똑똑한 여자였다면 아버지 연줄을 이용해서 사위에게 일자리를 찾아줄 수도 있었을 텐데요. 내가 아무 능력이 없어서 모두를 이렇게 만들어버렸어요."

"그래, 그렇군." 카사츠키가 고개를 숙이며 물었다. "그런데 파셴카, 예배에는 참석하나?"

"아, 말도 마세요. 사는 게 너무 힘들다 보니 제대로 나가질 못해요! 아이들과 금식을 하고 가끔 교회에 가기도 하지만 그러다가 또 몇 달씩 못 가기도 해요. 아이들만 보내고요."

"어째서 당신은 가지 않는 거지?"

"사실은……." 그녀는 얼굴이 빨개졌다. "다 낡은 옷을 입고 가려니 딸과 손주들 보기 창피해서요. 새 옷이 없거든요. 그냥 게으른 탓도 있고요."

"그럼 집에서 기도를 하나?"

"기도하지요. 하지만 그저 아무 생각 없이 하는 거예요. 그러면 안 된다는 건 알지만 마음속에 참된 감정이 없어요. 내가 얼마나 추한지만을 알고 있을 뿐……."

"아, 그래, 그렇군." 카사츠키가 맞장구치듯 말했다.

"알았어, 지금 가네." 그녀는 사위가 부르는 소리에 대답하고는 머릿수건을 고쳐 쓰고 방을 나갔다.

그녀는 이번에는 한참이 지나서야 돌아왔다. 그녀가 왔을 때 카사츠키는 무릎에 팔꿈치를 대고 머리를 숙인 채 앉아 있었다. 등에는 자루를 메고 있었다.

그녀가 갓이 없는 양철 등잔을 들고 방으로 들어오자, 그는 아름답지만 지친 기색이 역력한 눈으로 그녀를 바라보면서 아주 크게 한숨을 내쉬었다.

"당신이 누구인지 얘기 안 했어요." 그녀가 조심스럽게 말했다. "그저 내가 전부터 알던 귀족 출신 순례자라고만 했어요. 부엌으로 가서 차 한잔 마셔요."

"아니, 괜찮아……."

"그럼 여기로 가져올게요."

"아니, 내겐 아무것도 필요 없어. 파셴카, 하나님이 당신을 구원하실 거야. 난 이제 가봐야 해. 나를 측은하게 생각한다면, 날 만났다는 얘기를 아무에게도 하지 말아줘. 꼭 부탁해. 아무에게도 말하면 안 돼……. 고마워, 당신 발아래 엎드리고 싶지만 그러면 당신이 당황스럽겠지. 고마워, 그리스도의 이름으로 날 용서해주길."

"저를 축복해주세요."

"하나님이 축복하실 거야. 그리스도의 이름으로 날 용서해줘."

그녀가 떠나려는 세르게이를 잡더니 흑빵과 둥근 빵, 버터를 가져다주었다. 그는 모두 받아 들고 떠났다.

날은 이미 어두워졌다. 세르게이는 두 집을 채 지나기도 전에 파셴카의 시야에서 사라졌다. 파셴카는 개 짖는 소리로 그가 걸어가고 있다는 걸 알 수 있을 뿐이었다.

'그러니까 내 꿈이 의미하는 게 바로 이것이구나. 파셴카는 내가 되어야 했지만 되지 못한 바로 그 사람이야. 나는 신을 위해 산다고 하면서 사실은 사람들을 위해 살았지만, 그녀는 자신이 사람들을 위해 산다고 생각하지만 신을 위해 살고 있는 거야. 그래, 하나의 선행, 보답을 바라지 않고 베푸는 한 잔의 물이 내가 사람들에게 베풀었던 은혜보다 더 귀중한 거야. 그런데 거기에도 진실로 하나님을 섬기려는 열망이 있었을까?' 그는 스스로 묻고 대답했다. '그래, 있었어. 하지만 그 모든 열망은 세속적인 명성으로 더럽혀지고 묻혀버렸어. 그래, 하나님은 나처럼 세속적인 명성을 위해 사는 자와는 함께 계시지 않아. 이제부터라도 하나님을 찾아야 해.'

그는 파셴카를 찾아갈 때 그랬던 것처럼 이 마을 저 마을을 다니며 순례자들과 만났다가 헤어지기도 하면서 사람들에게 빵과 잠자리를 구했다. 가끔 성미 고약한 여주인이 욕지거리를 퍼붓거나 술 취한 농부가 시비를 거는 일도 있었지만, 대부분의 사람들은 그에게 먹을 것과 마실 것을 주었고 순례길에 쓸 돈을 주기도 했다. 그의 품위 있는 외양이 도움이 될 때도 있었다. 그런가 하면 그렇게 품위 있는 사람이 거지꼴이 된 것을 보며 재미있어하는 사람들도 있었다. 하지만 그는 온화한 성품으로 모든 어려움을 이겨냈다.

사람들의 집에서 복음서를 발견하고 그것을 소리 내어 읽어줄 때가 종종 있었는데, 그럴 때마다 사람들은 오래전부터 알고 있던 내용을 들으면서도 마치 처음 듣는 양 놀라고 감동했다.

조언을 해주거나, 글을 대신 읽고 써주거나, 다투는 사람들을 화해시켜주는 등 어떤 식으로든 사람들에게 도움을 주고 나면, 그들에게 감사 인사도 받지 않고 떠나버렸다. 그러면서 그의 내면에 하나님이 조금씩 들어오기 시작했다.

어느 날 그는 노파 두 명, 군인 한 명과 함께 길을 걸어갔다. 그때

준마가 끄는 마차에 탄 신사와 귀부인, 말을 타고 있는 남녀가 그들의 앞을 막아섰다. 귀부인의 남편은 딸과 함께 말을 타고 있었고, 마차에는 귀부인과 여행객인 듯한 프랑스인이 타고 있었다.

그들이 세르게이 일행을 멈춰 세운 이유는 러시아 민중 고유의 미신에 따라 일을 하지 않고 이곳저곳을 떠돌아다니는 순례자를 프랑스인에게 보여주기 위해서였다.

그들은 순례자들이 알아듣지 못할 거라고 생각하고 프랑스어로 얘기를 나눴다.

프랑스 사람이 말했다. *"이런 식의 순례가 하나님의 뜻에 맞는다고 확신하는지 저들에게 물어봐주세요."*

그들이 묻자 두 노파가 대답했다.

"하나님이 받아주시겠지요. 하나님이 다리를 주셨으니 우리는 심장을 드려야지요."

이번에는 군인에게 물었다. 그는 자신이 혼자이며 갈 곳이 없다고 말했다. 그들은 카사츠키에게 당신은 누구냐고 물었다.

"하나님의 종입니다."

"그가 뭐라고 말했나요? 대답을 하지 않는 건가요?"

"하나님의 종이라고 하는군요."

"아무래도 이 사람은 성직자의 아들인 것 같군요. 좋은 가문의 사람 같아요. 잔돈 있습니까?"

프랑스인이 잔돈을 꺼내 들었다. 그리고 순례자 모두에게 20코페이카씩 나눠 주었다.

"저들에게 말해주세요. 양초를 사라고 이 돈을 주는 게 아니라 차

를 *마시라고 주는 거라고요.*" 그가 미소를 짓더니 장갑 낀 손으로 카사츠키의 어깨를 툭툭 두드리며 말했다. "*차를 마시라고요, 영감님.*"

"그리스도의 은혜가 함께하길." 카사츠키가 모자도 쓰지 않은 채 벗겨진 머리를 숙이며 대답했다.

카사츠키는 이 만남이 특별히 기뻤는데, 세속적인 평가를 생각하지 않고 아주 간단하고 쉬운 일을 했기 때문이었다. 겸손한 마음으로 20코페이카를 받아 앞 못 보는 거지에게 주었던 것이다. 사람들의 평가가 그 중요성을 잃어갈수록 하나님의 존재는 더 강하게 느껴졌다.

그렇게 돌아다닌 지 여덟 달이 지나고 아홉 달로 접어들 무렵, 카사츠키는 다른 순례자들과 하룻밤을 묵은 어느 도시의 숙소에서 신분증이 없다는 이유로 체포되었다. 신분증은 어디에 있고 그는 누구인지 묻는 질문에, 그는 신분증은 없으며 자신은 하나님의 종이라고 대답했다. 그는 부랑자로 분류되어 재판을 받고 시베리아로 추방되었다.

시베리아에서 카사츠키는 어느 부유한 농부의 개간지에 정착해 지금까지 살고 있다. 그는 주인집 채소밭에서 일하고 아이들을 가르치고 아픈 사람들을 돌보며 지낸다.

작품 해설

    톨스토이는 평생에 걸쳐 삶과 죽음, 사랑과 고통, 선과 악이라는 문제에 천착하고 이를 작품에 반영한 작가였다. 이 책에 실린 세 작품에는 이러한 톨스토이의 문제의식이 잘 드러나 있다. 특히 죽음이라는 주제는 톨스토이의 전체 삶과 문학의 기저를 이루는 것으로, 그는 1852년에 발표한 〈유년시대〉를 비롯해 그 이후 발표한 〈세바스토폴 이야기〉, 〈세 죽음〉,《전쟁과 평화》,《안나 카레니나》, 〈이반 일리치의 죽음〉, 〈크로이체르 소나타〉,《부활》등에 이르기까지 수많은 작품에서 죽음의 다양한 모습을 진지하고 깊이 있게 고찰했다. 그중 〈이반 일리치의 죽음〉은 죽음을 주제로 한 톨스토이의 중단편 소설 중 가장 뛰어난 작품이라 할 만하다. 1886년에 발표한 〈이반 일리치의 죽음〉은 대문호 톨스토이가 들려주는 삶과 죽음의 이야기다. 톨스토이는 인간이 삶의 진정한 의미와 가치를 깨닫는 것은 죽음을 맞는 순간의 자기반성을 통해서라고 믿었는데, 이런 그의 시각을 잘 표현한 작품 또한 〈이반 일리치의 죽음〉이다. 이 작품에서 화자가 말하는 주인공, 이반 일리치의 삶은 "굉장히 단순하고 평범했으며 아주 끔찍하기도 했다". 판사로서 성공 가도를 달리던 이반 일리치는 어느 날 가벼운 부상을 당한다. 하지만 대수롭지 않게 생각했던 이 상처는 그를 돌이킬 수 없는 죽음으로 몰아넣는 기폭제가 된다. 원인 모를 병을 앓으며 죽음을 향해 다가가는 동안 이반 일리치는 자신의 단순하고 평범했던 삶을 전혀 다른 시각에서 바라보게 된다.

이반 일리치가 죽음이라는 나락으로 빠져 들어가던 그 가혹한 시간 동안 주위 사람들은 하나같이 무심하기만 하다. 직장 동료들은 그의 고통과 두려움을 가벼운 장난처럼 대하며 가족조차도 그를 위해 진심으로 마음 아파해주지 않는다. 이반 일리치가 원한 것은 누군가 자신을 아픈 어린아이 보듯 가엾게 여겨주는 것이었고, 아이를 안고 달래듯 다정하게 다독여주고 입 맞춰주고 그를 위해 울어주는 것이었다. 그의 마음을 알아주고 불쌍히 여겨주는 것이었다. 하지만 그들은 이반 일리치에게 그는 병이 들었을 뿐 죽는 것은 아니며 안정을 취하고 치료하면 훨씬 좋아질 거라는 거짓말만 할 뿐이다. 이반 일리치를 힘들게 한 것은 바로 사람들의 거짓 위로와 거짓 동정이었다. 사람들의 거짓과 위선은 이반 일리치가 죽고 나서도 여전했다. 그의 동료들은 이반 일리치가 죽었다는 소식을 듣고 그의 죽음이 가져올 자신과 지인들의 자리 이동이나 승진을 가장 먼저 떠올리는가 하면 죽은 사람은 자신이 아닌 바로 이반 일리치라는 사실에 안도한다. 그리고 이제부터 장례식에 참석하고 미망인을 위로하는 번거로운 절차가 남았다는 생각을 하고 동료들과 모여 카드놀이 할 계획을 궁리하기도 한다. 이반 일리치의 아내 역시 남편의 죽음을 슬퍼하는 척하면서 사실은 연금을 조금이라도 더 받을 수 있는 방법을 찾는 일에만 골몰한다.

이반 일리치는 죽음에 대해 미처 생각할 기회도 갖지 못한 채 느닷없이 죽음과 맞닥뜨려야 했다. 그런 그에게 육체적 고통보다 더 끔찍한 것은 정신적 고통이었다. 이반 일리치를 무엇보다 괴롭힌 것은 "내 삶 전체가 정말로 잘못된 것일지도 모르며, 어쩌면 이제껏 잘못 살아온 것일 수도 있다"는 생각이었다. "높은 자리에 있는 사람들이 좋다고 여기는 것들에 맞서 싸우고 싶다는 충동, 마음속에 어렴풋이 떠오를라치면 서둘러 떨어내버렸던 그 충동, 그것만이 진짜고 나머지는 모두 거짓일 수 있다"는 생각이었다. 또한, "자신의 일, 삶의 방식, 가족, 사교계와 직장의 모든 이해관계가 다 거짓일 수도 있다"는 자각이었다. "삶의 전부라고 믿었던 모든 것이 어쩌면 위선이었을지도 모른다"는 자각이었다. 그는 가족과 주변 사람들이 말과 행동으로 보여주던 모든 것으로 이 처참한 진실을 확인했으며 그들의 모습에서 자신의 모습을, 자신이 어떻게 살아왔는지를 보았다. 그 모든 것이 삶과 죽음을 가려버리는 무섭고도 거대한 기만이었음을 똑똑히 깨달았다. 시시때때로 찾아오는 통증에 괴로워하고 가족과 주변 사람들의 거짓에 절망하던 이반 일리치가 스스로의 삶을 돌아보고 진실을 마주할 수 있었던 것은 그를 진심으로 가엾게 여기고 성심껏 돌봐주던 단 한 사람 게라심 때문이었다. 이반 일리치는 죽음을 마주하고서야 삶과 죽음의 진정한 의미를 깨달을 수 있었고 진실을 받아들일 수 있었으며 사람들을 용서할 수 있었다. 그런 의미에서 이반 일리치가 맞은 죽음은 곧 새로운 삶, 모든 거짓과 허위가 배제된 삶에 대한 각성이었다. 그것은 남아 있는 사람은 짐작조차 하지 못하는 삶, 죽어가는 이가 온전히 혼자서 맞아야 하는 삶이었다. 스스로

254

의 삶에 한 치의 어긋남도 없었다고 믿었던 이반 일리치가 죽음 앞에서 삶 전체를 되돌아보는 이야기를 통해 톨스토이는 죽음을 말하면서 한편으로는 그보다 더 치열하고 진지하게 진정한 삶이란 무엇인지, 모든 위선과 거짓에서 벗어나 진짜 삶을 산다는 것은 무엇인지를 역설한다.

〈악마〉는 톨스토이의 개인적 경험을 바탕으로 한 소설이다. 결혼 전 톨스토이는 농부의 아내인 악시냐 바지키나와 사랑에 빠졌다. 소피아를 아내로 맞고 난 뒤 톨스토이는 속죄의 의미로 어린 아내에게 악시냐 바지키나와의 일이 적힌 자신의 일기를 읽게 했고, 아내는 두 사람의 관계를 몹시 질투하며 괴로워했다. 이 모든 경험이 소설 〈악마〉에서 줄거리의 기초를 이룬다. 그런 이유로 톨스토이는 1889년에 〈악마〉를 쓰고도 아내의 반응을 염려해 원고를 서재의 의자 등받이 속에 감춰놓았다. 결국 이 소설은 톨스토이가 세상을 떠나고 난 뒤인 1912년에 발표되었다.

소설 〈악마〉에서 훌륭한 가문의 귀족 청년 이르테네프는 아버지가 돌아가신 뒤 조상 대대로 물려받은 영지와 농장을 관리하기 위해 어머니와 함께 고향에 정착한다. 그는 아버지가 남긴 엄청난 부채를 해결하고 가문의 옛 영광을 재현하기 위해 노력한다. 하지만 스물여섯 살의 건강한 청년이었던 이르테네프는 시골 생활에서 겪어야 하는 '강요된 절제'가 몹시 힘겨웠다. 그래서 이 문제를 해결할 방도를 찾다가 산림지기 다닐라의 도움으로 농부의 아낙인 스테파니다를 만난다. 남편이 있는 여자와 불륜의 관계를 맺으면서도 이르테네프는 그저 건강을 위해서라며 스스로의 행동을 정당화한다.

정숙하고 순종적인 아내를 맞고 나서 이르테네프는 스테파니다와의 만남을 중단했고, 이제 그녀와의 관계는 모두 끝났다고 믿는다. 하지만 스테파니다를 향한 욕망은 끊임없이 이르테네프를 괴롭히고 결국 그는 스스로 권총을 쏴 자살한다. 이 작품은 미완성으로 끝났는데, 그런 이유로 두 개의 결말이 존재한다. 또 하나의 결말에서 이르테네프는 그에게 악마와 같은 존재였던 스테파니다를 권총으로 쏴 죽인다. 그리고 자신도 알코올중독자가 되어 끝내 파멸한다. 두 가지 결말 모두에서 톨스토이는 욕망을 이기지 못하고 무기력하게 무너지는 한 인간의 모습과 그런 그가 맞아야 하는 비극적 결말을 보여준다.

〈신부 세르게이〉에서 총명하고 능력 있는 장교로 모두의 기대를 한 몸에 받던 카사츠키는 약혼녀의 불륜 사실을 알고 나서 파혼을 한 뒤 모든 세속적 욕망을 뒤로한 채 수도원으로 들어간다. 하지만 신부 세르게이로 살아가는 동안에도 그는 여전히 욕망에 시달린다. 이 소설에서 주인공이 겪는 육체적·정신적 체험은 〈악마〉에서보다 더욱 복잡한 단계로 들어선다. 세르게이는 자신의 손가락을 잘라내기까지 하면서 욕정의 유혹을 이겨내지만, 톨스토이가 그의 친구 체르트코프에게 말했듯 이 육체적 욕망과의 싸움은 하나의 에피소드에 지나지 않는다. 신부 세르게이가 정말로 싸워야 했던 대상은 세속적 명예욕이었다. 세르게이의 마음속에 신은 존재하지 않았고 그는 철저하게 타락했다. 결국 옛 친구 파센카를 만나고 나서야 세르게이는 자신이 신을 위해 산다고 하면서 사실은 세속적 욕망을 위해 살고 있었음을 깨닫는다.

각각의 작품에서 톨스토이는 죽음과 육체적 욕망, 오만과 허영을 이야기한다. 하지만 이 개별 주제들은 하나의 작품과 다른 작품을 연결하며 모든 작품을 아우르는 주제로 변화한다. 톨스토이 작품에 등장하는 인물들이 진실한 삶과 자신의 모습을 발견한 것은 그들이 평생 추구해온 모든 것을 버리고 나서였으며 철저히 무너지고 나서였다. 그들은 스스로를 자유롭게 해줄 거라 믿었던 허위의 삶과 육체적·세속적 욕망에서 벗어나고 나서야 비로소 진정으로 자유로워질 수 있었다.

레프 톨스토이 연보

1828년 9월 9일, 니콜라이 톨스토이 백작의 4남으로 야스나야 폴랴
나에서 출생하다. 부친은 나폴레옹 전쟁에 참가한 퇴역 육군
중령, 모친은 볼콘스키 공작의 딸이었다.

1830년 8월 7일, 어머니 마리야 니콜라예브나가 여동생 마리야를
낳고 사망하다.

1837년 1월, 모스크바로 이사하다. 6월 21일, 아버지 니콜라이 일리
치가 툴라에 갔다가 거리에서 졸도해 사망하다. 숙모 오스틴
사켄 부인이 고아가 된 다섯 형제자매의 후견인이 되다.

1841년 가을, 후견인 오스틴 사켄 부인이 사망하다. 형 셋과 함께 다
른 숙모인 펠라게야 일리치나 유시코프 부인의 카잔 집으로
옮기다.

1844년 카잔대학 동양어학과(아랍·터키어 전공)에 입학하다.

1845년 진급 시험에 낙제, 법과로 전과하다.

1847년 4월, 카잔대학을 중퇴하고 고향 야스나야 폴랴나로 돌아가
진보적인 지주로서 새로운 농업 경영, 소작인의 계몽 및 생

활 개선 등에 힘썼으나 농노제 사회에서는 실현되지 못하다.

1848년 페테르부르크대학 학사 시험에 합격하여 법학사 칭호를 얻다. 이 해부터 23세까지는 모스크바를 오가며 도박, 술, 여자에 빠져 부랑 생활을 하다.

1851년 3월, 〈지나간 이야기〉 집필하다. 5월, 큰형 니콜라이가 복무하는 캅카스 포병대에 입대하다.

1852년 6월, 〈유년시대〉 탈고, 네크라소프가 주재하는 잡지 〈동시대인〉에 익명으로 9월부터 게재하기 시작해 작가로서의 첫걸음을 내딛다.

1854년 1월, 장교로 승진, 고향에 돌아오다. 3월, 다뉴브 파견군에 종군하다. 7월, 크림 군으로 옮겨져, 세바스토폴에서 전쟁에 참가하다. 〈소년시대〉를 발표하다.

1855년 8월, 흑하(黑河) 전투에 참가했다가 11월 페테르부르크로 귀환해 투르게네프, 네크라소프 등 〈동시대인〉 동인들의 환영을 받다. 투르게네프와 불화하다.

1856년 11월, 군대에서 제대하다. 〈눈보라〉, 〈2인의 경기병〉, 〈진중의 해후〉, 〈지주의 아침〉 발표하다.

1857년 1월, 유럽 여행 후 7월에 귀국하다. 야스나야 폴랴나에 정착해 농사일을 하다. 〈청년시대〉 발표하다.

1859년 농민의 자녀들을 위해서 야스나야 폴랴나에 학교를 세우다. 〈세 죽음〉, 〈가정의 행복〉 발표하다.

1860년 교육 문제에 큰 관심을 갖고 〈국민 보통 교육 초안〉을 기초하다. 7월, 교육 제도 시찰을 목적으로 다시 외유하다. 9월, 큰형 니콜라이의 사망으로 큰 충격을 받다.

1861년 유럽 제국을 돌며 교육 시설을 시찰하고 4월에 귀국. 야스나야 폴랴나에 소학교를 설립하다. 잡지 〈야스나야 폴랴나〉를 발행하다. 투르게네프와 논쟁, 불화는 극에 이르다.

1862년 교육에 관한 논문 〈국민 교육에 관해서〉, 〈읽고 쓰기 방법에 대하여〉, 〈누가 누구에 대해서 쓸 것을 배우는가〉를 발표하다. 9월, 궁정의 베르스의 차녀로 당시 18세인 소피야 안드레예브나와 결혼하다.

1863년 장남 세르게이가 태어나다. 〈야스나야 폴랴나〉의 종간호를 내다. 〈진보와 교육의 정의〉, 〈카자흐〉, 〈폴리쿠슈카〉를 발표하다.

1864년 장녀 타티야나가 태어나다. 사냥을 갔다가 말에서 떨어져 왼손을 다치고 모스크바에서 수술을 받다. 《톨스토이 저작집》 1, 2권 발간하다.

1865년 《전쟁과 평화》 첫머리(1~38장)를 〈러시아 통보〉에 게재하다.

1866년 《전쟁과 평화》 2편 발표하다. 5월, 차남 일리야가 태어나다.

1867년 초판 《전쟁과 평화》 전 3권 출판되다.

1869년 3남 레프가 태어나다. 《전쟁과 평화》 완결, 간행되다.

1872년 〈초등 독본〉, 〈신은 진리를 놓치지 않으신다〉를 집필하다. 농민의 자녀 교육을 위해 집에 의숙을 열다.

1873년 사마라 지방에 온 가족을 데리고 가서 기근 구제 사업을 하다. 〈사마라 지방의 기근에 대해서〉를 〈모스크바 신문〉에 게재하다. 《톨스토이 저작집》 1~8권 간행하다.

1875년 《안나 카레니나》가 〈러시아 통보〉에 연재되기 시작하다.

1877년 《안나 카레니나》 완결되다.

1878년   투르게네프와 화해하다.

1879년   《고백록》의 첫 부분을 발표하다. 러시아 본국에서는 발매 금
         지를 당하나 집필을 계속하다.

1881년   《사람은 무엇으로 사는가》,《요약 복음서》간행하다.

1882년   모스크바의 민세(民勢) 조사에 참가하다.《고백록》을 완성해
         〈러시아 사상〉에 발표하나 발행이 금지되다.〈모스크바에서
         의 민세 조사에 대하여〉,〈교회와 국가〉를 발표하다.

1885년   아내에 의해《톨스토이 저작집》12권 간행되다. 민화(民話)
         〈바보 이반〉,〈두 노인〉,〈양초〉,〈사랑이 있는 곳에 하나님
         이 계시다〉,〈소년은 노인보다 현명하다〉,〈두 형제와 황금〉
         등을 집필하다.

1886년   마차에서 떨어져 허리를 다쳐 2개월을 병상에서 보내다.《이
         반 일리이치의 죽음》간행되다. 민화〈소악마가 빵값을 한
         이야기〉,〈회개하는 사람〉,〈사람에게는 얼마만 한 토지가
         필요한가〉,〈3인의 은자〉등을 집필하다.

1887년   3월, 육식을 끊다. 9월, 은혼식을 올리다.《인생론》을 간행하
         나 발행이 금지되다.〈음주 반대 동맹〉을 일으키다.

1888년   소학교 교사로 봉직하기 위해 원서를 내나 당국이 거부하다.

1889년   〈크로이체르 소나타〉,〈악마〉,〈하나님을 섬길 것인가, 황금을
         섬길 것인가〉,〈손의 노동과 지적 노동〉집필하다.

1891년   4월, 재산을 분배하다. 중앙 러시아, 동남 러시아 등 20개 주
         에 기근이 일어나 농민 구제에 맹활약하다.〈기근 보고〉,〈두
         려운 문제〉,〈법원에 관해서〉,〈어머니의 수기〉집필하다. 전
         저작권을 포기하다.

1894년   모스크바 심리학회 명예 회원으로 선출되다.

1895년   〈주인과 머슴〉 탈고하다. 두호보르 교도와 친교가 있었는데,
          이해 4천 명의 교도가 징병 기피 운동을 일으키고, 톨스토이
          가 그 지도자로 지목되어 박해를 받다.

1896년   병역 거부 운동을 찬성하는 논문을 국외에서 발표하다.

1897년   3월, 와병 중인 체호프를 모스크바로 방문하다. 《예술론》을
          간행하다.

1898년   툴라와 오룔 두 지방의 기근 구제에서 활약하다. 두호보르
          교도를 원조할 자금을 만들기 위해 《부활》을 완성하여 출판
          할 결심을 하다.

1899년   3월, 《부활》을 발표하여 세인의 주목을 끌다.

1900년   1월, 아카데미 예술 회원에 선출되다.

1901년   그리스 정교회에서 파문되다. 9월, 크림에 가서 티푸스와 폐
          렴이 발병, 중태에 빠지다.

1904년   전쟁 반대론 〈반성하라〉를 기고하다.

1906년   〈1일 1선〉, 〈셰익스피어론〉을 〈러시아의 소리〉에 게재하다.
          〈유년시대의 추억〉, 〈표트르 헤리치스키〉, 〈파스칼〉 발표
          하다.

1907년   야스나야 폴랴나에 학교를 재건하다.

1908년   탄생 80주년 축하회가 거행되다.

1909년   톨스토이 탄생 80년 기념 톨스토이 박람회가 페테르부르크
          에서 열리다.

1910년   10월 28일 미명, 아내에게 최후의 유언장을 남겨놓고 딸 알
          렉산드라와 주치의를 데리고 가출하다. 도중에 사형을 논한

〈유효한 수단〉을 쓰다. 10월 31일, 여행 도중 발병, 간이역 아스타포보에서 하차하다. 11월 3일, 최후의 감상을 일기에 쓰다. 11월 20일 오전 6시 5분, 역장 관사에서 운명하다.

옮긴이 **이순영**

고려대학교 노어노문학과와 성균관대학교 대학원 번역학과를 졸업했으며, 현재 전문번역가로 일하고 있다. 옮긴 책으로《도리스의 빨간 수첩》,《워런 13세와 속삭이는 숲》,《남자다움이 만드는 이상한 거리감》,《이기는 공식》,《워런 13세와 모든 것을 보는 눈》,《나는 더 이상 너의 배신에 눈감지 않기로 했다》,《사람은 무엇으로 사는가》,《상실 그리고 치유》,《키친하우스》,《집으로 가는 먼 길》,《무엇을 더 알아야 하는가》,《고독의 위로》등이 있다.

이반 일리치의 죽음

1판 1쇄 발행 2016년 7월 30일
2판 1쇄 발행 2024년 9월 10일

지은이 레프 톨스토이 ｜ 옮긴이 이순영
펴낸곳 (주)문예출판사 ｜ 펴낸이 전준배
출판등록 2004. 02. 11. 제 2013-000357호 (1966. 12. 2. 제 1-134호)
주소 04001 서울시 마포구 월드컵북로 21
전화 393-5681 ｜ 팩스 393-5685
홈페이지 www.moonye.com ｜ 블로그 blog.naver.com/imoonye
페이스북 www.facebook.com/moonyepublishing ｜ 이메일 info@moonye.com

ISBN 978-89-310-2377-0 04800
ISBN 978-89-310-2365-7 (세트)

∘ 잘못 만든 책은 구입하신 서점에서 바꿔드립니다.

ᇜ문예출판사® 상표등록 제 40-0833187호, 제 41-0200044호

■ 문예세계문학선

★ 서울대, 연세대, 고려대 필독 권장 도서   ▲ 미국대학위원회 추천 도서
● 《타임》 선정 현대 100대 영문 소설   ▽ 《뉴스위크》 선정 세계 100대 명저

1 젊은 베르테르의 슬픔 괴테 / 송영택 옮김

▲★ **2 멋진 신세계** 올더스 헉슬리 / 이덕형 옮김

●▽ **3 호밀밭의 파수꾼** J. D. 샐린저 / 이덕형 옮김

4 데미안 헤르만 헤세 / 구기성 옮김

5 생의 한가운데 루이제 린저 / 전혜린 옮김

6 대지 펄 S. 벅 / 안정효 옮김

●▽ **7 1984** 조지 오웰 / 김승욱 옮김

●▽ **8 위대한 개츠비** F. 스콧 피츠제럴드 / 송무 옮김

●▽ **9 파리대왕** 윌리엄 골딩 / 이덕형 옮김

10 삼십세 잉게보르크 바흐만 / 차경아 옮김

★▲ **11 오이디푸스왕 · 안티고네**
소포클레스 · 아이스킬로스 / 천병희 옮김

★▲ **12 주홍글씨** 너새니얼 호손 / 조승국 옮김

●▽ **13 동물농장** 조지 오웰 / 김승욱 옮김

★ **14 마음** 나쓰메 소세키 / 오유리 옮김

★ **15 아Q정전 · 광인일기** 루쉰 / 정석원 옮김

16 개선문 레마르크 / 송영택 옮김

★ **17 구토** 장 폴 사르트르 / 방곤 옮김

18 노인과 바다 어니스트 헤밍웨이 / 이경식 옮김

19 좁은 문 앙드레 지드 / 오현우 옮김

★▲ **20 변신 · 시골 의사** 프란츠 카프카 / 이덕형 옮김

★▲ **21 이방인** 알베르 카뮈 / 이휘영 옮김

22 지하생활자의 수기 도스토옙스키 / 이동현 옮김

★ **23 설국** 가와바타 야스나리 / 장경룡 옮김

★▲ **24 이반 데니소비치의 하루**
A. 솔제니친 / 이동현 옮김

25 더블린 사람들 제임스 조이스 / 김병철 옮김

★ **26 여자의 일생** 기 드 모파상 / 신인영 옮김

27 달과 6펜스 서머싯 몸 / 안흥규 옮김

28 지옥 앙리 바르뷔스 / 오현우 옮김

★▲ **29 젊은 예술가의 초상** 제임스 조이스 / 여석기 옮김

▲ **30 검은 고양이** 애드거 앨런 포 / 김기철 옮김

★ **31 도련님** 나쓰메 소세키 / 오유리 옮김

32 우리 시대의 아이 외된 폰 호르바트 / 조경수 옮김

33 잃어버린 지평선 제임스 힐턴 / 이경식 옮김

34 지상의 양식 앙드레 지드 / 김붕구 옮김

35 체호프 단편선 안톤 체호프 / 김학수 옮김

36 인간 실격 다자이 오사무 / 오유리 옮김

37 위기의 여자 시몬 드 보부아르 / 손장순 옮김

●▽ **38 댈러웨이 부인** 버지니아 울프 / 나영균 옮김

39 인간희극 윌리엄 사로얀 / 안정효 옮김

40 오 헨리 단편선 O. 헨리 / 이성호 옮김

★ **41 말테의 수기** R. M. 릴케 / 박환덕 옮김

42 파비안 에리히 케스트너 / 전혜린 옮김

★▲▽ **43 햄릿** 윌리엄 셰익스피어 / 여석기 옮김

44 바라바 페르 라게르크비스트 / 한영환 옮김

45 토니오 크뢰거 토마스 만 / 강두식 옮김

46 첫사랑 이반 투르게네프 / 김학수 옮김

47 제3의 사나이 그레이엄 그린 / 안흥규 옮김

★▲▽ **48 어둠의 속** 조셉 콘래드 / 이덕형 옮김

49 싯다르타 헤르만 헤세 / 차경아 옮김

50 모파상 단편선 기 드 모파상 / 김동현 · 김사행 옮김

51 찰스 램 수필선 찰스 램 / 김기철 옮김

★▲▽ **52 보바리 부인** 귀스타브 플로베르 / 민희식 옮김

53 페터 카멘친트 헤르만 헤세 / 박환서 옮김

★ **54 몽테뉴 수상록** 몽테뉴 / 손우성 옮김

55 알퐁스 도데 단편선 알퐁스 도데 / 김사행 옮김

56 베이컨 수필집 프랜시스 베이컨 / 김길중 옮김

★▲ **57 인형의 집** 헨리크 입센 / 안동민 옮김

★ **58 소송** 프란츠 카프카 / 김현성 옮김

★▲ **59 테스** 토마스 하디 / 이종구 옮김

★▽ **60 리어왕** 윌리엄 셰익스피어 / 이종구 옮김

61 라쇼몽 아쿠타가와 류노스케 / 김영식 옮김

▲▽ **62 프랑켄슈타인** 메리 셸리 / 임종기 옮김

▲●▽ **63 등대로** 버지니아 울프 / 이숙자 옮김

64 명상록 마르쿠스 아우렐리우스 / 이덕형 옮김

65 가든 파티 캐서린 맨스필드 / 이덕형 옮김

66 투명인간 H. G. 웰스 / 임종기 옮김

67 게르트루트 헤르만 헤세 / 송영택 옮김

68 피가로의 결혼 보마르셰 / 민희식 옮김